項楚學術文集

柱馬屋存稿二編

中華書局

圖書在版編目(CIP)數據

柱馬屋存稿二編/項楚著. —北京:中華書局,2019.7
(項楚學術文集)
ISBN 978-7-101-13725-5

Ⅰ.柱…　Ⅱ.項…　Ⅲ.中國文學-古典文學研究-文集
Ⅳ.I206.2-53

中國版本圖書館 CIP 數據核字(2019)第 006872 號

書　　名	柱馬屋存稿二編	
著　　者	項　楚	
叢 書 名	項楚學術文集	
責任編輯	白愛虎　馬　婧	
出版發行	中華書局	
	(北京市豐臺區太平橋西里 38 號　100073)	
	http://www.zhbc.com.cn	
	E-mail:zhbc@zhbc.com.cn	
印　　刷	北京市白帆印務有限公司	
版　　次	2019 年 7 月北京第 1 版	
	2019 年 7 月北京第 1 次印刷	
規　　格	開本/920×1250 毫米　1/32	
	印張 8⅞　插頁 2　字數 250 千字	
印　　數	1-2000 册	
國際書號	ISBN 978-7-101-13725-5	
定　　價	70.00 元	

項楚學術文集

出版説明

項楚先生，一九四〇年生，浙江永嘉人，四川大學傑出教授，著名敦煌學家、語言學家、文獻學家、文學史家和佛教學家。

項楚先生熟諳四部典籍和佛藏，精於校勘考據，擅長融會貫通，研究中熔語言、文學、宗教於一爐，形成了鮮明的學術特色。尤其在敦煌學領域的研究，享譽世界。

項楚先生學術成果豐碩，學術成就突出。出版《敦煌變文選注》、《王梵志詩校注》、《敦煌詩歌導論》、《敦煌歌辭總編匡補》、《寒山詩注（附拾得詩注）》等專著；發表學術論文七十餘篇，已出版《敦煌文學叢考》、《柱馬屋存稿》兩種論文集。

欣逢項楚先生八秩壽慶，爲能集中呈現項先生的學術成就，四川大學決定編輯出版《項楚學術文集》。除已出七種之外，其餘論文新編爲《柱馬屋存稿二編》，一併出版。同時，項先生還對文稿進行了全面修訂，覆核了徵引文獻，並按類統一了編排格式。我們希望這次呈現給學術界的，是項楚先生學術成果的定本。

中華書局編輯部

二〇一九年六月

目　録

論《莊子》對蘇軾藝術思想的影響

在我國古代社會思想的領域裏，儒家和道家（以及後來的佛家）是影響最大的流派。探討它們對於我國古代藝術的影響，作爲發展社會主義藝術的借鑒，是一件有意義的工作。

春秋戰國時代是我國古代學術思想争鳴的時代。先秦諸子雖然各道其所道，而非其所非，然而“傳道”的目的是一致的，因此普遍具有重道輕文的傾向。比較起來，視書文爲“糟粕”（《莊子·天道》）的道家比之主張“文質彬彬”（《論語·雍也》）的儒家，對“文”的蔑視更加徹底。不過，從他們對後代藝術的客觀影響來看，儒家強調了藝術的社會功能，却在某種程度上忽視了藝術的特性。道家對藝術的表現方法有很多啓示，却企圖抹殺藝術的社會功能。這種耐人尋味的矛盾現象，反映了人類社會意識形態繼承問題上的複雜情況。

就《莊子》而言，其中幾乎完全没有論及藝術問題本身。可是《莊子》的某些思維形式，却被後代的藝術家們所吸取，經過改造，移植到藝術領域之中，豐富了藝術的表現方法。當然，這些表現方法的建立，主要是歷代藝術家實踐經驗積累的結果。藝術家們從《莊子》中吸取什麽，怎樣吸取，怎樣改造，這是由他們自己的世界觀決定的。不過，藝術觀點和社會觀點總是有着千絲萬縷的聯繫，這就是爲什麽接受《莊子》藝術影響較多的藝術家，容易産生疏離現實的傾向；或者反過來說，具有疏離現實傾向的藝術家，較容易接受《莊子》藝術影響的原因。

蘇軾的思想當然是以儒家思想爲主導，不過道、釋思想也都占了相當的地位。他少年時代讀《莊子》，喟然嘆息曰："吾昔有見於中，口未能言。今見《莊子》，得吾心矣。"（見蘇轍《東坡先生墓誌銘》）由於他具有豐富而廣泛的藝術修養，加上對《莊子》又有深入的領會，因此，他善於把《莊子》的某些思維形式移植到藝術領域，改造成爲頗具特色的藝術思想。本文對這個現象進行一些探討，並不是全面分析蘇軾的藝術思想。

一

蘇軾《文與可畫篔簹谷偃竹記》說：

　　竹之始生，一寸之萌耳，而節葉具焉。自蜩腹蛇蚹以至于劍拔十尋者，生而有之也。今畫者乃節節而爲之，葉葉而累之，豈復有竹乎！故畫竹必先得成竹於胸中，執筆熟視，乃見其所欲畫者。急起從之，振筆直遂，以追其所見，如兔起鶻落，少縱則逝矣。

這裏總結了文與可畫竹的創作經驗，描述了文與可創作的完整過程。其中關於"胸有成竹"的論述，已經成爲蘇軾最富有特色的藝術見解之一，爲歷來的人們所熟知樂道。蘇軾本人也不止一次地發揮這一見解：

　　與可畫竹時，見竹不見人。豈獨不見人，嗒然遺其身。其身與竹化，無窮出清新。壯周世無有，誰知此疑神。（《書晁補之所藏與可畫竹三首》之一）

蘇軾把莊周引爲知音，認爲只有他才能理解"胸有成竹"所達到的"疑神"的藝術效果，這不是偶然的。試看《莊子》是怎樣描述"疑神"的境界：

> 仲尼適楚，出於林中，見痀僂者承蜩，猶掇之也。仲尼曰："子巧乎！有道邪？"曰："我有道也。五六月累丸二而不墜，則失者錙銖；累三而不墜，則失者十一；累五而不墜，猶掇之也。吾處身也，若厥株拘；吾執臂也，若槁木之枝。雖天地之大，萬物之多，而唯蜩翼之知。吾不反不側，不以萬物易蜩之翼，何爲而不得？"孔子顧謂弟子曰："用志不分，乃疑於神①，其痀僂丈人之謂乎！"（《達生》）

同是在《達生》篇中，還有另一個"疑神"的故事：

> 梓慶削木爲鐻，鐻成，見者驚猶鬼神。魯侯見而問焉，曰："子何術以爲焉？"對曰："臣工人，何術之有？雖然，有一焉。臣將爲鐻，未嘗敢以耗氣也，必齊（齋）以静心。齊三日，而不敢懷慶賞爵禄，齊五日，不敢懷非譽巧拙，齊七日，輒然忘吾有四枝形體也。當是時也，无公朝，其巧專而外骨消。然後入山林，觀天性，形軀至矣，然後成見鐻，然後加手焉。不然則已。則以天合天，器之所以疑神者，其是歟！"

雖然《莊子》中的這兩則寓言，並非談藝術，但是却給後代談藝者以很大的啓發。蘇軾"胸有成竹"説便導源於此。它們所描述的創作過程，都具有以下幾個特點：

一、"忘物"，即忘却除對象之外的客觀事物。這就是《莊子》説的

---

① "乃疑於神"，今本《莊子》作"乃凝於神"。蘇軾辨正説："近世人輕以意改書，鄙淺之人，好惡多同，遂使古書日就訛舛，深可忿疾！……《莊子》云：'用志不分，乃疑於神。'此與《易》'陰疑於陽'，《禮》'使人疑汝於夫子'同。今四方本皆作'凝'。"（《書諸集改字》）

“雖天地之大，萬物之多，而唯蜩翼之知”，蘇軾説的“與可畫竹時，見竹不見人”的境界。

二、“忘我”，即忘却創作者本身的存在。這就是《莊子》説的“輒然忘吾有四枝形體”，蘇軾説的“嗒然遺其身”的境界。而“吾處身也，若厥株拘；吾執臂也，若槁木之枝”，便是這一忘我狀態的形象化。

三、“見鐻”。由於忘物和忘我，創作者得以將全部注意力，像通過凸透鏡似的集聚於焦點——對象之上。這種思維高度活躍的結果，便產生了一個飛躍：創作者從對象身上，仿佛已經清楚地看見了未來的成品。這就是《莊子》説的“然後成見鐻”，蘇軾説的“乃見其所欲畫者”。

上面的描述，揭示了藝術創作過程中的第一個飛躍：客觀對象如何轉化爲創作者頭腦中的主觀形象。這是一個質變的過程。由於創作者的“用志不分”（《莊子》）、“執筆熟視”（蘇軾），即思維緊張的、創造性的活動，終於在頭腦中完成了對客觀生活現象的藝術加工，使之轉化爲主觀的藝術形象。而在“見鐻”和“乃見其所欲畫者”的過程中，思維始終帶有具體、生動、直觀的特徵，這就揭示了形象思維在藝術創作中的積極作用。

在完成了上述的創作準備之後，就進入了實際的創作過程，這就是《莊子》説的“然後加手焉”，蘇軾説的“急起從之，振筆直遂，以追其所見”。這是創作過程中的第二個飛躍，即由主觀形象（構思）轉化爲客觀形象（作品）的過程。

要使這個轉化得以順利實現，就需要有熟練的技巧，而這只有通過長期的學習訓練來取得。這就是《莊子》説的“五六月，累丸二而不墜，則失者錙銖；累三而不墜，則失者十一；累五而不墜，猶掇之也”。蘇軾也同樣把“不學”作爲“心手不相應”的原因：

　　　夫既心識其所以然而不能然者，内外不一，心手不相應，不學之過也。故凡有見於中而操之不熟者，平居自視了然，而臨事忽焉喪之，豈獨竹乎！（《文與可畫篔簹谷偃竹記》）

　　值得注意的是，蘇軾的"胸有成竹"説强調了主觀對客觀的楔入作用："其身與物化。"所以《石室先生畫竹贊》也説：

> 先生閑居，獨笑不已。問安所笑，笑我非爾。物之相物，我爾一也。先生又笑，笑所笑者。笑笑之餘，以竹發妙。竹亦得風，天然而笑。

蘇軾否定了"我非爾"，肯定了"我爾一"，這又使我們想起了《莊子》中的另一個著名的寓言：

> 昔者莊周夢爲胡蝶，栩栩然胡蝶也，自喻適志與！不知周也。俄然覺，則蘧蘧然周也。不知周之夢爲胡蝶與，胡蝶之夢爲周與？周與胡蝶，則必有分矣，此之謂物化。（《齊物論》）

　　莊周不是在這裏談論藝術，而是宣傳人生如夢的厭世思想。其哲學基礎則是"其次以爲有物矣，而未始有封也"（《齊物論》）的觀點，即抹殺客觀事物彼此的界限（"封"），取消客觀事物各自的質的規定性。這種相對主義是《莊子》唯心主義的重要特徵。把這種"物化"觀點運用到藝事中去，便是《達生》篇説的：

> 工倕旋而蓋規矩，指與物化而不以心稽。

　　後代的藝術家從這裏得到啓示，來處理創作主體與客體的關係，便産生了"神與物游"（《文心雕龍·神思》）的思想，這和《莊子》説的"臣以神遇而不以目視；官知止而神欲行"（《養生主》），是一息相通的。唐李肇《國史補》就記載了這樣一位"神與物游"的藝術家：

> 趙璧彈五絃，人問其術，答曰："吾之於五絃也，始則心驅之，

中則神遇之，終則天隨之。吾方浩然，眼如耳，目如鼻，不知五絃之爲璧、璧之爲五絃也。

蘇軾的"其身與物化"，也是"神與物游"的一個實例。不過在這裏，"其身與物化"並不是作爲一般的宇宙觀而出現，而只是強調形象思維在創作過程中的能動作用，因而有別於《莊子》的相對主義哲學，而不失爲一種有益的藝術思想了。

不過，《莊子》論藝的寓言，是以駕輕就熟、妙造自然的技術境界，來比喻玄妙莫測的"道"的境界。因此，其中浸透了他的社會觀點。他要求"齊以静心"，要求忘却"慶賞爵禄"、"非譽巧拙"等等，就是要求忘却世俗社會，這就容易助長疏離現實的傾向。事實上，藝術創作是一種社會活動，從這個意義上説，完全做到"忘物"、"忘我"是不可能的。蘇軾《送參寥師》説：

> 欲令詩語妙，無厭空且静。

這似乎接近於《莊子》"齊以静心"的唯心主義認識論，但蘇軾接下去強調説：

> 閲世走人間，觀身卧雲嶺。鹹酸雜衆好，中有至味永。

生活閲歷、現實感受畢竟是藝術創作的泉源。在這個前提下，"胸有成竹"説才具有了自己的價值。

二

蘇軾《傳神記》説：

傳神之難在目。顧虎頭云：傳形寫影，都在阿睹中。其次在顴頰。吾嘗於燈下顧自見頰影，使人就壁模之，不作眉目，見者皆失笑，知其爲吾也。目與顴頰似，餘無不似者。眉與鼻口，可以增減取似也。

"傳神"的口號最初是由東晉著名畫家顧愷之（虎頭）提出的，《世説新語·巧藝》記載：

顧長康（愷之）畫人，或數年不點目精。人問其故，顧曰："四體妍蚩，本無關於妙處，傳神寫照，正在阿堵中。"

蘇軾發揮了顧愷之"傳神"的藝術經驗，使之上升爲一種富有民族特點的藝術理論。在《書鄢陵王主簿所畫折枝》中，蘇軾又説：

論畫以形似，見於兒童鄰。賦詩必此詩，定非知詩人。詩畫本一律，天工與清新。

蘇軾在這裏提出的見解，顯然是對"文貴形似"（《文心雕龍·物色》）説的一個發展。"形似"與"神似"的關係，是"傳神"理論的一個重要內容。本來，這個問題並非蘇軾的獨特發現。齊謝赫《古畫品錄》就説過：

但取精靈，遺其骨法。（《第一品·張墨、荀勖》）

唐張彦遠《歷代名畫記》也説：

古之畫或能移其形似，而尚其骨氣，以形似之外求其畫，此難可與俗人道也。

他們所說的"骨法"與"精靈"，"形似"與"骨氣"，都涉及"形似"與"神似"的關係問題。不過，蘇軾對這個問題提得更鮮明，理解得更深刻，因此影響也更廣泛。金王若虛評論"論畫以形似"幾句蘇詩說：

> 論妙在形似之外，而非遺其形似。(《滹南詩話》)

蘇軾自己也很稱讚蘇轍的這段話：

> 所貴於畫者，爲其似也。似猶可貴，況其真者。(《石氏畫苑記》)

蘇軾不把形似("似")與神似("真")對立起來，而把神似看作是在形似基礎上更上一層樓的藝術境界，這就正確地闡明了二者的關係。

蘇軾所謂的"神"，有許多近義詞。不但可以叫作"真"，還可以叫作"天"：

> 六馬異態，以似爲妍。……各適其適，以全吾天乎？(《李潭六馬圖贊》)

蘇軾所謂的"神"，還可以叫作"全"：

> 南都程懷立，衆稱其能。於傳吾神，大得其全。(《傳神記》)

蘇軾所謂的"神"，還可以叫作"天全"、"自然"，等等：

> 金羈玉勒繡羅鞍，鞭筆刻烙傷天全，不如此圖近自然。(《書韓幹牧馬圖》)

"真"、"天"、"全"等等，都是《莊子》特用的術語：

真者，所以受於天也，自然不可易也。故聖人法天貴真，不拘
於俗。（《漁父》）

夫若是者，其天守全，其神无郤，物奚自入焉？（《達生》）

彼得全於酒而猶若是，而況得全於天乎？（《達生》）

《莊子》書中的這些術語，有其特定的含義，並非爲藝術而發。不
過蘇軾的"傳神"說既然使用了這些術語，自然不能不受到《莊子》的影
響。他所說的"神"，指的是事物固有的天然本性，區別於其他事物的
獨特精神，它只存在於事物的自然狀態之中。所以蘇軾主張：

欲得其人之天，法當於衆中陰察之。今乃使人具衣冠坐，注
視一物。彼方斂容自持，豈復見其天乎！（《傳神記》）

在蘇軾看來，只有當人們處在自然的交往中，他們的"神"才會流露出
來。任何做作狀態，都將導致"神"的消泯。因此，他贊揚從自然狀態
中捕捉形象的藝術作品：

野雁見人時，未起意先改。君從何處看，得此無人態？無乃
槁木形，人禽兩自在？（《高郵陳直躬處士畫雁二首》之一）

蘇軾說的"君從何處看，得此無人態"，不就是《莊子》說的"入山
林，觀天性"嗎？蘇軾說的"人禽兩自在"，不就是《莊子》所說"以天合
天"嗎？《莊子》認爲，"器之所以疑神者"，是"以天合天"的結果。蘇軾
認爲，畫之所以傳神者，是"人禽兩自在"的結果。這樣看來，蘇軾的
"傳神"說受了《莊子》的影響，是不可否認的。不過，《莊子》皈依自然
的學說，要求人們回到原始的狀態，而蘇軾的"傳神"說並不要求人們
與世隔絕。他所說的"法當於衆中陰察之"，並不是反對人們的社會交
往，而是要求把握這種交往的自然狀態。這樣的藝術品，才能天趣盎

然地反映對象的精神面貌,而不會有虛假造作之感。

蘇軾還説:

> 凡人意思各有所在,或在眉目,或在鼻口。虎頭云:頰上加三毛,覺精采殊勝。則此人意思蓋在須頰間也。優孟學孫叔敖抵掌談笑,至使人謂死者復生,此豈舉體皆似,亦得其意思所在而已。(《傳神記》)

這裏的"意思",也是"神"的同義語。努力表現不同對象各自的"意思",就是要求把握不同對象各自的矛盾特殊性,再加以逼真的再現,這是"傳神"的精髓。藝術家只要抓住這點"意思",不必斤斤於"舉體皆似",就可以達到"傳神"的效果了。寫到這裏,我們又想起九方堙相馬的故事:

> 穆公見之,使之求馬。三月而反,報曰:"已得馬矣,在於沙邱。"穆公曰:"何馬也?"對曰:"牡而黃。"使人往取之,牝而驪。穆公不説,召伯樂而問之曰:"敗矣! 子之所使求者,毛物牝牡弗能知,又何馬之能知。"伯樂喟然大息曰:"一至此乎! 是乃其所以千萬臣而無數者也。若堙之所觀者,天機也。得其精而忘其粗,在內而忘其外,見其所見,而不見其所不見,視其所視,而遺其所不視,若彼之所相者,乃有貴乎馬者。"馬至,而果千里之馬。(《淮南子·道應》)

《淮南子》屬於雜家,主導的傾向是道家。九方堙相馬的故事正反映了道家的思想,所以又見於道家著作僞《列子》(《列子》作九方皋)。這裏的語言明顯地打上了《莊子》的烙印。所謂"天機",和《莊子》的"天"是同類的概念。所謂"得其精而忘其粗",使人聯想起《莊子》的"可以言論者,物之粗也,可以意致者,物之精也"(《秋水》)。至於"見其所見，不見其所不見；視其所視，而遺其所不視”，又類似《莊子》“未嘗見全牛”（《養生主》）和“唯蜩翼之知”（《達生》）的境界。這個故事帶有明顯的唯心主義色彩。九方堙甚至不能辨別毛物牝牡，怎麼可能勝任相馬的任務呢？要知道千里馬的“天機”（神），是要通過“毛物牝牡”（形）表現的。九方堙最後找到“千里之馬”，完全是缺乏根據的。撇開這一點不談，千里馬之所以爲千里馬，畢竟不在於毛物牝牡。九方堙能够遺貌取神，“得其精而忘其粗，在内而忘其外”，抓住千里馬的獨特精神——“天機”，便能探驪得珠，一發而中。如果論藝者揚棄它的唯心主義成分，是會從中得到啓發的。

蘇軾《墨花》詩叙説：

> 世多以墨畫山水竹石人物者，未有以畫花者也。汴人尹白能之，爲賦一首。

尹白能畫墨花，蘇軾能賦墨花，在當時都有打破傳統、標新立異的意義。詩中説“心起墨暈，春色散毫端”，渲染春色而不計較顔色，這和九方堙的遺貌取神是肸蠁相通的。稍後的陳與義便點出了這一點奥秘：

> 意足不求顔色似，前身相馬九方皋。（《和張規臣水墨梅五絶》）

不過，倘若把“遺貌取神”理解爲“神”可以脱離“貌”，“神似”可以脱離“形似”，這就是承襲了九方堙相馬故事的唯心主義方面。這在蘇軾，有時也難以避免：

> 僕嘗問荔枝何所似。或曰：“荔枝似龍眼。”坐客皆笑其陋。荔枝實無所似也。僕云：“荔枝似江瑶柱。”應者皆憮然，僕亦不辨。（《東坡志林》）

“荔枝似龍眼”，固不免失之於“陋”；“荔枝似江瑶柱”，仍不免失之於“玄”。荔枝和江瑶柱，雖然同屬美味，但其滋味實不相似。“應者皆憮然”，良有以也。這和穆公“敗矣”之嘆，同屬常識的範圍，而爲蘇軾所不悟。正因爲蘇軾有時不能和主觀唯心主義劃清界限，所以他的“傳神”說也難免帶有玄妙的色彩，“非高人逸才不能辨”（《净因院畫記》）了。

三

蘇軾自評其文說：

> 吾文如萬斛泉源，不擇地皆可出。在平地滔滔汩汩，雖一日千里無難。及其與山石曲折，隨物賦形，而不可知也。所可知者，常行於所當行，常止於不可不止，如是而已矣。（《自評文》）

《答謝民師書》的話，其實也是夫子自道：

> 大略如行雲流水，初無定質，但常行於所當行，常止於不可不止。文理自然，姿態橫生。

《書吳道子畫後》又說：

> 道子畫人物，如以燈取影，逆來順往，旁見側出，橫斜平直，各相乘除，得自然之數，不差毫末。出新意於法度之中，寄妙理於豪放之外。所謂遊刃餘地，運斤成風，蓋古今一人而已。

蘇軾在這裏贊揚的是一種妙造自然、姿態橫生的藝術。值得注意的是，他把這種藝術創作上的自由境界，比之爲庖丁的遊刃有餘（見《莊子·養生主》）、楚匠的運斤成風（見《莊子·徐無鬼》），這就顯示了《莊子》論藝對他的影響。試看庖丁解牛的經驗：

> 依乎天理，批大郤，導大窾，因其固然。技經肯綮之未嘗，而況大軱乎？……彼節者有閒，而刀刃者无厚；以无厚入有閒，恢恢乎其於遊刃必有餘地矣。

庖丁的"依乎天理"、"因其固然"，不就是蘇賦的"隨物賦形"、"得自然之數"嗎？至於"以無厚入有間，恢恢乎其於遊刃必有餘地"的自由境界，和"常行於所當行，常止於不可不止"的自由境界，又何其相似！蘇文的汪洋恣肆、搖曳多姿，有如《莊子》，決不是偶然的。

不過，《莊子》是以藝喻道的。在哲學上，他追求的是"惡乎待"（《逍遥游》）的絕對自由境界，這種唯心主義觀點不能不反映在他對"藝事"的看法上：

> 毀絕鉤繩而棄規矩，攦工倕之指，而天下始人有其巧矣。（《胠篋》）

《莊子》否定一切"規矩"，就是否定一切客觀規律。用這種觀點指導藝術創作，後果是不堪想象的，哪裏還有絲毫技巧可言？不過，和《莊子》的主觀意圖相反，《莊子》論藝的寓言卻包含了重視規律的客觀效果。庖丁之所以能夠遊刃有餘，是因爲他掌握了牛的規律——"彼節者有間"，所以才能夠總是"以無厚入有間"。自由是對規律性的認識，便是這個故事的客觀教訓。蘇軾正是在這個意義上理解《莊子》論藝的寓言，所以他才從庖丁遊刃有餘、楚匠運斤成風的故事中得出了這樣的結論：

出新意於法度之中,寄妙理於豪放之外。

蘇軾教人作詩之法也説:

衝口出常言,法度法前軌,人言非妙處,妙處在於是。(宋周紫芝《竹坡詩話》引)

正因爲蘇軾重視創作的"法度",掌握藝術的規律,知道哪裏是"所當行",哪裏是"不可不止",所以才能"常行於所當行,常止於不可不止",達到了自由的境界。當然,他也説過:

我書意造本無法,點畫信手煩推求。(《石蒼舒醉墨堂》)

這裏的意思並不是否定法度,而是強調創新,也就是"出新意於法度之中"。倘能自出新意("意造"),便可脱離成法("無法"),而臻於更高的自由境界("信手")了。

《莊子》論藝,還要求摒棄一切世俗禮法的束縛,這是他的絕對自由觀在社會態度上的反映:

宋元君將畫圖,衆史皆至,受揖而立,舐筆和墨,在外者半。有一史後至者,儃儃然不趨,受揖不立,因之舍。公使人視之,則解衣般礴羸。君曰:"可矣,是真畫者也。"(《田子方》)

《莊子》筆下這位赤裸裸的畫家,便是魏晋之際放浪形骸的名士們的鼻祖。蘇軾和這些名士們不同,對待生活的態度是比較嚴肅的。他説:

學佛老者本期於静而達。静似懶,達似放。學者或未至其所

期，而先得其所似，不爲無害。(《答畢仲舉書》)

因此，蘇軾對藝術表現的自由要求，雖然受了《莊子》的影響，却並不蔑視規律和玩世不恭，這同他較爲認真的生活態度是不無關係的。

四

蘇軾《書摩詰藍田烟雨圖》説：

味摩詰之詩，詩中有畫；觀摩詰之畫，畫中有詩。

爲什麼蘇軾如此服膺王維呢？他的《王維、吳道子畫》對這兩位著名畫家作了比較：

吳生雖妙絶，猶以畫工論。摩詰得之於象外，有如仙翮謝籠樊。吾觀二子皆神俊，又於維也斂衽無間言。

看來，使蘇軾佩服得"斂衽無間言"的，使王維超然於"畫工"之上的，正是"得之於象外"的藝術特點。這又使我們想起唐末詩人司空圖的話：

象外之象，景外之景，豈容易可談哉！(《與極浦書》)

司空圖説的"象外之象、景外之景"，又叫作"韻外之致"、"味外之旨"(司空圖《與李生論詩書》)，都可作爲"詩中有畫"、"畫中有詩"的注脚，與蘇軾不謀而合。所以蘇軾稱贊司空圖説：

信乎表聖(司空圖字)之言，美在鹹酸之外，可以一唱而三嘆

也！（《書黄子思詩集後》）

　　蘇軾和司空圖在這裏強調的是一種一唱三嘆、餘味無窮的藝術境界。這種境界體現了藝術對含蓄的要求，反映了藝術"以少總多"（《文心雕龍·物色》）的規律。這就是蘇軾説的：

　　　　誰言一點紅，解寄無邊春。（《書鄢陵王主簿所畫折枝》）

也即是司空圖説的：

　　　　不著一字，盡得風流。（《詩品·含蓄》）

　　這種藝術境界當然不是司空圖或蘇軾的發明，而是歷代藝術家長期藝術實踐的經驗總結。劉宋時代的范曄就提出了"弦外之意"、"虚響之音"、"事外遠致"、"精意深旨"（《獄中與諸甥書》）。稍後的謝赫也説：

　　　　若拘以體物，則未見精粹；若取之象外，方厭膏腴。可謂微妙也。（《古畫品録·第一品·張墨、荀勖》）

再後的劉勰也説：

　　　　至於思表纖旨，文外曲致，言所不追，筆固知止。至精而後闡其妙，至變而後通其數，伊摯不能言鼎，輪扁不能語斤，其微矣乎！（《文心雕龍·神思》）

劉勰用來比喻這種境界的兩個典故，前者見於《吕氏春秋·本味》：

　　　　湯得伊尹，祓之於廟。……明日，設朝而見之。説湯以至味。……對曰："……鼎中之變,精妙微纖,口弗能言,志不能喻。"

後者見於《莊子·天道》:

> 斲輪,徐則甘而不固,疾則苦而不入。不徐不疾,得之於手而
> 應於心。口不能言,有數存焉於其間。

"伊摯不能言鼎"和"輪扁不能語斤"的思想是一致的,它們形象地
表現了《莊子》反復論述的觀點:

> 世之所貴道者書也。書不過語,語有貴也,語之所貴者意也。
> 意有所隨,意之所隨者,不可以言傳也。而世因貴言傳書。世雖貴
> 之,我猶不足貴也,為其貴非其貴也。故視而可見者,形與色也;聽
> 而可聞者,名與聲也。悲夫,世人以形色名聲為足以得彼之情!
> 夫形色名聲果不足以得彼之情,則知者不言,言者不知,而世
> 豈識之哉!(《天道》)

《莊子》所謂的"道"、"意"或"情",是某種玄妙神秘的哲理,它存在
於言語和形色名聲之外。《莊子》把"言"和"意"對立起來,置"意"於
"言"所無法達到的彼岸,這是一種徹底的不可知論。把它照搬到藝術
理論中,必然導致藝術虛無主義的結論。《世說新語·文學》記載:

> 庾子嵩作《意賦》成,從子文康見,問曰:"若有意邪,非賦之所
> 盡;若無意邪,復何所賦?"答曰:"正在有意無意之間。"

庾文康提出"若有意邪,非賦之所盡",便是企圖以《莊子》的不可
知論來否定文學存在的必要性。而庾子嵩的回答模棱兩可,是因為他
本人也站在玄學立場上的緣故。

　　那麼，爲什麼"輪扁不能語斤"會對劉勰有所啓發呢？這是因爲歷代進步的藝術家，通過藝術的實踐，對《莊子》的理論進行了根本的改造。陶淵明《飲酒》第五首：

　　　　結廬在人境，而無車馬喧。問君何能爾，心遠地自偏。採菊東籬下，悠然見南山。山氣日夕佳，飛鳥相與還。此中有真意，欲辨已忘言。

　　陶淵明的"此中有真意，欲辨已忘言"，和蘇軾的"遺文以得義，忘義以了心"（《書楞伽經後》）一樣，都來自《莊子》：

　　　　筌者所以在魚，得魚而忘筌；蹄者所以在兔，得兔而忘蹄；言者所以在意，得意而忘言。（《外物》）

　　不過，陶淵明的"真意"，已經不再是《莊子》的玄妙哲理，而是生活的親切感受。"真意"與形象結合，成爲深遠的"意境"。似乎難以言説，却又被人心領神會；似乎已經説盡，却又引起無限聯想。這説明，歷代藝術家雖然從《莊子》受到啓發，但他們所着眼的，不再是"意"的不可表達性，而是表達方法的特殊性了。蘇軾對此領會尤深，他精闢地指出了陶詩"境與意會"的特點：

　　　　"採菊東籬下，悠然見南山"，因採菊而見山，境與意會，此句最有妙處。近歲俗本皆作"望南山"，則此一篇神氣都索然矣。（《題淵明〈飲酒〉詩後》）

　　《莊子》的不可知論被改造成爲"意在言外"的藝術理論，在我國藝術史上產生了廣泛的影響。像劉勰"物色盡而情有餘"（《文心雕龍・物色》），與此類似的蘇軾"言有盡而意無窮"（姜夔《白石詩説》引；亦見嚴羽《滄浪詩話‧詩辨》），以及梅堯臣的"含不盡之意，見於言外"（歐陽修《六一詩話》引）等等有價值的見解，都顯示了這種影響。不僅如此，它還特別地影響了中國藝術史上的一個重要的風格流派。蘇軾《書黃子思詩集後》勾畫了這樣一個詩派：

> 蘇、李之天成，曹、劉之自得，陶、謝之超然，蓋亦至矣。……獨韋應物、柳宗元發纖穠於簡古、寄至味於澹泊，非餘子所及也。唐末司空圖崎嶇兵亂之間，而詩文高雅，猶有承平之遺風。其論詩曰："梅止於酸，鹽止於鹹，飲食不可無鹽梅，而其美常在鹹、酸之外。"蓋自列其詩之有得於文字之表者二十四韻，恨當時不識其妙，予三復其言而悲之。

至於李白、杜甫，文中雖然深贊其"英瑋絕世之姿，凌跨百代，古今詩人盡廢"，但終以"魏晉以來高風絕塵，亦少衰矣"爲憾，因而不預焉。

這個風格流派的"天成"、"自得"、"超然"、"發纖穠於簡古、寄至味於澹泊"、"美常在鹹酸之外"、"得於文字之表"等等特點，都表現了《莊子》的某種影響。粗略地説來，這個詩派就是中國文學史上的山水田園隱者的詩派。和別的文學流派比較，他們對待自然和社會的態度與《莊子》有較多的共同點，因而在藝術思想上也比其他流派較多地接受了《莊子》的影響，是不難理解的。

蘇軾創作的藝術風格是豐富多樣的，其主導方面是超邁豪縱，並不同於這個流派。但他也有高雅淡遠的一面。蘇轍《東坡先生墓誌銘》説：

> 公詩本似李杜，晚喜陶淵明，追和之者幾遍。

藝術趣味的這種變化，和蘇軾晚年遠謫南荒的遭遇有關。《莊子》説：

> 平易恬淡，則憂患不能入，邪氣不能襲。（《刻意》）

　　精研《莊子》的蘇軾，晚年酷愛平易恬淡的陶詩，正應該從這個角度得到解釋。在這裏，我們又一次看見了藝術史上的一個屢見不鮮的事實：藝術家的藝術思想，畢竟是受制約於他的社會生活態度的。

　　　　　　　　　（原載《四川大學學報》一九七九年第三期）

蘇詩比喻瑣談

北宋末年的詩人韓駒説過：

> 子瞻作詩，長於譬喻。如《和子由》詩云："人生到處知何似？
> 應似飛鴻踏雪泥。泥上偶然留指爪，鴻飛那復計東西。"《守歲》詩
> 云："欲知垂盡歲，有似赴壑蛇。脩鱗半已没，去意誰能遮？況欲
> 繫其尾，雖勤知奈何!"《畫水官》詩云："高人豈學畫，用筆乃其天，
> 譬如善遊人，一一能操船。"《龍眼》詩云："龍眼與荔枝，異出同父
> 祖。端如柑與橘，未易相可不。"皆累數句也。如一聯，即"少年辛
> 苦真食蓼，老境清閑如啖蔗"。如一句，即"雪裏波菱如鐵甲"之
> 類，不可勝紀。（《詩人玉屑》卷一七引《陵陽室中語》）

從此以後，"蘇詩長於比喻"就成爲歷代論詩者的定評。不過，對於蘇
詩的比喻進行專門研究的尚不多見。下面的瑣記，也只是對這一文學
現象的初步探討而已。

一

"以議論爲詩"，這是嚴羽指出的宋詩特點之一。蘇軾最善於用詩
歌發議論，這也是人們公認的。不過，作理語而不失詩意，却是一件頗
不容易的事。東晉的玄言文學，被劉勰譏爲"詩必柱下之旨歸，賦乃漆

圃之義疏"(《文心雕龍·時序》),就是因爲作理語而無詩意,實際上不算是文學。而蘇詩的説理成分往往不乏詩趣,原因之一,是他善於用比喻説理,把道理包含在具體的藝術形象之中。例如《和蔡準郎中見邀游西湖三首》之二:"城市不識江湖幽,如與螻蛄語春秋。試令江湖處城市,却似麋鹿游汀州。"前兩句説迷戀城市的人,至死不知江湖之幽,用《莊子·逍遥遊》"螻蛄不知春秋"爲喻。後兩句説隱居江湖的高人來到城市,却能不爲城市的繁華所動,仍如麋鹿游汀州一樣,與居處江湖没有區别。接下去兩句"高人無心無不可,得坎且止乘流浮",作爲上面比喻的結論,把抽象的道理説得十分透徹。如果没有前面形象化的比喻,則這個結論也和玄言詩相去不遠了。

又如《贈眼醫王生彦若》:

> 鍼頭如麥芒,氣出如車軸, 間關絡脉中,性命寄毛粟。
> 而況清净眼,内景含天燭, 琉璃貯沉瀣,輕脆不任觸。
> 而子於其間,來往施鋒鏃。 笑談紛自若,觀者頸爲縮。
> 運鍼如運斤,去翳如拆屋。 常疑子善幻,他技雜符祝。
> 子言吾有道,此理君未矚。 形骸一塵垢,貴賤兩草木。
> 世人方重外,妄見瓦與玉, 而我初不知,刺眼如刺肉。
> 君看目與翳,是翳要非目, 目翳苟二物,易分如麥菽。
> 寧聞老農夫,去草更傷穀? 鼻端有餘地,肝膽分楚蜀。
> 吾於五輪間,蕩蕩見空曲, 如行九軌道,並驅無擊轂。
> 空花誰開落,明月自朒朒。 請問樂全堂,忘言老尊宿。

這首詩可稱爲蘇軾以議論爲詩的代表作,顯示了他縱横馳騁的辯才。其中包含了許多比喻,難以盡舉。即如醫者論目、翳不難分離:"目翳苟二物,易分如麥菽。寧聞老農夫,去草更傷穀?"用農家語作比,既貼切,又雄辯。其實,詩中的議論,導源於《莊子》的妙理,可是充滿了引人入勝的詩趣,這和同樣闡發老莊玄學,然而"淡乎寡味"、"平典似《道德論》"(鍾嶸《詩品序》)的魏晉玄言詩人,形成了鮮明的對比。

　　唐宋以來的詩人,還往往愛用禪理入詩。用得好的,能把哲理與詩意結合,耐人尋味;用得不好的,便有如和尚偈子了。蘇軾精通禪學,善於比喻,因此,不乏融合禪機與詩意的佳什。如《次韻法芝舉舊詩一首》:

　　　　春來何處不歸鴻,非復羸牛踏舊蹤。
　　　　但願老師真似月,誰家甕裏不相逢。

　　這是蘇軾晚年北歸途中,贈送法芝和尚之作。首句詩意盎然,彷彿是即目寫景,實際上,却概括了當時的整個政治形勢。這時是建中靖國元年之初,徽宗即位,國是初變,被廢黜的舊臣紛紛從各地貶所回朝。"春來"比喻政治氣候的這種變化,詩人欣慰的心情也溢於言表。"歸鴻"比喻這些回朝的舊臣,詩人自己也是"歸鴻"之一。第二句引述了詩人舊作中的一個比喻。當年蘇軾任揚州太守,曾寫詩《送芝上人游廬山》,詩中自嘲説:"二年閱三州,我老不自惜,團團如磨牛,步步踏陳迹。"風趣的比喻中包含着詩人宦途的苦悶。現在重遇法芝上人,回憶當年的這個比喻,加上"非復"二字,不僅隱含了這些年來人生途程中的滄桑變化,詩人自己宛若重生的心情也非昔日可比了。最妙的是三、四兩句。在當年的那首詩中,詩人曾説:"老芝如雲月,炯炯時一出。"現在再次援用這個比喻,又采用了禪宗的話頭在內。馮應榴注:"任注《山谷集》引《高僧傳》醋頭和尚頌:'揭起醋甕見天下,天下元來在甕中,甕中元來有天下。'先生似用此意。"又《景德傳燈録》卷三〇,永嘉真覺禪師《證道歌》:"一月普現一切水,一切水月一月攝。"蘇軾把這兩個話頭融化爲自己的比喻:但愿法芝和尚真的有如月亮,那麼不論走到天涯海角,但凡有水映月之處,都能相見。這真是妙喻:既深含着惜別的情意,又表達了曠達的胸懷,哲理與詩意達到了完美的統一。

二

錢鍾書《管錐編》第二册,《太平廣記》一一五條,"詩取鄙瑣物爲喻"則,論述高敖曹、包賀的俳體比喻説:"取譬於家常切身之鄙瑣事物,高遠者狎言之,洪大者纖言之,初非獨游戲文章爲爾。刻劃而騖尖新,亦每游骸中而不悟。"引例有蘇軾《新城道中》"嶺上晴雲披絮帽,樹頭初日掛銅鉦",認爲"雖非俳體,而幾如步趨高、包。'嶺披絮帽'與'山巾子'不謀而合"。實則"絮帽"、"銅鉦"的比喻雖然未必盡出於蘇軾的獨創,但蘇軾把它們組織爲一聯,既工於體物,又諧趣橫生,並没有墮入高、包的惡趣,不失爲佳句。紀昀評爲"自惡,不必曲爲之諱",這只表明他自己的偏見。

蘇詩這類比喻的諧趣是怎樣産生的呢?正如錢先生所説"高遠者狎言之,洪大者纖言之",也就是從比喻事物和被比事物的矛盾中發掘諧趣。"晴雲"、"初日"是"高遠者"、"洪大者","絮帽"、"銅鉦"是"狎者"、"纖者",在它們既相似又不和諧的關係中,便包含了豐富的諧趣。他如《與胡祠部游法華山》:"嗟予少小慕真隱,白髮青衫天所械。忽逢佳士與名山,何異枯楊便馬骱。"遇見渴慕已久的佳士與名山,這種喜悦應該是一種"高雅"的感情,詩人却用癩馬蹭枯楊的快感相比,這似乎不倫不類,却又十分貼切。《江上值雪效歐陽體》:"青山有似少年子,一夕變盡滄浪髭。"把青山積雪比爲黑髭變白。《歧亭五首》之三:"君家蜂作窠,歲歲添漆汁;我身牛穿鼻,卷舌聊自濕。"把經營居室比作如蜂築巢;把人生艱辛比作如牛穿鼻。這些比喻都屬於"高遠者狎言之,洪大者纖言之"一類。

蘇軾還善於從相反的方向來取得比喻的諧趣,即"狎者高遠言之,纖者洪大言之"。如《章錢二君見和復次韻答之二首》之二"醉裏冰髭失縷絡",這和前引"一夕變盡滄浪髭"恰好相反,"冰髭"説不上是給人美感的形象，却用"纓絡"作比。《除夜大雪留濰州元日早晴遂行中途雪復作》："須臾晚雲合，亂灑無缺空。鵝毛垂馬驂，自怪騎白鳳。"紀昀評曰："'鵝毛'字本俚語，得下五字，便成奇彩，可悟點化之法。"大約紀昀是鄙棄俚俗的，所以極詆"絮帽"、"銅鉦"一聯爲"自惡"。而這裏以"鵝毛"入詩，雖然也是俚語，幸而下文有"白鳳"之喻相救，化俗爲雅，也就是有點化之妙，所以得到紀昀的好評。其實，不論化俗爲雅也好，化雅爲俗也好，都是從不和諧中取得諧趣效果的手段，本沒有高下之分。蘇軾是精通此道的大師，所以他的這些比喻既體貼入微，又趣味橫溢。

蘇詩比喻獲得諧趣的手法是多樣的。《和子由踏青》："何人聚衆稱道人，遮道賣符色怒嗔：宜蠶使汝繭如甕，宜畜使汝羊如麕。路人未必信此語，强爲買服禳新春。道人得錢徑沽酒，醉倒自謂吾符神。"詩中運用比喻，夸張地揭示道人的自我吹噓與實際可能的矛盾來獲得諧趣。《戲子由》："宛丘先生長如丘，宛丘學舍小如舟，常時低頭誦經史，忽然欠伸屋打頭。"詩中的"宛丘先生"指蘇轍，"長如丘"的"丘"指孔丘。據《史記·孔子世家》，孔丘身長九尺六寸，人皆謂之"長人"而異之。蘇轍也以"長身"著稱（《次韻和子由聞予善射》"觀汝長身最堪學"），所以用"丘"字雙關孔丘與山丘，來比喻蘇轍，並突出"身長如丘"與"屋小如舟"的矛盾，以獲得諧趣。總之，嬉笑怒罵，皆成文章，這是蘇軾創作的一般特色，也是蘇詩比喻的一大特色。

三

蘇軾南遷途中，寫了一首《秧馬歌》：

> 春雲濛濛雨淒淒，春秧欲老翠剡齊。嗟我婦子行水泥，朝分一壠暮千畦。腰如箜篌首啄雞，筋煩骨殆聲酸嘶。我有桐馬手自

提,頭尻軒昂腹脅低。背如覆瓦去角圭,以我兩足爲四蹄。聳踊滑汰如鳧鷖,纖纖束藁亦可齎。何用繁纓與月題,揭從畦東走畦西。山城欲閉聞鼓鼙,忽作的盧躍檀溪。歸來挂壁從高棲,了無筈秖飢不啼。少壯騎汝逮老𩧺,何曾蹶軼防巉躋。錦韉公子朝金閨,笑我一生蹋牛犂;不知自有木駃騠!

這實在是一首難得的佳作。以詩歌爲農器作譜,這是蘇軾的又一獨創。前段用"腰如箜篌首啄雞"的比喻,刻畫了傳統插秧方法彎腰曲背的苦狀。自"我有桐馬手自提"開始,情緒陡然一轉,變得昂揚和風趣。用一連串的比喻,生動地描寫了秧馬的形制、功用、神態……並把秧馬和真馬對比,突出了秧馬勝過真馬的優越性。這是一首人民智慧的頌歌,洋溢着勞動人民的自豪感。南宋周必大評論這首詩說:"心聲心畫,惟意所適,殊是得意之作。"紀昀也說"奇器以奇語寫之,筆筆欲活",並非過譽。奇在哪裏呢?奇在詩人抓住"秧馬似馬"這個基本比喻,加以引申、發揮和聯想,把秧馬當作真馬來寫,寫得秧馬超過了真馬,確實是"筆筆欲活"!

　　蘇詩用比喻體物寫景,具有刻畫入微的特點。"微風萬頃靴紋細,斷霞半空魚尾赤"(《游金山寺》),觀察景物是多麼細緻。"葉厚有稜犀甲健,花深少態鶴頭丹"(《和子由柳湖久涸忽有水開元寺山茶舊無花今歲盛開二首》之二),摹寫山茶又是多麼酷似。"褰衣步月踏花影,炯如流水涵青蘋"(《月夜與客飲杏花下》),寫出了月下花影給人的特殊感覺。後來詩人把類似的意思寫進《記承天寺夜游》裏,至今膾炙人口。蘇軾還善於更進一步,用比喻寫出事物的情韻來:"春還宮柳腰支活,水入御溝鱗甲動"(《用前韻答西掖諸公見和》),這是把春天到來的消息寫活了。至於"千山動鱗甲,萬谷酣笙鐘"(《行瓊儋間肩輿坐睡夢中得句》),南宋胡仔解釋說:"蓋風來則千山草木皆動,如動鱗甲;萬谷呼號有聲,如酣笙鐘耳。"真是包羅萬有,氣象萬千,體現了蘇軾海南詩所達到的淋漓酣暢、出神入化的境地。

蘇詩用比喻體物寫景，並不單純追求酷似。有時很不相似，可是這不似中却包含了相似在內。"前時渡江入吳越，布陣橫空如項羽"（《次韻章傳道喜雨》），這並非吟咏軍旅之事，而是描寫飛蝗爲虐。把蝗蟲比爲項羽，真虧了詩人想得出來！可是，誰又能説詩人的奇想不近情理呢？在語言巨匠的筆下，比喻是没有禁區的。

四

蘇軾對兒子蘇過傳授寫詩之法説：

> 詩人有寫物之功。"桑之未落，其葉沃若"，他木殆不可以當此。林逋《梅花》詩云"疏影横斜水清淺，暗香浮動月黄昏"，决非桃李詩。皮日休《白蓮》詩云"無情有恨無人見，月曉風清欲墮時"，决非紅蓮詩。此乃寫物之功。若石曼卿《紅梅》詩云"認桃無緑葉，辨杏有青枝"，此至陋語，蓋村學中體也。（《付過》）

蘇軾的《紅梅三首》之一，也是針對石曼卿《紅梅》詩的這一聯比喻而寫的：

> 怕愁貪睡獨開遲，自恐冰容不入時。故作小紅桃杏色，尚餘孤瘦雪霜姿。寒心未肯隨春態，酒暈無端上玉肌。詩老不知梅格在，更看緑葉與青枝。

蘇軾還把這首詩改寫成《定風波·咏紅梅》詞，可見這首詩是詩人的得意之作。

蘇軾對石曼卿《紅梅》詩的批評，體現了他的一個一貫的主張：要求藝術創作達到"神似"，反對單純滿足於"形似"。這個主張也適用於比喻。石曼卿把紅梅比作桃杏,認爲區別只在於青枝綠葉的有無,這是僅僅從"形"的相似着眼,而不知道紅梅尚有自己獨特的"梅格",也就是没有寫出紅梅的"神"來。蘇軾的《紅梅》便力求寫出"梅格",達到"神似",來和石曼卿的"至陋"、"村學中語"相對比。他同樣使用了比喻:"故作小紅桃杏色",也把紅梅和桃杏相比;可是下句説"尚餘孤瘦雪霜姿",這却表現了與桃杏迥異的獨特品質。"酒暈無端上玉肌",把紅梅比爲醉美人,似乎也和桃杏類似;可是上句説"寒心未肯隨春態",這"寒心"却是紅梅獨有的内在精神,而不同於桃杏的"春態"了。《紅梅》詩另外二首的比喻,如"細雨裏殘千顆淚,輕寒瘦損一分肌"(其二),"丹鼎奪胎那是寶,玉人頺頰更多姿"(其三),都達到了形神兼備的妙處。

蘇軾的咏梅詩很多,他往往把梅花比作某種類型的女性。例如《次韻楊公濟奉議梅花十首》,"月黑林間逢縞袂"(其一),這是用《龍城録》的典故,把梅花比作淡粧素服的女子;"月黑林間"的特殊環境更襯託出她幽獨的性格。"月地雲階漫一樽,玉奴(當作兒)終不負東昏。臨春結綺荒荆棘,誰信幽香是返魂"(其四),這裏把梅花比作潘妃死後的芳魂,着眼在她悲劇性的忠貞。"應笑春風木芍藥,豐肌弱骨要人醫"(其八),這是把木芍藥(牡丹)比作豐肌弱骨的病態女性,反襯出梅花的瘦硬高傲。

總之,蘇軾把梅花比作幽獨、堅貞、清高的女性,用這種獨特的"人格"來刻畫梅花獨特的"梅格",這自然是石曼卿的"村學中語"所不能望其項背的。

不過,要使比喻達到"神似"的境界,是一項很高的藝術要求。蘇軾本人也不是經常都能做到這一點。《戲作鮰魚一絶》:"粉紅石首仍無骨,雪白河豚不藥人。"把鮰魚比作黄魚(石首魚)和河豚,區別僅僅在於石骨和毒性的有無,這和石曼卿的"認桃"、"辨杏"也相差無多。題作"戲作",大概率爾的創作態度是這首詩失敗的原因吧。

五

蘇詩能够把很難形諸筆墨的境界,通過比喻傳達給讀者,確實表現了深厚的功力。例如《和錢安道寄惠建茶》:

> 我官於南今幾時,嘗盡溪茶與山茗。胸中似記故人面,口不能言心自省。爲君細説我未暇,試評其略差可聽。建溪所産雖不同,一一天與君子性。森然可愛不可慢,骨清肉膩和且正。雪花雨脚何足道,啜過始知真味永。縱復苦硬終可録,汲黯少戇寬饒猛。草茶無賴空有名,高者妖邪次頑獷。體輕雖復强浮泛,性滯偏工嘔酸冷。其間絶品豈不佳,張禹縱賢非骨鯁……

這首詩可以稱爲"建溪茶品"。本來,在人類的感覺中,味覺是最難以描摹的,正如伊尹所説"鼎中之變,精妙微纖,口弗能言,志不能喻"(《吕氏春秋·本味》)。而品茶之道,尤其微妙,似乎只能憑直覺感受,而難以用語言形容。蘇軾却用"胸中似記故人面,口不能言心自省"的比喻,把這種難以形容的境界形容出來了。至於具體品説各類茶味之異同,並形之於文字,似乎是更大的難題。可是蘇軾却找到了解決這個難題的鑰匙。他的基本方法是,用不同的人品來比喻不同的茶品。在這段引詩裏,蘇軾援引的歷史人物有汲黯、蓋寬饒、張禹等,用來比方茶品的人品有戇、猛、妖邪、頑獷、賢、骨鯁等等,把難以捉摸的茶品轉換成了人們熟悉的人品。當然,人品和茶品的相似不是表面的類似,而是需要讀者在腦海中加以涵泳玩味,才能領悟。正因爲需要涵泳玩味,所以才更加餘味無窮了。

不過,蘇軾寫作這首詩還有更深的含意。據《烏臺詩案》載,蘇軾自己解釋此詩説:"'草茶無賴空有名'二句以譏世之小人乍得權用,不知上下之分，若不詔媚妖邪，即須頑獷狠劣。又‘體輕’二句云云，亦以譏世之小人體輕浮而性滯泥也。又‘其間’二句云云，亦以譏世之小人如張禹，雖有學問細行謹防，終非骨鯁之臣。又‘收藏愛惜’四句云云，以譏世之小人有以好茶鑽貴要者，聞此詩當大怒也。”這是反倒以茶品來比喻人品，將茶品再次轉換（還原）爲人品，用來影射變法派了。

蘇軾的這類比喻，並不是無源之水。早在魏晉之際，由於玄學的發展，形成了士大夫們追求玄遠意趣的風尚。當時“題目”人物，往往愛用某些含有象徵意味的事物形象來比況人物的品質，這裏姑且從《世説新語·賞譽》略引一二：

世目李元禮，謖謖如勁松下風。
公孫度目邴原，所謂雲中白鶴，非燕雀之網所能羅也。
王戎目山巨源，如璞玉渾金，人皆欽其寶，莫知名其器。
王戎云：太尉神姿高徹，如瑤林瓊樹，自然是風塵外物。

還可以舉出一些。這裏，用來比況人品的事物和所要比況的人品，也不是表面的類似，而是需要人們在頭腦中涵泳玩味，才能轉換的。在這涵泳玩味之中，便達到了魏晉士大夫們所追求的玄遠的意境。此後的藝術評論中便往往運用這種方法，用具體的事物形象來比況詩品、書品或畫品。蘇軾進一步發展了這種方法，他不是用事物比況人品，而是用人品來比況某些難以捕捉的事物的品質。我們再舉《題王逸少帖》爲例：

顛張醉素兩禿翁，追逐世好稱書工。何曾夢見王與鍾，妄自粉飾欺盲聾。有如市娼抹青紅，妖歌嫚舞眩兒童。謝家夫人澹丰容，蕭然自有林下風。……

本來，書法的風格也是難以具體指説的。蘇軾把張旭、懷素的書法比爲市娟的塗青抹紅、妖歌嫚舞，把王羲之的書法比爲謝道蘊的神情散朗、有林下風氣，也許這種評價不完全公允，但確實形象地對比出兩種書品的高下。後來運用這種手法最成功的要推辛棄疾了，他的《沁園春·靈山齊庵賦時築偃湖未成》説：

> 争先見面重重，看爽氣朝來三數峰。似謝家子弟，衣冠磊落；相如庭户，車騎雍容。我覺其間，雄深雅健，如對文章太史公。

辛棄疾把謝家子弟、司馬相如、司馬遷這些古人都調動起來，用他們非凡的氣度風格來比況群峰的"爽氣"，達到神機一片的境界。我們在贊美這些詞句的時候，自然會想起對發展這種手法做出了貢獻的蘇軾來。

六

蘇詩運用比喻描寫事件，往往充滿了奇情壯采。試看《中秋見月和子由》描寫月出："明月未出群山高，瑞光萬丈生白毫。一杯未盡銀闕涌，亂雲脱壞如崩濤。"當明月未出之時，唯見群山高聳。明月將出之際，毫光萬丈，先聲奪人，氣勢早已壓倒了群山。頃刻之間，月輪涌出，照徹天衢。亂雲在月光下敗退，土崩瓦解，勢如崩濤。中秋月出的景象，在詩人筆下顯得多麽有聲有色！

再看《送楊傑》描寫日出："天門夜上賓出日，萬里紅波半天赤。歸來平地看跳丸，一點黄金鑄秋橘。"第二句渲染紅日欲出的氣氛，多麽壯觀！第四句比擬旭日初升的形狀，又是何等的精彩！

《次韻張安道讀杜詩》説："誰知杜陵傑，名與謫仙高。掃地收千軌，争標看兩艘。"把詩歌史寫成萬帆競發的壯闊場面。第三句比喻杜甫盡收諸家之長，第四句比喻李白、杜甫並駕齊驅，你追我趕，遥遥領先。文學評論而能寫得如此激動人心，還不多見。

蘇詩還善於通過比喻，寫出事物發展的階段。如《荆門惠泉》"初開不容椀，漸去已如帛"，寫惠泉水勢漸大之狀，雖然用了典，却並不生澀。《和趙郎中捕蝗見寄次韻》："初如疏畎澮，漸若決瀦勃，往來供十吏，腕脱不容歇。"前兩句也寫水勢從涓涓細流發展而爲滚滚洪濤，用來比喻詩歌靈感暴發之盛，以致書手十人筆録不及。《戲作種松》："我昔少年日，種松滿東岡。初移一寸根，瑣細如插秧。二年黄茅下，一一攢麥芒。三年出蓬艾，滿山散牛羊。不見十餘年，想作龍蛇長。夜風波浪碎，朝露珠璣香。……"一連串的比喻，不啻爲一部松樹生長史了。

蘇詩的比喻往往充滿動態，像《江上看山》，劈頭就説："船上看山如走馬，倏忽過去數百群，前山槎牙忽變態，後嶺雜沓如驚奔。"查慎行注引馬思贊云："起句用少陵'隔河見胡騎，倏忽數百群'二語。杜是正面，此是譬喻，所謂奪胎換骨法也。"字面雖有出處，設喻仍屬獨創。《游徑山》劈頭也説："衆峰來自天目山，勢若駿馬奔平川，中途勒破千里足，金鞭玉鐙相迴旋。"紀昀評曰："與'船上看山如走馬'設譬略同，而工拙相去遠矣。"其實，兩詩設譬都很精彩，不存在什麼"工拙相去遠矣"。前詩是寫舟行若飛，因而兩岸群山如驚馬迎面狂奔而來；後詩是寫群山形勢自如駿馬奔馳迴旋。設譬雖同，落脚點却不同。在這以前，劉禹錫寫過"群峰朝拱如駿奔"（《唐侍御寄游道林嶽麓二寺詩》）的詩句。不過把静止的群山寫得如此生龍活虎，令人精神振奮，耳目一新，却是蘇軾的特長。後來辛棄疾也長於此道，如"疊嶂西馳，萬馬迴旋，衆山欲東"（《沁園春·靈山齊庵賦時築偃湖未成》），則又脱胎於蘇軾《游徑山》了。

七

蘇詩善用"博喻"，這是宋人早已觀察到的。洪邁《容齋三筆》

卷六：

　　韓、蘇兩公爲文章，用譬喻處重複聯貫，至有七八轉者。韓公《送石洪序》云："論人高下，事後當成敗，若河決下流東注；若馹馬駕輕車，就熟路，而王良、造父爲之先後也；若燭照、數計而龜卜也。"《盛山詩序》云："儒者之於患難，其拒而不受於懷也，若築河隄以障屋霤；其容而消之也，若水之於海，冰之於夏日；其翫而忘之以文辭也，若奏金石以破蟋蟀之鳴、蟲飛之聲。"蘇公《百步洪》詩云"長洪斗落生跳波，輕舟南下如投梭，水師絶叫鳧雁起，亂石一線爭磋磨。有如兔走鷹隼落，駿馬下注千丈坡，斷絃離柱箭脱手，飛電過隙珠翻荷"之類是也。

　　這段話把韓愈與蘇軾並列爲善用博喻的代表作家，是頗有見地的。不過對韓愈只舉了他散文中的例證，却並不全面。本來，我國詩歌從《詩經》開始，就有使用博喻的例子，但却遠沒有散文那麽普遍。把博喻的使用大力推廣到詩歌領域的是韓愈，例如他的《南山詩》"或連若相從，或蹙若相鬭"一段，一口氣連用了五十多個"或"字，也就是連用了五十多個比喻，用來刻畫南山的形象，這是中國詩歌史上前所未有的嶄新現象，就是後來博喻在詩歌中大量使用了，也仍然找不到這樣極端的用例。

　　博喻大量進入詩歌，是和中國詩歌發展中的新傾向——"以文爲詩"相聯繫的。韓愈是這一新傾向的開創者，所以黃庭堅説："韓以文爲詩。"（陳師道《後山詩話》引）沈括説："退之詩，押韻之文耳。"（釋惠洪《冷齋夜話》引）《南山詩》的博喻，便是"以文爲詩"的表現之一。南宋洪興祖説："此詩似《上林》、《子虛賦》。"這是説《南山詩》采用了漢賦鋪張排比的表現方法，而博喻正是韓愈用來鋪張排比的主要手段之一。到了宋代，"以文爲詩"發展成爲主導的傾向，博喻也更多地進入詩歌。蘇軾是宋詩這種傾向的代表作家，清人趙翼説："以文爲詩，自昌黎始，至東坡益大放厥詞，別開生面，成一代之大觀。"難怪蘇軾也是善用博喻的代表作家了。

詩歌使用博喻好不好？這應該具體分析，不能一概而論。宋人"以文爲詩"成爲風氣，因而往往偏愛博喻，甚至有説韓愈《南山詩》超過杜甫《北征》詩的，如范温《潛溪詩眼》記載："孫莘老嘗謂老杜《北征》詩勝退之《南山詩》，王平甫以謂《南山》勝《北征》，終不能相服。"兩詩優劣，今天已不成爲問題了。就比喻而言，《北征》"山果多瑣細，羅生雜橡栗，或紅如丹砂，或黑如點漆，雨露之所濡，甘苦齊結實"，隨手點染，涉筆成趣。這兩個"或"字，壓倒了《南山詩》苦心經營的五十多個"或"字。畢竟比喻的數量多並不一定表示比喻的質量高。不過，這並不是博喻本身的過錯，而是取決於作者手眼的高低。

蘇軾詩中的博喻是很豐富的，多數也是成功的。《百步洪二首》之一："有如兔走鷹隼落，駿馬下注千丈坡，斷絃離柱箭脱手，飛電過隙珠翻荷。"據沈欽韓《蘇詩查注補正》引《江南通志》説："百步洪……水中亂石巉巖與驚湍相激，舟行病之，凡數里始静。"詩人在四句詩中用一連串風掣電閃般的形象，來比喻輕舟急流的迅極險極。由於把七個比喻壓縮在短短二十八個字中，形成了應接不暇的畫面節奏，造成了驚心動魄的藝術效果，這是詩人成功之處。此外，如《雲龍山觀燒得雲字》："悲同秋照蟹，快若夏燎蚊。火牛入燕壘，燧象奔吴軍。崩騰井陘口，萬馬皆朱幩。摇曳驪山陰，諸姨爛紅裙。"這一串五花八門的比喻是形容山火的。《焦千之求惠山泉詩》："或爲雲洶湧，或作線斷續。或鳴空洞中，雜佩間琴筑。或流蒼石縫，宛轉龍鸞蹙。"這是比喻惠山石泉泉水的。《石鼓歌》："古器縱横猶識鼎，衆星錯落僅名斗，模糊半已隱瘢胈，詰曲猶能辨跟肘。娟娟缺月隱雲霧，濯濯嘉禾秀稂莠。"這是比喻石鼓文字滅没不可盡辨，可以與韓愈《石鼓歌》裏著名的博喻相比美。不過，我以爲《讀孟郊詩二首》（之一）的博喻更耐人咀嚼："夜讀孟郊詩，細字如牛毛。寒燈照昏花，佳處時一遭。孤芳擢荒穢，苦語餘詩騷。水清石鑿鑿，湍激不受篙。初如食小魚，所得不償勞，又似煮彭蠍，竟日持空螯。"這段詩極力形容孟詩的"清苦"，其中"初如"四句比喻"佳處時一遭"的境界，確能把難以表達的感覺轉換成人人具有的經驗，形象地再現出來。蘇軾曾經提出過"郊寒島瘦"(《祭柳子玉文》)的著名評語。這些比喻和全詩一樣，也具有"寒瘦"的風格。詩人自稱"我憎孟郊詩，復作孟郊語"，用孟郊語來評價孟郊詩，更覺得意味深長了。

八

蘇詩的比喻往往和其他修辭手段配合，造成特殊的藝術效果。例如《南園》：

> 不種夭桃與綠楊，使君應欲候農桑。春畦雨過羅紈膩，夏壠風來餅餌香。

後兩句詩在宋代就引起了人們的讚嘆。釋惠洪《冷齋夜話》說："荊公詩'繰成白雪桑重綠，割盡黃雲稻正青'，東坡詩'春畦雨過羅紈膩，夏壠風來餅餌香'，如《華嚴經》，舉果知因，譬如蓮花，方其吐花，而果具蕊中。造語之工，至此盡矣。"趙次公說："此格謂之言山不言山、言水不言水之格，最爲巧妙。舊《眉山集》一本云'桑疇'、'麥壠'，今云'春疇'、'夏壠'。言春則知其爲桑，況下又有'羅紈膩'字；言夏則知其爲麥，況下又有'餅餌香'字乎？此必先生後來手自定詩集時易之耳。"

仔細玩味這兩句詩，確實包含了許多修辭手段。用"春畦"代替"桑疇"，用"夏壠"代替"麥壠"，這是借代。用"羅紈膩"來形容雨後春桑的潤澤，用"餅餌香"來形容風中夏麥的芬芳，這是比喻。用"羅紈膩"來暗示春蠶豐收後羅紈增產的景象，用'餅餌香'來暗示夏麥豐收後餅餌飄香的喜悅，這是聯想。"羅紈膩"、"餅餌香"兼有比喻和聯想的效用,這是雙關。在兩句詩中綜合了四種修辭手段(實際上每一句詩中都應用了四種修辭手段),把形象的暗示、經驗的聯想、思維的跳躍……如此豐富的内容交融在一起,而又渾若天工,不露痕迹,這是只有大手筆才能辦到的。

　　跳躍性本是詩歌形象的特點之一;由花見果的聯想更是蘇軾的獨得之秘。下面還可以舉一些例子:"長江繞郭知魚美,好竹連山覺筍香。"(《初到黄州》)"未任筐筥載,已作杯盤想。"(《雨後行菜圃》)"新春便入甑,玉粒照筐筥……行當知此味,口腹吾已許。"(《東坡八首》之四)"一聽南堂新瓦響,似聞東塢小荷香。"(《南堂五首》之三)"穉杉戢戢三千本,且作凌雲合抱看。"(《與孟震同游常州僧舍三首》之二)後來陸游的名句"小樓一夜聽春雨,深巷明朝賣杏花"(《臨安春雨初霽》),范成大的"誰知細細青青草,中有豐年擊壤聲"(《插秧》),都是遵循了蘇軾這種由花見果的聯想邏輯的。

　　蘇軾的這種聯想,往往和比喻配合,更增强了藝術效果。除了前引《南園》外,還可以再舉兩個例子。"玉花飛半夜,翠浪舞明年"(《和田國博喜雪》),"玉花"比喻雪花,"翠浪"比喻麥苗,兩句詩把瑞雪兆豐年的意思説得多麽蘊藉有味。又如《游博羅香積寺》:

　　　　……要令水力供臼磨,與相地脈增堤防。霏霏落雪看收麵,隱隱疊鼓聞舂糠。散流一啜雲子白,炊裂十字瓊肌香。豈惟牢九薦古味,要使真一流天漿。詩成捧腹便絶倒,書生説食真膏肓。

　　前兩句是説,詩人設想在溪上修築堤防,設置水磨。以下六句都是水磨建成後的情形:霏霏落雪比喻磨麵之狀,隱隱疊鼓比喻舂米之聲。米舂之後炊而爲飯,這是"雲子白";麵磨之後炊而爲餅,猶如"瓊肌香"。進而制而爲牢九之食品,釀而爲真一之酒漿……。這一切都説得如此活靈活現,簡直如聞其香、如嘗其味——然而這一切不過是詩人頭腦中一首暢想曲而已。詩人這時正在流竄蠻荒的途中,一身尚且未保,幻想哪能實現? 所以詩人自己也不覺失笑,自嘲地説:"書生説食真膏肓。"其實,這並不是詩人説食成癖,而是活躍在詩人頭腦中的藝術思維如奔騰的洪水,一瀉而不可收罷了。

九

蘇軾《送路都曹》詩引説:

> 乖崖公(張詠)在蜀,有録曹參軍老病廢事。公責之曰:"胡不歸!"明日參軍求去,且以詩留別。其略曰:"秋光都似宦情薄,山色不如歸意濃。"公驚謝之曰:"吾過矣,同僚有詩人而我不知!"因留而慰薦之。予幼時聞父老言,恨不問其姓名。今都曹路公以小疾求致仕,予誦此詩留之不可,乃采前人意作詩送之。

一代文豪的蘇軾,拜服在一個無名參軍的一聯比喻之下,並且采用其意作詩,可謂虛懷若谷了。事實上蘇軾本人就是中國文學史上,最善於通過比喻抒發生活感受的詩人。在他四十多年不平坦的仕宦生涯中所領略到的酸甜苦辣、人生滋味,他往往似乎不經意地隨手拈來一兩個比喻,就發抒得淋漓盡致,傳頌千古。這裏略舉幾個例子。

"人生到處知何似? 應似飛鴻踏雪泥。泥上偶然留指爪,鴻飛那復計東西"(《和子由澠池懷舊》),暗用了《傳燈録》所載天衣義懷禪師語:"雁過長空,影沉寒水。雁無遺蹤之意,水無留影之心。"蘇軾和弟弟蘇轍首次赴京途中,曾寄宿於澠池縣僧舍,並題詩於寺僧奉閑的壁上。一年以後舊地重游,奉閑已死,壁詩無存。詩人感慨人生往來,無非偶然,由舊壁題詩聯想到飛鴻留影,便産生了這一美妙的比喻,表明詩人從青年時代就具有了發抒人生嘆喟的特殊才能。

"欲知垂盡歲,有似赴壑蛇,修鱗半已没,去意誰能遮?"(《守歲》)

這一獨特的比喻,把歲年奔逝不可阻遏的感覺,化爲可見可感的藝術形象,表達了詩人在一年之尾的惜歲之情,也是蘇軾受人稱道的比喻之一。

"夢繞雲山心似鹿,魂飛湯火命如雞"(《獄中寄子由二首》之二),這是蘇軾因詩得罪入獄,自度必死,在獄中寫給蘇轍訣別的詩句。詩中把自己驚惶慕戀的心情比喻得那樣生動,據説宋神宗讀了這兩首詩也爲之動心,遂從寬發落爲黃州團練副使,可見詩句感人的力量。不過詩人剛一出獄,驚魂甫定,就又高唱起來:"却對酒杯渾似夢,試拈詩筆已如神。"(《十二月二十八日蒙恩責授檢校水部員外郎黃州團練副使復用前韻二首》之一)得意忘形之態,躍然紙上,這真是傷疤没好就忘了痛。然而,這正是詩人獨特個性的生動表現;如果不是這樣,就不成其爲蘇軾了。

浮沉宦海,蘇軾内心充滿了矛盾。"塵容已似服轅駒,野性猶同縱壑魚"(《游廬山次韻章傳道》),體現了出仕與退隱在他心中引起的衝突。"少年辛苦真食蓼,老境安閑如啖蔗"(《次韻前篇》),這是他飽嘗了人生滋味,在黃州回顧前半生所寫,頗有安於貶謫生活之意。可是,生活的道路畢竟是曲折艱難的。"子亦拙進取,才高命堅頑,譬如萬斛舟,行此九折灣"(《次京師韻送表弟程懿叔赴夔州運判》),這雖然是説的別人,却有蘇軾自己的感受在内。如果詩人没有經歷貶謫黃州的坎坷與挫折,是寫不出這樣精到的比喻的。果然,後來蘇軾就爲自己的命運喟嘆了:"我少即多難,邅回一生中,百年不易滿,寸寸彎强弓。"(《次前韻寄子由》)這又是一個獨創的比喻。這時蘇軾正在從惠州再貶儋州的途中,他在人生的逆境中挣扎前進,確實是"寸寸彎强弓"啊!

"浮雲時事改,孤月此心明"(《次韻江晦叔二首》之二),這是蘇軾臨終的一年,在北歸路上所寫。詩人一生看盡了時局的翻覆變化,雲譎波詭,可是詩人始終一貫的心迹,却有如天際的孤月,磊落光明。在詩人看來,北歸便是"孤月此心明"的最終證明。看似平淡的兩個比喻,却包含了尋繹不盡的人生哲理,難怪胡仔稱贊道:"語意高妙,如參禪悟道之人吐露胸襟，無一毫窒礙也。"實際上，這也是詩人一生的自我總結。不久詩人便溘焉長逝了。

　　蘇軾通過比喻抒發的人生感受，真實地表達了封建社會一個正直士大夫的種種悲歡情緒，因而在漫長的歷史歲月中傳誦不絕。就是在今天，他的藝術經驗對我們也有着借鑒的意義。

（原載《四川大學學報叢刊》第六輯《蘇軾研究專集》，一九八〇年十一月）

唐宋新詩話（三則）

一、杜甫一則

“暮投石壕村，有吏夜捉人。老翁逾墻走，老婦出門看。”杜甫《石壕吏》的發端明白如話，但人們的理解並不一致，甚而連文字也因版本不同而互有歧異。仇兆鰲《杜詩詳注》和浦起龍《讀杜心解》作“老婦出看門”，海鹽劉氏本作“老婦出門首”，楊倫《杜詩鏡詮》和錢謙益《錢注杜詩》作“老婦出門看”。建國以來的各種杜詩選注本，大都作“老婦出門看”，這是正確的。但是又多把“看”講作“探看”，如傅庚生《杜詩析疑》說：“縣吏乘夜黑捉人，老翁跳後墻逃走，老婦出門外探看，遂聽到吏呼婦啼，上下文思貫串。”這却沒有領會詩人的深意。試想，惡吏夜半捉人，自然是十分恐怖的場面，按常理而言，老婦避之猶恐不及，怎麼會出門“探看”呢？

我以爲這個“看”字，是唐宋俗語詞，本義指接待客人，如《景德傳燈錄》卷一二，郢州芭蕉山慧清禪師：“賊來須打，客來須看。”這是當時流行的俗語。“客來須看”是說客人來了應該接待。陳與義《己酉九月自巴丘過湖南別粹翁》：“使君南道主，終歲好看客。”“看客”也是接待賓客的意思。杜詩愛用俗語，《南鄰》詩云：“慣看賓客兒童喜，得食階除鳥雀馴。”上句是說錦里先生家裏的兒童經常接應賓客，看見詩人到來非常高興。這不但是寫錦里先生的好客，也爲了説明詩人是錦里先生家的常客。“老婦出門看”的“看”，正和上引語例的用法相同。不過按照《石壕吏》的具體情境，當然不能簡單地講作接待。惡吏夜半捉人，老婦不但沒有躲避，反而開門應付惡吏，是爲了掩護老翁逃走。爲了掩護老翁而應付惡吏，這不是一般意義的接待，講作對付更爲確切。要對付惡吏，不是一件容易的事情。“吏呼一何怒！婦啼一何苦！”可見老婦承受了多麽大的壓力。接着老婦悲痛的陳述，爲老翁争取了逃匿的時間，却並沒有打動惡吏的心。最後老婦慷慨請行：“老嫗力雖衰，請從吏夜歸，急應河陽役，猶得備晨炊。”仍然是唯恐老翁不免，甘願豁出一把老骨頭代翁赴難。

　　讀罷《石壕吏》，掩卷長嘆，無法拂去縈繞在腦際的這個老婦的形象。她挣扎在那個戰亂的時代，經受了命運的無情打擊，三男從軍，兩男戰死，家裏窮得没有一條完好的裙子給媳婦遮羞，而新的灾難又接踵而至。可是苦難並沒有把這個性格堅强的老婦壓垮。在詩人目睹的這個戲劇性場面中，她挺身而出的過人膽略，她對付惡吏的聰明機智，她代翁赴難的自我犧牲精神……在一個貧苦老婦身上表現的這些美好品質，在那漫漫的長夜裏發出了動人的光輝。僅僅把《石壕吏》看作是一幕悲慘的戲劇，這不是全面的看法。它的基調不僅是悲慘，而且是悲壯。它不但記録了我們民族歷史上的深重苦難，也歌頌了我們民族在這深重苦難中所焕發出來的偉大的精神力量。如果我們把“老婦出門看”的“看”僅僅理解爲“探看”，怎麽可能領悟這首詩的真諦呢？

　　有時候對一個字的解釋，往往可以影響對一首詩的思想深度的發掘，以上所舉便是一個例子。

二、盧仝一則

　　元辛文房《唐才子傳》卷五記載盧仝事迹頗詳，其中有云：“仝，范陽人，初隱少室山，號玉川子。……朝廷知其清介之節，凡兩備禮徵爲諫議大夫,不起。"這裏提到的"初隱少室山"和朝廷"兩備禮徵爲諫議大夫"兩端,都是子虛烏有之事,而爲歷來論者所沿襲不疑。

考之《玉川子詩集》三卷及《新唐書》本傳,均未載上述二事;相反,盧仝友人賈島《哭盧仝》詩云:"賢人無官死,不親者亦悲。……平生四十年,惟著白布衣。天子未辟召,地府誰來追。"詩中明明説到"天子未辟召",是盧仝終其身未蒙朝廷徵召的確證,足可駁正《唐才子傳》之誤。

那麼,辛文房首次提出盧仝"初隱少室山"及朝廷"兩備禮徵爲諫議大夫"的根據何在呢?按《唐才子傳》係博采群書、綜輯組織而成,如《盧仝傳》即采摭《新唐書》本傳、韓愈《寄盧仝》詩等有關資料,加以綜合改寫的。其中自"後卜居洛城"至"愈益服其度量"一節,其材料顯然來源於《寄盧仝》一詩,而韓詩中如下一段,極可注意:

> 勸參留守謁大尹,言語纔及輒掩耳。水北山人得名聲,去年去作幕下士。水南山人又繼往,鞍馬僕從塞閭里。少室山人索價高,兩以諫官徵不起。彼皆刺口論世事,有力未免遭驅使。

這段詩的大旨是稱美盧仝鄙棄功名富貴(實則盧仝未必果真如此),而以洛陽地區另外三位隱士"刺口論世事"作爲反襯。"水北山人"指石洪,"水南山人"指温造,他們最初都以隱居自高,而最終都被羅致於烏重胤幕下(韓集中《送石處士序》及《送温處士赴河陽軍序》兩文,即爲二人出山而作)。"少室山人"指李渤,《新唐書·李渤傳》云:"與仲兄涉偕隱廬山。……久之,更徙少室。元和初,户部侍郎李巽、諫議大夫韋況交章薦之,詔以右拾遺召。於是河南少尹杜兼遣吏持詔、幣即山敦促,渤上書謝……不拜。洛陽令(按當作河南令)韓愈遺書曰:'……又竊聞朝廷議,必起遺公,使者往若不許,即河南必繼以行。拾遺徵若不至,更加高秩。如是辭少就多,傷於廉而害於義,遺公必不爲也。"試以《寄盧仝》詩中與此對照,可知詩云"索價高"即韓愈致李渤書中之"辭少就多,傷於廉而害於義"。韓愈對李渤的批判態度是顯然的,故視李渤與溫、石同科,而以"彼皆刺口論世事,有力未免遭驅使"二句總括三人,以與盧仝的清高相對比。辛文房誤認"兩以諫官徵不起"爲稱譽之語,又進而誤認作韓愈贊譽盧仝之語,並采入《盧仝傳》,遂致張冠李戴,把李渤兩被徵召之事轉嫁於盧仝名下了。

又兩《唐書》稱李渤以"左(右)拾遺"召,《唐才子傳》稱盧仝以"諫議大夫"召。按,元和官制,諫議大夫正五品上,左、右拾遺從八品上,官秩相差頗遠。何以會有這一不同呢?這是因爲韓詩只泛稱李渤"兩以諫官徵不起",辛文房既不知"少室山人"即是李渤,故無從據史書核實"諫官"的具體名色,遂以意擬爲"諫議大夫",這又是誤中之誤了。至於辛氏稱盧仝"初隱少室山",也是由於誤認"少室山人"爲盧仝而派生的錯誤。

三、舒信道一則

《全唐詩外編》第三編《全唐詩補逸》卷一七,收入舒信道《甘蔗詩》(題擬)一首:

　　瑤池宴罷王母還。九芝飛入三仙山。空餘絳節留人間。雲封露洗無時閒。節旄落盡何斕斑。野翁提攜出茅菅。吳刀戞戞鳴雙環。截斷寒冰何潺潺。相如賦就空上林。倦遊渴病長相侵。劉伶愛酒真荒淫。狂來欲倒滄溟深。此時一嚼輕千金。當壚何用文君琴。五斗一石安足斟。坐想毛髮生青陰。蕭瑟甘滋欲誰讓。粗梨橘柚紛殊狀。冷氣相射杯盤上。顧郎不見休惆悵。佳境到頭還不安。詩成雖愧陽春唱。全勝乞與將軍杖。

注云:"見淵鑑類函果部。甘蔗五。"作者小傳云:"舒信道。無考。詩一首。（全唐詩無舒信道詩）”

　　今檢《淵鑑類函》卷四百四載此詩，冠以“〔增〕唐舒信道詩曰”數字，無詩題。《淵鑑類函》是清康熙年間，由儒臣張英等奉敕在明俞安期《唐類函》的基礎上，博采諸書，益以唐宋元明詩文事迹而成。甘蔗詩即是由張英等增輯采入的。但張英等弄錯了作者的時代，《全唐詩補逸》沿襲不改，遂誤作唐人逸詩了。

　　這首詩的作者是北宋人舒亶，字信道。《宋詩紀事》卷二三“舒亶”名下收入此詩，題作《咏蔗》，注“出《合璧事類·別集》”。《合璧事類》全名《古今合璧事類備要》，南宋謝維新編。《四庫全書總目》謂其“所收皆兼及宋代，雖不及《太平御覽》、《册府元龜》諸書皆根柢古籍、元元本本，而所采究皆宋以前書，多今日所未見。宋代遺事佚詩，如蘇軾咏雪詩以‘富、貴、勢、力’分四首爲本集所不錄者，亦往往見於此書，故屬鶚作《宋詩紀事》多採用之。”因此，《合璧事類》載此詩作者爲舒亶，是可信的，詩題亦應作《咏蔗》。舒亶，《宋史》卷三二九有傳，字信道，明州慈溪人。治平二年試禮部第一，神宗元豐二年任御史中丞時，與李定等劾蘇軾作爲歌詩譏訕時事，是著名的“烏臺詩案”的發動者之一。

　　　　　　　　　（原載《百家唐宋詩新話》，四川
　　　　　　　　　文藝出版社，一九八九年五月）

三句半詩話

四十年前，我考取四川大學研究生，乘坐了兩天三夜的火車，沿着"難於上青天"的蜀道進入了四川盆地。在學校禮堂舉行的歡迎新生的晚會上，我第一次聽報幕員說出了這個奇怪的節目名稱——"三句半"。大幕拉開後，一溜兒上來了四個男生，站成一排。前三位男生雖然不一定都是俊男，卻也舉止得體。第四位男生卻是醜星，五短身材，擠眉弄眼，動作滑稽。表演開始，前三位男生依次上前一步，各自念出了一句五言詩，似乎並無驚人之處。輪到第四位男生表演，只見他一個誇張的表情，配合一個誇張的動作，嘴裏爆發出半句詩——兩個字，戛然而止。於是全場哄堂大笑，而前面三位男生看似平淡無奇的詩句，突然之間有了新的意義。一輪之後，表演接續進行，前三位男生各念詩一句，第四位男生再爆發出半句，引起了全場又一次哄笑。如此往返進行了十幾回，表演結束，會場的氣氛也達到了活躍和歡樂的高潮。

當時我對這種表演形式非常好奇，它比我在北方看過的"拉洋片"更加生動活潑，顯示了四川人幽默而熱烈的性格。這以後，我便在多種場合看到了許多"三句半"的表演，直到"文化大革命"宣傳隊的演出。似乎在那個時代，"三句半"是在四川民間最爲普及，最受歡迎的一種娛樂和宣傳的形式，以至於我自己也曾經受命寫過一篇"三句半"，交給別人表演，目的是爲了配合某個宣傳任務——具體是宣傳什麼，我卻記不起來了。"三句半"這種形式雖然在四川的民間一度十分火爆，卻從未登上大雅之堂，今天我很想舉出曾經看過的"三句半"的實例,却無法從任何正式出版物上找到一篇,更不用説找到"三句半"的專集了。——曾幾何時,在民間如火如荼地涌現的那些"三句半"作品,就這樣不留痕迹地消失了。我聽説四川的許多地方至今仍然保留着表演"三句半"的傳統,希望有心人把這些新産生的"三句半"搜集起來,流傳下去。

後來我在閲讀中發現,"三句半"其實有很悠久的歷史,從北宋開始的古籍中,就記録了一些類似的詩作,當時稱爲"十七字詩"。現在姑就記憶所及,把它們聯綴成這篇《三句半詩話》。

現在知道的較早的"十七字詩",見於北宋王直方(一〇六九～一一〇九)所撰的詩話,《詩話總龜》前集卷三九引《王直方詩話》云:

> 吴賀迪吉者,撫州人,一日載酒來余家,並召劉夷李、洪龜父、饒次守輩,酒酣頗紛紛。龜父先歸,作一絶題于余書室曰:"再爲城南游,百花已狂飛。更堪逢惡客,騎馬風中歸。"次守既醒,作十七字和云:"當時爲舉首,滿意望龍飛。而今已報罷,且歸。"蓋龜父是年自洪州首薦,自今上初即位,無建試也。(《總龜》前三十九)[1]

這首十七字詩寫作,緣於王直方家的一次宴會,酒客們醉後頗有紛争,洪龜父提前退席,並題五絶一首,諷刺諸客爲"惡客"。饒次守醒後見詩不服,遂作十七字詩和之,詩中把洪龜父選場失意的事拿來挖苦一番,似乎有失忠厚之道。既云和詩,又且步韻,可是却比原詩少了三個字,這是爲什麽呢? 原來"十七字詩"最適用於嘲諷,所以又被稱爲"嘲詩",饒次守用十七字詩來嘲諷洪龜父,是能够深深地刺痛後者的。

---

[1] 引自郭紹虞《宋詩話輯佚》卷上《王直方詩話》,中華書局,一九八〇,頁八〇。《四部叢刊》初編景上海涵芬樓藏明嘉靖刊本《增修詩話總龜》、《景印文淵閣四庫全書》本"劉夷李"作"劉夷季","建試"作"廷試",當是。

這也説明“十七字詩”作爲嘲詩，當時已經成熟定型了，所以饒次守要嘲諷洪龜父，便不假思索地選擇了“十七字詩”，而不顧“和詩”應該詩體相同的起碼要求。饒次守雖然是已知的第一個“十七字詩”的作者，但這種詩體決非是他的首創。事實上，在整個宋代，“十七字詩”在民間是普遍流行的，也產生了著名的專家。

洪邁《夷堅乙志》卷一八《張山人詩》：

　　張山人自山東入京師，以十七字作詩，著名於元祐、紹聖間，至今人能道之。其詞雖俚，然多穎脱，含譏諷，所至皆畏其口，爭以酒食錢帛遺之。年益老，頗厭倦，乃還鄉里，未至而死於道。道旁人亦舊識，憐其無子，爲買葦席，束而葬諸原，楬木書其上。久之，一輕薄子至店側，聞有語及此者，奮然曰：“張翁平生豪於詩，今死矣，不可無紀述。”即命筆題于楬曰：“此是山人墳，過者應惆悵。兩片蘆蓆包，勑葬。”人以爲口業報云。（吳傳朋説）①

以上是根據中華書局標點本引録的，“兩片蘆蓆包，勑葬”，原來連作“兩片蘆蓆包勑葬”一句，完全失去了十七字詩的格式和風韻，則是標點者對於十七字詩尚很陌生所致。這位張山人便是創作十七字詩的專家，他稱爲“山人”，則是未曾仕宦，是社會下層的知識分子。他以十七字詩著名於元祐、紹聖間（一〇八六～一〇九八），與饒次守大約同時。南宋的洪邁（一一二三～一二〇二）説“至今人能道之”，可見他的影響。他的十七字詩“含譏諷，所至皆畏其口，爭以酒食錢帛遺之”，創作十七字詩成爲他謀生的手段，因此他可以稱作第一位專業的十七字詩作者。洪邁沒有記下他的名字，我以爲他就是張壽，宋王闢之《澠水燕談録》卷一〇《談謔》：

---

①中華書局，一九八一，頁三四二。

　　往歲，有丞相薨于位者，有無名子嘲之。時出厚賞，購捕造謗。或疑張壽山人爲之，捕送府。府尹詰之，壽云：“某乃于都下三十餘年，但生而爲十七字詩，鬻錢以餬口，安敢嘲大臣。縱使某爲，安能如此著題。”府尹大笑，遣去。[1]

　　王闢之是北宋山東臨淄人，他記叙“往歲”的張壽山人，與洪邁筆下的張山人不但都姓張，而且都是“山人”，由外地（山東）入都（京師）多年，都以創作十七字詩爲謀生手段，他們就是同一個人。張山人雖以十七字詩著名，也因十七字詩賈禍。當時有丞相薨於位，有無名子嘲之，張山人便以嫌疑人而被捕，幸因他善辯，才得以免禍。但我總以爲他就是那個無名子。所謂“嘲之”，就是用十七字詩加以嘲諷，因爲十七字詩也叫作“嘲詩”（見下）。可惜張山人的所有十七字詩，包括這首嘲弄丞相薨於位的嘲詩，全都沒有流傳下來。可是具有諷刺意味的是，嘲弄張山人行死路邊的十七字詩却流傳至今，那就是《夷堅志》所記輕薄子的十七字詩：“此是山人墳，過者應惆悵。兩片蘆蓆包，勑葬。”詩中說的“勑葬”是宋代制度，勳戚大臣薨卒後，皇帝遣内臣監護葬事，稱爲“勑葬”（見孔平仲《孔氏談苑》卷一），也稱“詔葬”，如《宋史·禮志二七》：

　　又按《會要》：勳戚大臣薨卒，多命詔葬，遣中使監護，官給其費，以表一時之恩。凡凶儀皆有買道、方相、引魂車、香、蓋、紙錢、鵝毛、影輿、錦繡虛車、大輿、銘旌；儀棺、行幕，各一；挽歌十六。其明器、牀帳、衣輿、結綵牀皆不定數。墳所有石羊虎、望柱各二，三品以上加石人二人。入墳有當壙、當野、祖思、祖明、地軸、十二時神、誌石、券石、鐵券各一。殯前一日對靈柩，及至墳所下事時，皆設勑祭，監葬官行禮。[2]

①中華書局，一九八一，頁一二五。
②中華書局，一九七七，頁二九〇九～二九一〇。

可知"勑葬"規格之高,極盡奢華哀榮之能事。而輕薄子十七字詩的
"勑葬"接在"兩片蘆蓆包"之下,可謂謔而近虐了。想不到張山人一生
寫作"十七字詩",嘲弄了無數人,最後反而被別人用十七字詩如此嘲
弄,怪不得時人認爲是"口業報"了。

由於"十七字詩"具有強大的諷刺功能,它也被用作政治鬥爭的工
具。佚名《宋季三朝政要》卷二記載了南宋時期的一場政治鬥争:

> (淳祐四年九月)史嵩之丁父彌忠憂,詔起復右丞相兼樞密使
> 永國公,令學士院降制。先是,黄濤上書,乞斬嵩之以謝天下。劉
> 應起上疏,謂嵩之牢籠既密,則陛下之國危。省元徐霖上書,言其
> 姦深擅權。上不之悟。至是侍郎徐元杰上疏,令其終喪,史憾之,
> 上亦不聽。太學生黄愷伯、金九萬、孫翼鳳、何子舉等百四十四人
> 上書曰:"……且嵩之之爲計亦姦矣,自入相以來,固知二親耄矣,
> 爲有不測,旦夕以思,無一事不爲起復張本。當其父未死之前,已
> 預爲必死之地。近畿總餉,本不乏人,而起復未卒哭之馬光祖。
> 京口守臣,豈無勝任,而起復未經喪之許堪。故里巷爲十七字之
> 謠也,曰:'光祖做總領,許堪爲節制。丞相要起復,援例。'夫以里
> 巷之小民猶知其姦,陛下獨不知之乎?"[1]

文中的"右丞相兼樞密使永國公"就是史嵩之,這場鬥爭就是圍繞着史
嵩之是否應該"起復"而展開的。封建時代的官吏遭遇父母之喪,例應
辭官守喪,在守喪期間如蒙朝廷召回任職,稱爲起復。古人對丁憂守
喪是極其看重的,《朝野僉載》卷四:

> 周夏官侍郎侯知一年老,敕放致仕。上表不伏,於朝堂踴躍
> 馳走,以示輕便。張憬丁憂,自請起復。吏部主事高筠母喪,親戚

①《景印文淵閣四庫全書》,臺灣商務印書館,三二九册,頁九八五~九八七。

爲舉哀，筠曰："我不能作孝。"員外郎張栖貞被訟詐遭母憂，不肯
起對。時臺中爲之語曰："侯知一不伏致仕，張琮自請起復，高筠
不肯作孝，張栖貞情願遭憂。皆非名教中人，並是王化外物。"獸
心人面，不其然乎！①

可知自請起復、不肯作孝，皆被視爲"獸心人面"。不過在宋代，丞相丁
憂起復已成常例，《宋史·富弼傳》："以母憂去位，詔爲罷春宴。故事，
執政遭喪皆起復。帝虛位五起之，弼謂此金革變禮，不可施於平世，卒
不從命。"②不過像富弼這樣不戀棧的官僚畢竟是少數。圍繞史嵩之
起復的這場鬥爭，"起復"只是幌子，其實是朝廷中兩派勢力的鬥爭，後
來演變成一場大規模的學潮。《宋史·史嵩之傳》：

> （淳祐）四年，遭父喪，起復右丞相兼樞密使。累賜手詔，遣中
> 使趣行。於是太學生黃愷伯、金九萬、孫翼鳳等百四十四人，武學
> 生翁日善等六十七人，京學生劉時舉、王元野、黃道等九十四人，
> 宗學生與寰等三十四人，建昌軍學教授盧鉞，皆上書論嵩之不當
> 起復，不報。③

"起復"史嵩之本是宋理宗的旨意，不便過度攻訐。太學生們倒史的策
略，是揭露史嵩之自己處心積慮地謀求起復，在丁憂之前便預爲之地，
故起復馬光祖、起復許堪，意在爲今後自身起復營造氣氛和先例。故
里巷爲十七字詩曰："光祖做總領、許堪爲節制。丞相要起復，援例。"
入骨三分地揭露了史嵩之尋求起復的深謀遠慮，這就把他打成《朝野
僉載》所揭露的"自請起復"的張琮一流，成爲"皆非名教中人，並是土

①中華書局，一九七九，頁九三。《景印文淵閣四庫全書》本《僉載》及《太平廣記》卷二
　五八，"張悰"、"張琮"均前後錯出。
②中華書局，一九七七，頁一〇二五四。
③中華書局，一九七七，頁一二四二五～一二四二六。

化外物"的獸心人面者。顯然,託名里巷所爲的十七字詩,其實是太學生們的杰作。可是宋理宗起復史嵩之的主意已定,太學生們並無回天之力,這次倒史的鬥爭遂以失敗告終。

有意思的是,就在淳祐年間,當太學生們意氣風發,用十七字詩嘲諷史嵩之的時候,他們自己也成了十七字詩的嘲諷對象。明田汝成《西湖遊覽志餘》卷二二《委巷叢談》記載:

> 宋制,車駕饗景靈宮,太學、武學、宗學諸生俱在禮部前迎駕。臨安府有人作十七字詩譏之曰:"駕幸景靈宮,諸生盡鞠躬。頭烏身上白,米蟲。"蓋譏其幞頭襴服,歲廩廩禄,不得出身,年年迎駕耳。[1]

清褚人穫《堅瓠首集》卷三《米蟲》亦載此事[2],稱"淳祐間",與太學生們倒史的淳祐四年的時代相近。"頭烏身上白"雙關米蟲的黑頭白身和太學生黑幞巾白襴衫的服色,構思十分巧妙。"米蟲"譏諷太學生們歲廩廩禄,後來它成爲太學生的綽號,褚人穫《堅瓠十集》卷一《人以虫名》:"元末,吳人呼秀才爲米虫。"[3]其實,"米蟲"的稱呼並非起於元末,而是起於晚宋的上引十七字詩,並由此流傳下來,成爲普遍的稱呼了。

也是在元末明初,民間流行着另一首政治性十七字詩。《明史·五行志》:

> 太祖吳元年,張士誠弟僞丞相士信及黃敬夫、葉德新、蔡彥文用事。時有十七字謠曰:"丞相做事業,專靠黃、蔡、葉。一朝西風

---

① 《景印文淵閣四庫全書》第五八五冊,頁五七三。
② 見《筆記小説大觀》,江蘇廣陵古籍刻印社,一九八四,一五冊,頁二四。
③ 《筆記小説大觀》第一五冊,頁三一九下。

起，乾鼈。”未幾，蘇州平，士信及三人者皆被誅，此其應也。①

詩中的“黄、蔡、葉”諧音“黄菜葉”，“乾鼈”今多寫作“乾瘟”，“西風”指朱元璋，以其勢力在張士誠之西也。“黄菜葉”而又經“西風”，“乾瘟”是必然的結局。《明史·五行志》在上述一段文字前加上“詩妖”的標題，也許是因爲這首民間流行的十七字詩，竟然成爲預言張士誠敗亡的“詩讖”，事先説出了歷史的結局，似乎有些不可思議。其實這首十七字謠正是當時民衆的心聲，説出了民衆渴望朱元璋平定張士誠的願望，在廣大民衆的詛咒聲中，張士誠的敗亡便是注定無疑的了。

　　就在“十七字詩”這種新興的文體開始流行的北宋時期，它便迅速地傳入禪宗叢林，成爲禪師們説法的有力工具。善於説法化徒的著名禪師們其實都是語言藝術的大師，他們的語言運用不拘一格，反常合道，善於發掘漢語的深度表現力，並達到淋漓盡致的地步。因此當“十七字詩”這種富於表現力的新興詩體甫一出現，便被禪師們采納引用。不過禪師們並不把它稱作“十七字詩”，因爲這種詩體被禪師們加以創造性的發展，已經不能用“十七字詩”來概括了。下面我們且看幾位北宋禪師如何創造性地發展了“十七字詩”。

　　《明覺禪師語録》卷一：

　　　　問：“道遠乎哉？”師云：“青山夾亂流。”學云：“恁麽則得聞於未聞去也。”師云：“千里萬里。”師乃云：“大衆前共相諷唱，也須是箇漢始得。若未有奔流度刃底眼，不勞拈出。所以道，如大火聚，近著則燎却面門。亦如按太阿寶劍，衝前則喪身失命。”師乃頌云：“太阿横按祖堂寒，千里應須息萬端。莫待冷光輕閃爍，”復云：“看！看！”便下座。②

----

① 中華書局，一九七七，頁四八六。
② 《大正新脩大藏經》，四七卷，頁六七〇下。

明覺禪師就是著名的雲門宗禪僧雪竇重顯（九八一～一〇五三），著有
《碧岩集》百則頌等。上引"太阿"劍詩亦見於《五燈會元》卷一五《雪竇
重顯禪師》：

> 上堂，僧問："如何是吹毛劍？"師曰："苦。"曰："還許學人用也
> 無？"師噓一噓，乃曰："大衆前共相酬唱，也須是箇漢始得。若也未
> 有奔流度刃底眼，不勞拈出。所以道，如大火聚，近著即燎却面門。
> 亦如按太阿寶劍，衝前即喪身失命。"乃曰："太阿橫按祖堂寒，千里
> 應須息萬端。莫待冷光輕閃爍，"復云："看！看！"便下座。①

上面兩段引文的後半是完全相同的，前半却完全不同。在《明覺
禪師語錄》中，"太阿"詩是在回答"道遠乎哉"的問題時説的，在《五燈
會元》中，"太阿"詩却是在回答"如何是吹毛劍"的問題時説的。顯然
後者的問題和"太阿"詩扣得更緊，但是我懷疑《會元》正是爲了扣緊
"太阿"詩，而把問題改換了的。畢竟，禪宗文獻在結撰的過程中是有
較大的加工餘地的。

這首"太阿"詩和十七字詩是同一類作品，不過十七字詩的前三句
各是五字，而"太阿"詩前三句各是七字，全詩的字數便突破了十七字。
不過五言詩和七言詩都是中國最流行的詩體，"太阿"詩和十七字詩的
實質是完全一致的，這就是"三句半"。"太阿"詩在前三句之後，插入
"復云"二字，將全詩分成前三句和後半句兩部分，並造成了節奏的中
斷和短暫的停頓，這是深得"三句半"詩的藝術三昧的。實際上，"三句
半"的前三句是爲後半句服務的，在前三句中逐漸積蓄了某種勢能，在
後半句中突然爆發，這便是"三句半"的魅力所在。"太阿"詩中插入
"復云"二字，造成了人爲的中斷，引起了聽衆的心理期待，然後爆發出
最後半句，更具有震撼人心的力量。至於最後半句，《五燈會元》標點

---

① 中華書局，一九八四，頁九九五。

作"看看!"我以爲是不準確的。"十七字詩"的最後半句是兩個字,但是只要是半句,字數是不必拘泥的。比如"太阿"詩的最後部分,我以爲應該標點作"看! 看!"這裏的半句實際是"看"一個字,而"看! 看!"是把最後半句再重複一次。這個"看"字並非通常的觀看之義,它好比是武俠小説中好漢施放暗器的同時,口稱"着鏢"二字,而"太阿"詩前三句描寫了太阿寶劍的威力,儲蓄了足夠的能量,又經過"復云"的停頓,已經蓄勢待發,再爆發出半句"看!",好比説"看劍!",再重複成"看! 看!",其聳動人心的效果便達到了頂點。

北宋禪僧法雲寺的法秀禪師是雪竇重顯的再傳弟子,或許是師承所及,他也創作了一首"三句半"詩。《五燈會元》卷一六《法雲法秀禪師》:

> 師示疾,謂衆曰:"老僧六處住持,有煩知事、首座。大衆,今來四大不堅,火風將散,各宜以道自安,無違吾囑。"遂曰:"來時無物去時空,南北東西事一同。六處住持無所補,"師良久,監寺惠當進曰:"和尚何不道末後句?"師曰:"珍重! 珍重!"言訖而逝。①

這首"三句半"詩是法秀禪師臨終前,當着大衆念出的絶命詩。"四大不堅,火風將散"就是身染疾患、行將命終的意思。"三句半"的前兩句表達了萬法皆空的意思,第三句"六處住持無所補"則是回顧了一生的事業,"無所補"是謙虛的話。念到這裏,法秀賣了一個關子,"師良久"意思是説法秀沉吟良久、停頓良久,而聽衆的好奇心却無法再壓抑了,於是監寺惠當出面催促説:"和尚何不道末後句?"法秀這時才説出最後半句:"珍重! 珍重!"這又是把後半句重複一次,以加強效果。"珍重"是珍攝、保重的意思,禪師説法結束時,通常以"珍重"表示對聽衆的祝願。不過法秀這首"三句半詩"的"珍重",表達的已經不是説法結束時禮節性的祝願,而是生命結束時的訣别祝願,説完後法秀便與世

---

① 中華書局,一九八四,頁一〇三九。

長辭了。法秀具有表演的天賦,善於調動聽衆的情緒,在生命的最後時刻,他出色地演出了一首"三句半",把禪師之死戲劇化了,給門徒留下了深深的震撼。

在禪宗史上還有另一首很奇特的類似詩作。《法演禪師語錄》卷中:

> 上堂云:"人之性命事,第一須是○。欲得成此○,先須防於○。若是真○人,○○。"[1]

法演禪師(一○二四～一一○四)是臨濟宗楊歧派的著名禪僧,晚年住五祖山,世稱"五祖法演"。這首詩按字數説是二十七字,比"十七字詩"多出十字;按句數説是五句半,比"三句半"多出兩句。然而它的構成原理是和"十七字詩"或"三句半"完全一致的,可以看作是法演對後者的發展和創新。更奇特的是在二十七字中,有六個是並非文字的符號○,並且占據了全部的韻腳位置。我們今天讀誦這首詩時,却遇到了困難:這個符號○該怎麼念呢? 要是知道當時法演禪師是怎麼念的就好了,但這已經是不可能的事了。

"○"就是佛教的圓相,代表着佛法的圓滿,象徵着真如與佛性。《祖堂集》卷二○《五冠山瑞雲寺和尚》:

> 龍樹在南印土,則爲説法,對諸大衆而現異相,身如月輪,當於坐上,唯聞説法,不見其形。彼衆之中,有一長者,名曰提婆,謂諸衆曰:"識此瑞不?"衆曰:"非其長聖,誰能辯耶?"爾時提婆心根宿静,亦見相,默然契會,乃告衆曰:"今此瑞者,師現佛性,非師身者。無相三昧,形如滿月,佛性之義。"語猶未訖,師現本身座上。偈曰:身現圓月相,以表諸佛躰,説法無其形,用辯非聲色。[2]

---

[1]《大正新脩大藏經》,四七卷,頁六五九上。
[2]基本典籍叢刊本,禪文化研究所,頁七三二～七三三。

這個"圓月相"就是"圓相",多少帶有一些神秘的色彩。禪師們也運用圓相〇,表達某種超越語言文字的境界。如《景德傳燈録》卷四《徑山道欽禪師》:"馬祖令人送書到,書中作一圓相。師發緘,於圓相中作一畫,却封迴。"①《五燈會元》卷九《仰山慧寂禪師》:"僧參次,便問:'和尚還識字否?'師曰:'隨分。'僧以手畫此〇相拓呈,師以衣袖拂之。僧又作此〇相拓呈,師以兩手作背拋勢。僧以目視之,師低頭。僧遶師一匝,師便打,僧遂出去。"②當慧寂回答隨分識字以後,他和僧之間便演出了一場精彩的啞劇,而劇情便圍遶着用手在空中畫出的虛擬的〇相展開。僧是把〇相作爲一種文字拓呈給慧寂,可是它的含義却超越文字之上,難以言傳。而法演禪師的這首奇特的詩,是要闡説佛教的"空"理,我們如果以"空"來代替〇,這首詩便是:"人之性命事,第一須是空。欲得成此空,先須防於空。若是真空人,空空。""空空"的説法見慧思《諸法無諍三昧法門》卷下:"六根、六塵、六識空故,求不可見,名之爲空,求亦不得,名之空空,亦無有空。"③《龐居士語録》卷中也有一首詩:"無有報龐大,空空無處坐。家內空空空,空空無有貨。日在空裏行,日没空裏臥。空坐空吟詩,詩空空相和。莫怪純用空,空是諸佛座。世人不別寶,空即是實貨。若嫌無有空,自是諸佛過。"④純用"空"字作文章,和法演詩的風格相似。

《五燈會元》卷一二《金山曇穎禪師》:

> 上堂:"山僧門庭別,已改諸方轍。爲文殊拔出眼裏楔,教普賢休嚼口中鐵,勸人放開髂(枯駕切)蛇手,與汝斫却繫驢橛。"駐意擬思量,喝曰:"捏捏參。"⑤

①基本典籍叢刊本,禪文化研究所,頁五二上。
②中華書局,一九八四,頁五三三。
③引自《中國佛教思想資料選編》第一卷,中華書局,一九八一,頁三八〇。
④《禪宗集成》第一四册,頁九二二二下。
⑤中華書局,一九八四,頁七一九。

以上是根據中華書局標點本録文。金山曇穎（九八六～一○六○）是臨濟宗禪僧，號達觀，人稱"達觀曇穎"。以上引文中包含了一首詩，可是中華本的標點却發生了錯誤，現在重新標點如下：

> 上堂："山僧門庭別，已改諸方轍。爲文殊拔出眼裏楔，教普賢休嚼口中鐵。勸人放開驀蛇手，與汝斫却繫驢橛。駐意擬思量，"喝曰："捏！捏！參。"

"駐意擬思量"是詩的一句，改入引號内，"捏捏參"中，"參"是禪師説法結束時的習語，與詩無涉。"捏捏"是韻脚，當作"捏！捏！"引文中包含的詩似乎和"十七字詩"或"三句半"相去甚遠，可是我們試把其中的兩個八字句，兩個七字句略去，這首詩便成爲："山僧門庭別，已改諸方轍。駐意擬思量，捏！捏！"這不恰好是一首"十七字詩"或"三句半"嗎？其中的半句是"捏！"再重複成"捏！捏！"因此這首詩是在"三句半"的基礎上，加入兩個八字句，兩個七字句擴展而成的，它在實質上和"三句半"的構思原則是一致的。禪宗講究的是頓悟，當曇穎禪師念出了"爲文殊拔出眼裏楔"等四句稀奇古怪的詩句時，鈍根的聽衆一時摸不着頭腦，"駐意擬思量"，這時曇穎突然打斷他們的思路，喝曰："捏！捏！"這就是當頭棒喝，如果有的聽衆因此而猛然驚醒，有了悟處，這就是"頓悟"了。由此可以看出，"十七字詩"這種新興的詩體被北宋的禪師們引用之後，發生了兩點變化，第一點是它不再作爲嘲諷的工具，而變成了説法的工具了。第二點是它在形式上又發生了多種變異，因而更具有表現力，這顯示了禪師們把握語言的非凡能力。

不過自宋代以後，"十七字詩"仍然作爲一種嘲諷的詩歌，主要在民間流行。明郎瑛《七修類稿》卷四九《十七字詩》：

> 正德間徽郡天旱，府守祈雨欠誠而神無感應，無賴子作十七

字詩嘲之云：“太守出禱雨，萬民皆喜悦。昨夜推窗看，見月。”守知，令人捕至，責過十八，止曰：“汝善做嘲詩耶？”其人不應。守以詩非己出，根追作者，又不應。守立曰：“汝能再作十七字詩則恕之，否則罪置重刑。”無賴應聲曰：“作詩十七字，被責一十八。若上萬言書，打殺。”守亦哂而逐之。此世之所少，無賴亦可謂勇也。①

這位寫作十七字詩的“無賴”，自然是下層的民間人士。府守把十七字詩稱作“嘲詩”，便是民間對十七字詩的功能的定位。郎瑛説“無賴亦可謂勇也”，是贊賞他敢於向官府挑戰的勇氣，而民衆的情緒往往就是通過這類通俗作品宣泄的。

在清褚人穫《堅瓠首集》卷三《十七字詩》中，也記載了上述的故事，而内容又更爲豐富：

正德中，有無賴子好作十七字詩，觸目成咏。時天旱，太守祈雨未應，作詩嘲之曰：“太守出禱雨，萬民皆喜悦。昨夜推窗看，見月。”守知，令人捕至，曰：“汝善作十七字詩耶？試再吟之，佳則釋爾。”即以別號“西坡”命題。其人應聲曰：“古人號東坡，今人號西坡。若將兩人較，差多。”太守大怒，責之十八。其人又吟曰：“作詩十七字，被責一十八。若上萬言書，打殺。”太守坐以誹謗律，發配鄖陽。其母舅送之，相持而泣。泣止，曰：“吾又有詩矣。發配在鄖陽，見舅如見娘。兩人齊下泪，三行。”蓋舅乃眇一目者也。②

這裏記載的無賴子的十七字詩，比《七修類稿》又多了兩首。實際上，褚人穫就是在《七修類稿》的基礎上，再補充了民間流行的另外兩首十

---

①上海書店出版社，二〇〇一，頁五一六。
②《筆記小説大觀》，江蘇廣陵古籍刻印社，一九八四，一五册，頁二五。

七字詩,這種在流傳中逐漸累增的過程,正是民間文學的特性。在增添詩作的同時,又增添情節,情節只是把若干首十七字詩串聯起來的手段而已。

褚人穫《堅瓠十集》卷二《一字一錢》還引用了《秋水涉筆》:

> 有善詩者,出一帖云:"求詩者,一文作一字。"一妓將十七文求詩,遂吟曰:"美貌一佳人,妖嬈體態新。調脂並傅粉,觀音。"有一和尚見而以十六錢求詩,亦吟曰:"和尚剃光頭,葫蘆安個柄。睡到五更頭,硬。"①

這位善詩者以詩賣錢,和北宋的張山人一樣,也是專業的十七字詩人。他的十六字詩其言不雅馴,則是表現了民間文學中趣味低俗的一面。

"十七字詩"產生的根據是什麼呢?它的基礎是中國傳統的五言四句詩,同時又和中國傳統的歇後語的表達方式結合,而把畫龍點睛的最後一句凝縮成半句——兩個字,甚至是一個字,從而增強了它的爆發性和震撼力。當然它也可以用中國傳統的七言四句詩作為基礎,這樣它就變成二十三字詩了。它還可以有別的變化,因此"十七字詩"雖然是它最初的和正式的名稱,但是不能完全涵蓋這一類的詩歌,而晚近在民間產生的"三句半"雖然有些俚俗,但更具有包容性,所以我寧願采用"三句半"的稱呼。不過四川民間盛行的"三句半"已經不僅是一種詩歌體裁,而且是一種表演形式,它由原本的一人表演(如像禪師們念誦的三句半詩)發展為四人表演,由單首詩歌發展為多首循環往復,因而具有更大的容量,能夠表達複雜的感情和情節,而受到了廣大民眾的普遍喜愛,三句半詩終於在民間找到了它的巨大的發展空間。承蒙張稔穰、張弘、劉黎明等先生見告,在張山人的故鄉山東,以及陝北、東北各地,"三句半"至今仍在民間廣泛流行,並且有鑼鈸等樂

---

① 《筆記小說大觀》,江蘇廣陵古籍刻印社,一九八四,一五冊,頁三二一。

器配合表演。事實上,"三句半"已經成爲在中國廣大區域普遍流行、深爲民衆喜聞樂見的一種大衆化的表演和娛樂形式了。

（原載《中國俗文化研究》第一輯,

巴蜀書社,二〇〇三年五月）

唐代的白話詩派

　　唐代詩歌是我國詩歌藝術的頂峰,出現了李白、杜甫等偉大的詩人,出現了繽紛多彩的詩歌流派,如田園詩派、山水詩派、邊塞詩派、游俠詩派、新樂府運動等等,因此一直受到學術界的特別關注和相對充分的研究。但是,幾乎所有的研究者都不曾注意到,在唐代百花盛開的詩壇上,還存在着一個游離在主流詩歌之外的白話詩派。並非所有的白話詩都屬於白話詩派。這個詩派有着自己的淵源和形成發展的過程,有着共同的藝術和思想傳統,並且擁有以王梵志和寒山爲代表的數量眾多的詩人。從思想上看,它基本上是一個佛教詩派,與佛教的深刻聯繫形成了這個詩派的基本特徵。與其他詩派不同,它不是文人詩歌内部的一個派別,它與文人詩歌分庭抗禮,共同描繪出唐代詩歌博大宏偉的輝煌全景。

　　白話詩人王梵志,至今仍是中國文學史上的一個謎。晚唐馮翊子(嚴子休)《桂苑叢談·史遺》云:

　　　　王梵志,衛州黎陽人也。黎陽城東十五里有王德祖者,當隋之時,家有林檎樹,生癭大如斗。經三年,其癭朽爛。德祖見之,乃撤其皮,遂見一孩兒,抱胎而出,因收養之。至七歲能語,問曰:"誰人育我?"及問姓名。德祖具以實告:"因林木而生,曰梵天(後改曰志);我家長育,可姓王也。"作詩諷人,甚有義旨,蓋菩薩示化也。

這顯然是一個神話，不能當作信史看待，只不過爲王梵志其人平添了一層惝恍迷離的色彩而已。但我們不必因此而否定其人的存在。在關於他的神話中，也有某些具體可信的内容。《桂苑叢談·史遺》説他的奇特出生是"當隋之時"，《太平廣記》卷八二引《史遺》（明抄本作《逸史》）也説是"當隋文帝時"。關於他的籍貫，《桂苑叢談》和《太平廣記》都説是衛州黎陽人，敦煌遺書伯四九七八號《王道祭楊筠文》中，王道自稱是"東朔方黎陽故通玄學士王梵志直下孫"。但范攄《雲溪友議》卷下却説王梵志"生於西域林木之上"，這恐怕不可信。王梵志在唐代民間是十分出名的，所以才有關於他的神話流行，並有人假借他的大名（甚至自稱是他的嫡孫）以高自位置。他被看作是"菩薩示化"（《桂苑叢談》），他的詩被用作僧徒開悟群迷的教材，如《雲溪友議》卷下載玄朗上人"或有愚士昧學之流，欲其開悟，別吟以王梵志詩"。然而當時風靡於民間的王梵志詩集却早已失傳，王梵志的名字也被人們淡忘，直到二十世紀的第一年敦煌藏經洞被打開，數量多達三十餘個寫卷的王梵志詩被發現，中國文學史上才重新寫上了他的名字。

　　"王梵志詩"實際上是一個龐雜的集合體。項楚根據敦煌藏經洞發現的王梵志寫詩本，以及唐宋詩話筆記、禪宗語録中保存的零星詩篇，整理出王梵志詩三百九十首。這些詩歌分成幾個來源不同的系統，其中三卷本王梵志詩集雖然是佛教詩集，却有豐富的社會生活内容。法忍抄本一百一十首王梵志詩集却基本上是佛教詩歌。一卷本王梵志詩集其實是民間流行的童蒙讀本。零星散見的王梵志詩的内容頗爲駁雜。實際上所謂"王梵志詩"並非一人一時之作，而是從初唐（以及更早）直至宋初的很長的歷史時期内，許多無名白話詩人作品的總和，由於王梵志已經成爲了白話詩人的杰出代表，這些不同來源的白話詩便如同江河匯入大海一樣，紛紛歸入了王梵志的名下。其中三卷本王梵志詩集大致產生於初唐時期，特別是武則天當政時期，在全部王梵志詩中，它們的時代最早，數量最多，内容最富有現實性，藝術形式最具特色，因而價值也最高，最能代表王梵志詩的成就。這些出自衆手的白話詩歌,不但從總體上表現了佛教的傾向,而且具有共同的藝術風格。以盛唐詩歌爲代表的中國文人詩歌,形成了舉世無雙的高雅的藝術傳統,它彌漫着濃郁感人的抒情氣氛,充滿了優美如畫的景色描寫,並且善於將這二者融合滲透,形成蘊藉含蓄、餘味無窮的藝術境界——意境。然而,王梵志詩呈現的完全是另一種面貌。它不以抒情見長,也不流連風景,並不打算去創造什麼"意境"。它用民衆的鮮活的口語寫作,主要用白描、叙述和議論的方法去再現生活、評價生活。這就形成了王梵志詩的質樸和明快的特點。在沿襲六朝文風的初唐文學的背景下,我們却發現在民間正在編集和流行着託名爲"王梵志詩"的大量的白話詩歌,這固然讓我們感到意外,但同時也顯示了早期白話詩的興盛狀況。

白話詩派的另一位代表詩人寒山,是中國文學史上的又一個謎。我們不知道他姓甚名誰,何方人氏,因爲他長期隱居在天台山的寒山(又稱寒岩),因而自稱爲寒山或寒山子。關於他所生活的時代,歷來有兩種説法。一種説法認爲寒山是初唐時人,宋本《寒山子詩集》前面有篇署名"朝議大夫使持節台州諸軍事守刺史上柱國賜緋魚袋閭丘胤撰"的序,序中自叙受任台州刺史,臨行前遇豐干禪師爲治頭痛,囑令見寒山、拾得,稱爲"寒山文殊"、"拾得普賢"。閭丘胤上任三日後,尋訪寒山、拾得於國清寺。二人急走出寺,寒山入穴而去,其穴自合;拾得迹沉無所。閭丘胤乃令僧道翹尋其往日行狀,唯寒山於竹木石壁書詩並村野人家廳壁上所書文句三百餘首,及拾得於土地堂壁上書詩偈,併纂成卷。這顯然又是一個十分神奇的故事。由於閭丘胤序在很長的時期內産生較大影響,故歷來談論寒山身世的人,多以此爲根據,認爲寒山是初唐時人。近人余嘉錫始以翔實的材料,考證閭丘序爲僞作(見《四庫提要辨證》卷二〇)。不過閭丘序雖是僞託,其中應該也有一些真實的成分,或許是來自關於寒山的傳説。如云:

詳夫寒山子者,不知何許人也,自古老見之,皆謂貧人風狂之士。隱居天台唐興縣西七十里，號爲寒岩。每於玆地時還國清寺，寺有拾得知食堂，尋常收貯餘殘菜滓於竹筒內，寒山若來，即負而去。或長廊徐行，叫喚快活，獨言獨笑，時僧遂捉罵打趁，乃駐立撫掌，呵呵大笑，良久而去。且狀如貧子，形貌枯悴，一言一氣，理合其意，沉而思之，隱況道情，凡所啓言，洞該玄默。乃樺皮爲冠，布裘破弊，木屐履地。是故至人遯迹，同類化物。或長廊唱咏，唯言咄哉咄哉，三界輪迴。或於村墅與牧牛子而歌笑，或逆或順，自樂其性，非哲者安可識之矣。

這樣一個貧窮狂放的寒山形象，便被後人所接受而固定了下來。

另一種説法認爲寒山是中唐時人，《太平廣記》卷五五《寒山子》引《仙傳拾遺》云：

> 寒山子者，不知其名氏，大曆中，隱居天台翠屏山。其山深邃，當暑有雪，亦名寒岩，因自號寒山子。好爲詩，每得一篇一句，輒題於樹間石上，有好事者，隨而錄之，凡三百餘首，多述山林幽隱之興，或譏諷時態，能警勵流俗。桐柏徵君徐靈府，序而集之，分爲三卷，行於人間。

今人研究寒山者，多據此而推定寒山的生活時代，但具體年代又有出入。

寒山的生平經歷的具體事件雖然無法確知，但從他的詩作中大致可以猜測他的身世。早年的寒山是一個失意的士人，但他後來脱離了士人通常的生活軌迹而不斷地異化，最終成爲人們心目中的那個隱居寒山、超凡脱俗的佛教詩人。他從小接受儒家的教育，一度也曾接近過道教，而最終虔誠地皈依了佛教。他曾經在鄉間過着陶淵明式的田園生活，而最終選擇孤栖寒岩，棄絕了這個人世。他長期生活在民間，有時以民衆的導師自居，這使他的一部分詩作抹上了王梵志詩的民間色彩。但他畢竟是士人出身,他的詩歌有更豐富的内容和更多樣的風格。他的抒情咏懷詩中透露的人生無常的感嘆,諷世勸俗詩中表現出的悲天憫人的胸懷,山林隱逸詩中達到的禪悟境界,無不體現着佛教的精神。寒山詩具備了民間詩歌、文人詩歌與佛教詩歌的多重性格,是佛教思想在中國詩歌領域中結出的最重要的果實。

寒山詩當時並没有産生社會影響,只是在禪林中流傳。後來也没有受到重視,在中國文學史上從來就没有寒山詩的一席之地。然而在國外,寒山詩却有着頗爲顯赫的地位。近幾百年來,寒山詩在日本一直受到推崇,二十世紀五六十年代,寒山詩更風靡大洋彼岸,被美國的一代苦悶的青年奉爲偶像。在中國長期受到冷遇的寒山詩最終却走紅世界,這表明寒山詩的非凡魅力還需要國人去進一步體會。

寒山基本是一位禪宗詩人。實際上,自從慧能開創了禪宗南宗之後,禪宗詩偈便成爲了白話詩派的主流。禪宗雖然標榜"不立文字",實際却是"不離文字",創作詩偈便是他們表達證悟、開啓學人的最基本的手段之一,是禪宗最值得稱道的傳統之一。慧能就是因爲一首"菩提本無樹"的詩偈,而獲得五祖傳衣,成爲佛教史上劃時代的佳話。在《壇經》中,也穿插了一些詩偈。慧能的弟子、再傳弟子們,也有許多優秀的詩偈傳世,成爲禪宗史上重要文獻,如玄覺的《證道歌》、神會的《五更轉》等等。從此,創作詩偈似乎成爲有成就的禪師的基本功之一,幾乎在每一種禪宗語録中,我們都會看到或多或少的詩偈,而有的禪師甚至僅僅憑藉一首詩偈而留名禪史。這些詩偈大都發自禪者的内心,是他們修證的體會和懽悦的表露,使用了生動的口語和活潑的形式,體現了多樣化的個性色彩和層出不窮的創造精神。它們極大地豐富了禪宗史的内容,並使整部禪宗史不再抽象乏味,而顯得繽紛多彩、美不勝收。不僅如此,它們也成爲空前繁榮的唐代詩歌園地中具有另類性格的一派。

正如禪宗史上涌現了一批祖師宗匠一樣,禪宗史上也涌現了一批歌偈大師。在許多情況下,禪宗祖師就是歌偈大師。宋釋子昇、如祐編《禪門諸祖師偈頌》四卷，就選録了歷代祖師大德有代表性的詩偈及其他作品。在這些歌偈大師中，除寒山之外，我們不妨再以龐居士作爲代表來考察。

龐居士是中國文學史上的半個謎，他是繼王梵志和寒山之後又一個富有傳奇色彩的佛教人物。《祖堂集》卷一五云：

> 龐居士，嗣馬大師。居士生自衡陽，因問馬大師："不与万法爲侶者是什摩人？"馬師云："待居士一口吸盡西江水，我則爲你説。"居士便大悟，便去庫頭借筆硯，造偈曰："十方同一會，各各學無爲，此是選佛處，心空及第歸。"而乃駐泊參承一二載間，遂不變儒形，心遊像外，曠情而行符真趣，渾跡而卓越人間，寔玄學之儒流，乃在家之菩薩。初住襄陽東巖，後居郭西小舍，唯將一女扶侍。制造竹漉籬，每令女市貨以遣日給。平生樂道，偈頌可近三百餘首，廣行於世。皆以言符至理，句闡玄猷，爲儒彦之珠金，乃緇流之篋寶。

龐居士姓龐名蘊，"世以儒爲業"（《景德傳燈録》卷八）。他以居士的身份，在叢林贏得了崇高的地位和廣泛的敬仰，他和妻子龐婆、兒子龐大、女兒靈照也成爲禪宗家庭的典範，被後人艷稱不絶。龐居士的一些詩偈和他一家的行迹，也成爲了禪宗史上著名的話頭公案，被修行者反復參詳，贊頌拈唱。他的事迹廣泛流傳，成爲文人吟唱和民間戲曲搬演的題材。但是龐居士的事迹，實在有太多傳奇的色彩。西明寺本《龐居士語録詩頌序》稱他"唐貞元間，用船載家珍數萬，糜於洞庭湘右，罄溺中流，自是生涯惟一葉耳"。這則沉寶的故事自然是絶佳的小説戲曲的素材，元雜劇《龐居士誤放來生債》便加以推衍。至於龐居士之死，更是禪宗史上的一重公案。《景德傳燈録》卷八：

> 居士將入滅，令女靈照出視日早晚，及午以報。女遽報曰：

"日已中矣,而有蝕也。"居士出戶觀次,靈照即登父坐,合掌坐亡。居士笑曰:"我女鋒捷矣。"於是更延七日。州牧于公問疾次,居士謂曰:"但願空諸所有,慎勿實諸所無。好住,世間皆如影響。"言訖,枕公膝而化。遺命焚棄江湖,緇白傷悼,謂禪門龐居士即毗耶淨名矣。

可以説,龐居士父女在生命的最後時刻,以死來鬥一次機鋒,靈照終於勝過了乃父,以至龐居士也嘆服説:"我女鋒捷矣。"然而以生命爲賭注,這次勝利的代價確實慘烈,因而更具有震撼性,可謂達到了宗教的圓滿境界。而世俗的人們對於其真實性則自然有所保留。《景德傳燈錄》説"禪門龐居士即毗耶淨名(維摩詰)",事實上,龐居士及其佛教家庭與佛經中的維摩詰及妻無垢、子善思、女月上,實在十分相似,似乎是比照後者複制的,故陳寅恪《敦煌本〈維摩詰經文殊師利問疾品演義〉跋》説:"或謂禪宗語録並元曲中龐居士及其女靈照故事,乃印度哲理化之中國作品,但觀其内容,摹擬過甚,殊有生吞活剥之嫌,實可視爲用中國紡織品裁制之'布拉吉'。東施效顰,終爲識者所笑也。"便提出了龐居士故事的摹擬説。不過龐居士故事表達的並不僅僅是印度哲理,而是生動活潑的中土的禪的觀念,這種禪的觀念已經物化爲龐居士的一生行事及其家庭,並得到了廣大僧俗人士的認可,而具有了宗教性的旺盛生命力。至於生活真實中的龐居士,則不能不説仍是半個謎。

《景德傳燈錄》卷八説龐居士有詩偈三百餘首傳於世,今存《龐居士語録》三卷中,中下兩卷是詩偈,存詩一百九十餘首,加上《語録》外的詩偈,共存約二百零四首(據譚偉博士論文《龐居士研究》統計)。龐居士的詩偈在總的風格上,和王梵志詩比較接近,都是用説理、叙事和白描的手段來創作,龐居士的説理色彩更濃厚一些。龐居士詩和王梵志詩也有兩點不同。一是王梵志詩的内容更豐富,除了佛教題材以外,還有大量描寫人情世態的詩作,龐居士詩則基本上囿於佛教的範圍之內。二是王梵志詩的佛教色彩雖然很强烈，但基本上没有表現慧能以來的禪宗思想，這是因爲最具代表性的三卷本王梵志詩大體產生在初唐時期，其時禪宗南宗尚未大行的緣故。而龐居士是禪宗居士的代表人物，他的詩偈也是禪宗詩偈的典範，一字一句無不表現了禪的精神。他有偈云："日用事無別，唯吾自偶諧。頭頭非取捨，處處勿張乖。朱紫誰爲號，丘山絶點埃。神通並妙用，運水及般柴。"對於純粹的禪者來説，平凡的生活中事事皆是禪，字字皆是禪。

龐居士詩與寒山詩比較，則缺乏後者在藝術風格上和思想内容上的豐富多彩，摇曳多姿。寒山詩中有俚俗的一體，這是與王梵志詩和龐居士詩相近的，寒山詩中精深微妙的境界却使王梵志詩和龐居士詩顯得相對稚拙了。寒山詩和龐居士詩都表現了禪的精神，但表達的方式大不相同。寒山詩的一體其實仍然保留了文人的氣質，而又超越了文人的氣質，他筆下的寒巖超凡脱俗，敻絶人世，純潔而又寧静，成爲"禪"的化身，净化了人們的心靈。寒山用他創造的"禪"的意境去感悟讀者，啓迪人心。龐居士却是用議論來宣傳禪理，教化衆生。這裏自然有高下之分，不過單就用詩歌説理而言，龐居士詩完全做到了得心應手、隨心所欲，豐富了中國詩歌的表現手段。

唐代白話詩派肇源於南北朝佛教詩歌。總的説來，佛教的傳入和傳播，促進了中土用口語和接近口語的語言寫作的趨向。南北朝時期有些僧侶和佛教徒，也開始用這種接近口語的語言創作詩偈，如傅大士、寶誌、亡名、衛元嵩等。我們試以亡名爲例，在三卷本王梵志詩集（敦煌寫本伯三四一八）有一首詩："前死未長別，後來亦非久。新墳影舊塚，相續似魚鱗。義陵秋節遠，曾逢幾箇春。萬劫同今日，一種化微塵。定知見土裏，還得昔時人。頻□（開）積代骨，爲坑埋我身。"這首詩其實是改寫北周釋亡名的《五盛陰》詩而成，亡名詩見《廣弘明集》卷三〇下："先去非長別，後來非久親。新墳將舊塚，相次似魚鱗。茂陵誰辨漢，驪山詎識秦。千年與昨日，一種併成塵。定知今世土，還是昔時人。焉能取他骨，復持埋我身。"試加比較，可知所謂王梵志詩乃是釋亡名詩的改寫，第二句“後來亦非久”失韻，亦當依亡名詩作“後來非久親”。據《續高僧傳》卷七載《周渭濱沙門釋亡名傳》，他俗姓宗氏，南郡人，本名闕殆。世襲衣冠，稱爲望族。曾事梁元帝，深見禮待，有制新文，帝多稱述。他這時的創作，自然是屬於南朝士族浮靡文學的範疇。他經歷了侯景之亂，國破家亡，遁入空門，他後期的宗教詩，一洗早年浮華之風，把外來的佛教義理與中土固有的五言詩形式融匯在一起，同時又秉承了佛教文獻重視口語的傳統，因而對後來唐代白話詩派的形成產生了重要的影響。

在鈔於大曆六年的法忍抄本王梵志詩（俄藏一四五六）中有一首標題爲“王梵志迴波樂”的六言詩：“迴波來（爾）時大賊，不如持心斷惑。縱使誦經千卷，眼裏見經不識。不解仏法大意，徒勞排文數黑。頭陁蘭若精進，希望後世功德。持心即是大患，聖道何由可剗。若悟生死之夢，一切求心皆息。”這首詩曾引起研究敦煌曲和詞曲史的學者們的關注，其實它並不是一首真正的《迴波樂》，而是釋寶誌《大乘讚》的改作，《景德傳燈錄》卷二九載梁寶誌和尚《大乘讚十首》之九云：“聲聞心心斷惑，能斷之心是賊。賊賊遞相除遣，何時了本語默。口內誦經千卷，體上問經不識。不解佛法圓通，徒勞尋行數墨。頭陁阿練苦行，希望後身功德。希望即是隔聖，大道何由可得。譬如夢裏度河，船師度過河北。忽覺牀上安眠，失却度船軌則。船師及彼度人，兩箇本不相識。衆生迷倒羈絆，往來三界疲極。覺悟生死如夢，一切求心自息。”兩相比較，除了王梵志《迴波樂》改動了《大乘讚》的前四句，刪去了後半“譬如夢裏度河”八句外，兩者便基本相同了。法忍抄本王梵志詩的另外一首“法性本來長存”，也是寶誌《大乘讚》第三首的改作。寶誌是南朝名僧，兼有“義理”和“神異”的雙重品格，後人片面夸張他“神異”的一面，“義理”的一面便晦而不彰了。《景德傳燈錄》卷三○收有寶誌歌偈三十八首，他也是唐代白話詩派的前驅之一。

晚唐宗密曾搜集所有禪學典籍，編爲《禪源諸詮集》一百卷，這部最早的禪藏已經佚失，但宗密的總序《禪源諸詮集都序》四卷却保存下來，卷下之二説："或降其迹而適性，一時間警策群迷。"原注："誌公、傅大士、王梵志之類。"可知宗密是將寶誌、傅大士、王梵志的作品視作禪學著作，歸於一類，收入禪藏的，這實際上已經揭示了唐代白話詩派的淵源所自。這個白話詩派實際上就是佛教詩派，或者説是"禪"的詩派，它的淵源、成立、發展、興盛和衰落，和禪學及禪宗保持着某種同步關係。由南北朝時期的禪學而産生了初期佛教白話詩，到初唐時期"王梵志詩"匯合了許多無名作者的白話詩，"白話詩派"便正式確立了。

從慧能的禪宗南宗興起之後，隨着禪宗勢力的日益擴展，許多禪師創作了大量標示着個性宗風的偈頌，"白話詩派"不但完成了向南宗禪的轉型，而且進入了全盛時期。這種繁榮一直延續到晚唐五代。北宋中葉"文字禪"興起，禪師們向文字中討生活，思想的創造性和活力逐漸退化，雖然禪宗的勢力繼續擴展，作爲一種思想運動的禪宗却走向了衰落。與此相應，北宋中葉以後，雖然禪宗的詩偈以更大的規模加速産生，"白話詩派"却走向了衰落。這以後的禪宗詩偈不再有往昔的創造熱情和蓬勃的生命力，而滿足於咀嚼和模仿前輩的成就，它們使用的語言多半是歷史上的口語，而不是現實中的口語，它們已經不是真正意義上的白話詩了。

唐代白話詩派貫穿了整個唐代，並且向上追溯到南北朝時期，向下延續到五代北宋以後。這樣重要的詩歌現象長期沒有受到應有的關注，原因是多方面的。第一，傳統的文學觀點歷來輕視甚至排斥通俗的白話文學；第二，像王梵志詩這樣的大量唐代白話詩歌久已失傳；第三，最主要的是因爲唐代白話詩派基本上是一個佛教詩派，而傳統的中國文學史上從來就沒有宗教文學，包括佛教文學的地位，這是極不公平的。

佛教傳入中國後，在不斷中國化的同時，與中土文化互相融合而形成了中國佛教文化，成爲中國傳統文化的基本支柱之一。在這個過程中形成的中國佛教文學，也是中國文學的重要部分。佛教文學在中國不但發展充分,而且深刻地影響了普通民衆的意識形態,開墾這一片廣漠的土地是推進中國文學研究的重要任務。唐代白話詩派便是中國佛教文學較早顯示的豐碩成果,同時它的意義也超越了佛教文學而具有更加廣泛的價值。它不僅開創了我國大規模的佛教文學運動,而且極大地推動了我國白話通俗文學的演進,從而對我國文學發展的全局産生了重要影響。唐代白話詩派與文人詩歌迥異的藝術風格,豐富了我國詩歌藝術的寶庫,並且直接爲求新求變的宋詩提供了營養,形成了宋詩議論化和以俗爲雅等等特色。此外,唐代白話詩派也爲今天發展中國作風和中國氣派的新文學提供了寶貴的借鑒。

(原載《江西社會科學》二〇〇四年第二期)

《敦煌寫本王梵志詩校注》補正

敦煌石室發現的若干種王梵志詩寫本，近來重新引起學術界的濃厚興趣。可惜這些寫本多數流散域外，早年劉復雖曾抄回一部分，刊入《敦煌掇瑣》中，但流布不廣，訛誤亦多。趙和平、鄧文寬《敦煌寫本王梵志詩校注》（載《北京大學學報》哲學社會科學版一九八〇年第五期），參照幾種顯微膠卷及《掇瑣》，對這一部分王梵志詩作了校勘和注釋，爲研究者提供了方便，這是很值得感謝的。不過整理王梵志詩也和整理其他敦煌文獻一樣，是一件複雜繁難的工作，需要學術界的共同努力和相互切磋，方能逐漸接近於歷史的真貌。有鑒於此，筆者不揣淺陋，對《校注》失校、誤校、誤注及整理欠妥之處，再作一些補正工作。所引王梵志詩原文，頂格排列。《校注》所分段落數碼，雖不盡妥善，爲方便計，仍予保留；分行數碼則刪去。

一、伯三四一八號文書校注補正

（一）剥削貯積千年調擬覓□□□□□□□□□□惡。

按：這是本文書卷首部分，尋繹文意，前面應該還有文字，惜乎完璧不可復睹。"削"字爲韻脚，應斷句。"貯積千年調"爲一句，句式與本文書（二十三）之"營作千年調"及伯三四一一（十一）之"漫作千年調"相同（《梁溪漫志》卷一〇載王梵志詩亦有"强作千年調”之句）。“擬覓”後原作缺十字，實則應缺十二字，始能維持五言詩句式的整齊；這還可以從計算每行字數得到旁證。自卷首至“惡”字前爲第一行，若缺十字，則該行共十九字；若缺十二字，則該行共二十一字。試計算本文書二至十行字數：二行二十字，三行二十一字（包括二空格），四行二十二字，五行二十二字，六行二十字，七行二十三字，八行二十字，九行二十字，十行二十二字。每行字數在二十至二十三字之間，則第一行不應獨爲十九字。若作二十一字，則恰好等於二至十行的平均字數；這應該是正確的數字。據上所說，這段文字應該整理爲：（前缺）剥削。貯積千年調，擬覓□□□。□□□□□，□□□□惡。

（二）人間養男女，直成鳥養兒。

　　按：“直”當作“真”。“真成”乃唐人習語。如王昌齡《長信秋詞》：“真成薄命久尋思，夢見君王覺後疑。”杜甫《奉贈李八丈曤判官》：“真成窮轍鮒，或似喪家狗。”《敦煌變文集》二六三頁《鷰子賦》：“真城無比較，曾娉海龍宮。”“真城”也應作“真成”。

夫妻一個死，喻如黃蘗皮。重重被剥削，獨苦自身知。

　　按：“蘗”當作“檗”。黃檗是藥用喬木，其内皮剥下入藥，故有“重重被剥削”之句；又其味苦，故有“獨苦自身知”之句。

寄語寘路道，還我未生時。

　　校注：寘：迫窄也。

　　按：“寘”應是“眞”的形訛，“眞”是“置”的異體。“路道”或當乙爲“道路”。“寄語置道路”，此處指留下遺言。

有死，來去不相離。

　　校注：有死：這裏可能有脱漏，存疑；暫作如此斷句。

　　按：“有死”前應奪三字。陶淵明《挽歌詩》：“有生必有死，早終非命促。"此處似可援例擬補"有生必"三字,作"[有生必]有死"。

生但死路長,長住何益當。

按:原文費解。"但"應是"憚"的同音借字。"長住"謂久活,"益當"是"勝過"之義,如寒山詩(第一五九首):"自逞説嘍囉,聰明無益當。"原詩意謂生時恐懼死後長路漫漫,實則久活又豈能勝過死呢。

父母生兒身,衣食養兒德,暬託寄出來,欲似便相俔。

校注:俔:《掇瑣》作"賊",恐不確。

按:"俔"應是"俔"字之訛;"俔"字即"貸"的別體。伯三二一一(九):"在縣用紙(錢)多,從吾相便俔。"校注:"俔,斯五四四一作'貸',當是。"此詩以借貸償債比喻養育子女,詩意與伯三二一一(四十六)相似:"生兒擬替翁,長大抛我死。債主暬過來,徵我夫妻淚。"

貴賤既有殊,業報前生值。

按:"值"應作"植"。伯三二一一(三十一)"富者前身種,貧者慳貪生","前身種"與此處"前生植"同義。

有錢但喫着,實莫留〔田〕櫃。

校注:實莫留〔田〕櫃:按伯三七二四作"實莫留田櫃",是,今據補。

按:補"田"字是;此處"田"字是"填"字的同音借字,"填櫃"謂藏置櫃中。敦煌文書中,"田"借作"填",其例甚多,如《敦煌曲子詞集》三一頁失調名:"情恨切,氣田(填)胸。"

又按:據(二)段文意,應析爲五首詩:

①自"人間養男女"至"還我未生時"爲一首,寫生常煩惱,不

如未生。

②自“有死”至“長命何須喜”爲一首,寫長命不須喜。

③自“不見念仏聲”至“夕住何益當”爲一首,寫生苦不如死樂。

④自“父母生兒身”至“不及元不識”爲一首,寫生兒充兵夫,不及原不識。

⑤自“審看世上人”至“徙作千年事”爲一首,寫貴賤皆是前生果報。

(三)前死萬年餘,尋常入灰塵數。

校注:灰:伯三七二四作“微”,二意皆可通;作“灰”較好。

按:“灰”字誤,作“微”是。“微塵數”乃佛家語,以喻極多之數,如《顏氏家訓·歸心》:“何故信凡人之臆説,迷大聖之妙旨,而欲必無恒沙世界、微塵數劫也?”

己後燒作灰,颺却隨風去。

按:“己”應是“已”之訛,“已後”就是“以後”。“已”、“以”同音通用,在敦煌文書中已成通例,如《敦煌變文集》一九六頁《韓擒虎話本》:“若已(以)後爲君,事復(須)再興佛法。”

又按:據(三)段文意,應析爲四首詩:

①自“身是五陰城”至“百姓無安處”爲一首,以膿血袋喻人身。

②自“生死如流星”至“颺却隨風去”爲一首,寫古往今來,死者無數。

③自“前死未長別”至“還待昔時人”爲一首,也寫前後死者相續相接。

④自“頻□積化骨”至“還歸足〔下〕塵”爲一首,寫身死化爲塵土。

(四)君看我莫落，還同陌路人。

　　校注：莫：伯三七二四作“變”，俱不可解；“莫”應是“没”之誤書。

　　按：“莫”字不誤。“莫落”是“落莫”的倒文，冷落之義。《資治通鑑·唐紀·文宗九年》：“涯待之殊落莫。”胡三省注：“落，冷落也。莫，薄也。落莫，唐人常語。”

(九)千年換百主，各自想還改。

　　校注：想還：伯三七二四作“將回”，不知孰是，存疑。

　　按：“想還”似應作“循環”。“想”與“循”形近致訛，“還”與“環”音同致訛。《敦煌變文集》三四四頁《破魔變文》：“君不見生來死去，似蟻脩還。”“脩還”也應作“循環”。兩處錯誤近似，文意也可相互參看。

前死後人坐，本主何相在。

　　按：“相”應作“厢”，“何厢”猶云“哪邊”、“何處”。《敦煌變文集》八八四頁《搜神記》“遂見池内相有三箇天女”，“相”也應作“厢”。

　　又按：據(九)段文意，可析爲三首詩：

　　①自“牛老造新舍”至“本主何相在”爲一首，寫年老造舍，便宜了別人。

　　②自“吾死不須哭”至“作件唤劉零”爲一首，寫死後縱酒的願望。

　　③自“你道生勝死”至“慈母不須生”爲一首，陳述“死勝生”的理由。

(十)開山千萬里，影絕故鄉城。

　　按：“開”當作“關”，形近致訛。

（十一）兒大須取妻，女大須家處。

　　　　校注：家處：家，伯三七二四作“嫁”，是；處，當是“出”的同
　　音字。

　　　　按：據伯三二一一（四十七）“兒大與娶妻，女大須嫁去”，則此
　　處“家處”也應作“嫁去”。

妻即無褐被，夫體無襌袴。

　　　　校注：褐被：《掇瑣》作“裙袯”，而伯三七二四同本文書。據文
　　意應爲“裙袯”，“袯”即裙之類也。

　　　　按：兩種文書皆作“褐被”，《掇瑣》改作“裙袯”缺乏根據。“褐
　　被”不誤，《説文》：“褐，一曰粗衣。”《釋名》：“被，被也，被覆人也。”
　　原詩謂妻連粗布衣也穿不上。

當頭憂妻兒，不勤養父母。

　　　　校注：憂：伯三七二四作“養”，以文意推之，作“養”是。

　　　　按：作“養”與下文“不勤養父母”犯複，作“憂”是。“憂”有
　　“愛”義，蓋人之感情，愛之深故憂之切。柳宗元《種樹郭橐駝傳》：
　　“雖曰愛之，其實害之；雖曰憂之，其實讎之。”以“愛”與“憂”對舉。
　　《敦煌變文集》五三七頁《維摩詰經講經文》：“父母人間恩最深，憂
　　男憂女不因循。”又同書九九頁《王昭君變文》：“夫突厥法用，貴杜
　　（壯）賤老，憎女憂男。”《變文集》誤校“憂”爲“愛”，是不知“憂”字
　　本身即有“愛”義。

麤飯衆厨湌，美味當房佉。

　　　　校注：佉：伯三七二四作“弃”，二者意同。

　　　　按：作“佉”、“弃”都於詩意不合，二字都是“弄”的錯字。《廣
　　韻》：“弄，藏也。”“衆厨”即大伙房，“當房”即自家房，詩意謂粗飯
　　送到大厨房去大家吃，美味則藏在自己房裏自家吃。《敦煌曲校

録》九〇頁《悉曇頌》："竊見俗流憐男女,幽閨内閣深藏舉。""舉"也應是"弄"的同音錯字。

努眼看尊親,只覓乳食處。

　　校注:努:伯三七二四作"怒",二者意同。

　　按:"怒"是"努"的誤書。"努眼"乃唐人習語,使用極廣,敦煌文書中也極多,如伯三二一一(二十六):"兩兩相劫奪,分毫努眼諍。"

少年生平又,老頭自受苦。

　　校注:平:伯三七二四作"夜",作"平"、"夜"文義均難解,存疑。

　　按:作"平"誤,作"夜"是。"又"當作"叉"。"夜叉"是佛經中的惡鬼,這裏用以比喻不孝子。原詩謂年輕時生下不孝子,到老來自受忤逆之苦。

(十二)引氣嗄喘急,口裏無牙齒。

　　校注:嗄:伯三七二四作"瘦",與"嗄"均應爲"嗖",聲急也。急:伯三七二四作"嚬",同"噚",意亦急也;"急"、"嚬"皆可通。

　　按:校"嗄"作"嗖",是;"嗖"應是"嗽"的同音借字。"急"字是,"嚬"字誤。("嚬"似是"嗽"的錯字,涉前"瘦[嗽]"字而致誤,蓋書手思想分散所致,未可以理求之。)

強嫌寡婦醜,聞好不惜錢,急送一糟酒。

　　按:"強嫌寡婦醜"前應奪一句五字,待補。

迎得少年妻,裊陽殊面首。

　　校注:裊陽:伯三七二四作"裊揚",二意俱不可解,存疑。

　　按:"裊陽"誤,"裊揚"是。"殊"或當作"姝"。"面首"是"容貌"之義,與作"男妾"解者有别,這是唐人的特殊用法,如寒山詩

（第四三首）："低眼鄒公妻，邯鄲杜生母，二人同老少，一種好面首。"原詩意謂娶得妙齡妻子，夸奬她容貌美麗。

春人收糧將，舐略厷甬口。

　　校注：略：伯三七二四作"略"；是。"厷"：即"空"字。甬：《掇瑣》中作"□"，實爲"唇"字，以伯三七二四證之，作"唇"是。
　　按：所校甚是，但"略"應作"掠"，同音借用。寒山詩（第一六九首）"狗齩枯骨頭，虛自舐唇齒"，詩意與此類似，可參看。

（十三）牛羊共城郡，滿圈養乇子。

　　校注：圈養乇：伯三七二四作"圈養肫"，"屯子"、"肫子"俱不易解，疑應作"豚"，與"肫"聲近致誤。
　　按："圈"應作"圈"，涉下"養"字致誤。"乇"字是"屯"字的俗寫，這裏應是"犿"字誤脫偏旁，"肫"字是"犿"字誤寫偏旁。"犿"與"豚"爲異體字，《廣韻》："豚，豕子。犿同。"

貧窮田舍漢，庵子橷孤㤪。

　　校注：㤪："㤪"與"悽"可能是一音之轉，"悽"是"淒"之異體字，釋爲"淒"較好。
　　按："㤪"與"悽"同，見《正字通》。"孤㤪"即"孤淒"，敦煌文書中屢見，如《敦煌變文集》七頁《伍子胥變文》："共弟前身何罪，受此孤㤪？"

婦即客舂檮，夫即客扶犁。

　　校注：檮：伯三七二四作"擣"，實即"搗"之諧音字。
　　按："檮"、"檮"都是"擣"的形訛，今簡化作"搗"。

醜婦來惡罵，啾唧拐頭灰。

　　校注：啾唧：細小而碎雜的聲音。

按:"啾唧",此處應是吵罵之義,如本文書(三十)"合闘遣啾唧,阿娘嗔兒子";《敦煌變文集》二五一頁《鷰子賦》"無事破囉(鑼)啾唧,果見論官理府";同書二六八頁《茶酒論》"阿你酒能昏亂,喫了多饒啾唧,街上羅織平人,脊上少須十七","啾唧"都指吵罵。"灰"字似應作"盔"字,"頭盔"此處當指頭巾而言,"拐(搊)頭盔"猶言"抓帽子",是形容醜婦惡罵時的抓扯之狀。

里政被脚蹴,村頭被拳搓。

校注:搓:伯三七二四作"挱",搓乃"挱"字的簡寫。

按:"搓"、"挱"筆畫數相同,互爲異體,它們的簡寫應是"扠"。《敦煌變文集》二四九頁《鷰子賦》"雀兒出來,不問好惡,拔拳即差(搓)",用法與此處相同。

又按:據(十三)段文意,應析爲兩首詩:

①自"富饒田舍兒"至"有錢不怕你"爲一首,寫富人驕縱之狀。

②自"貧窮田舍漢"至"村村一兩枏"爲一首,寫窮人孤恓之狀。兩詩内容形成對比,應視爲組詩。

(十四)亦死手遮面,將衣即覆頭。

按:"亦"當作"一"。"亦"、"一"同音通用,在敦煌文書中已成通例,如《敦煌變文集》三四〇頁《八相變》:"今日空迴白馬去,大王亦(一)見便生疑。"

死朴哭真鬼,連夜不知休,埋着蘸高坵。

按:"埋着"前應奪一句五字,待補。

寒食慕邊哭,却被鬼耶由。

按:"耶由"應即"揶揄",嘲弄之義。《世説新語・任誕》劉孝標注引《晋陽秋》:"於中路逢一鬼,大見揶揄云:我只見汝送人作郡,何以不見人送汝作郡?"《太平御覽》卷八八三引作出《續晋陽秋》,"捓"作"耶"。

(十五)身上無衣着,長頭草裏存。

　　　校注:着:伯三七二四作"掛",以文意推之則"着"較好。存:伯三七二四作"蹲",是。

　　　按:"掛"即穿着之義,乃唐人俗語,敦煌文書中使用極普遍,如伯三二一一(五)"本是俗人女,出家掛佛衣",不必强以"着"字爲較好。"存"校作"蹲",是;何以寫作"存"字,似應略加説明。按"存"應作"跨",誤脱偏旁致誤。"跨"是"蹲"的異體,如《敦煌變文集》六頁《伍子胥變文》:"水畔跨(蹲)身,即坐吃飯。"同書四〇頁《漢將王陵變》"二將當聞霸王令,下馬存身用耳聽","存"也應作"跨",與此詩同例。

到大耴没忽,直似飽糖乇。

　　　校注:糖乇:伯三七二四作"穅帖",按"乇"可能是"牛"的俗寫。作"糖牛"較妥。

　　　按:作"糖牛"失韻,文意亦不可取。"乇"應作"犺"(豚),與本文書(十三)同例,説已見前。"糖"是"穅"的形訛。"飽穅豚"形容"肥没忽"的樣子,極爲形象。

(十六)一得青白狀,二得三上考。

　　　按:"青"當作"清","一得清白狀"謂得到作官清白的評語。
　　　又按:據(十六)段文意,應析作兩首詩:
　　　①自"〔仕人〕作官職"至"得官入京兆"爲一首,寫清白吏。
　　　②自"當官自慵嬾"至"諸州且游觀"爲一首,寫慵懶吏。兩詩内容形成對比,應視爲組詩。

(十七)大王元不朝,父母反拜却。

校注：大王元不朝：伯三七二四作“天王元不識”，斯六〇三二作“天王元不朝”，皆難解。

按：三種文書意思相同，都不難解。“大王”、“天王”都指君王，如《敦煌變文集》載《醜女緣起》，波斯匿王即稱爲“大王”。《史記·孝文本紀》：“卜人曰：所謂天王者，乃天子。”蓋僧徒自以爲是佛子貴種，有不朝君王、不拜父母之説，故王梵志詩中也有如此的夸詡。

（十八）出家多種菓，花葉竟來新。

校注：菓：應作“葉”，查伯三七二四作“蕖”，斯六〇三二作“蘂”，可能皆爲“葉”之異體。

按：據三本字形，作“蘂”（蕊）較好。又“竟”當作“竞”，競相之義。蓋因“競”的異體作“竟”，又從而誤作“竟”，本文書（十九）便提供了競、竟、竞混用的例子。

新人食甘菓，慚賀種芘人。

按：“賀”是“荷”的同音借字。《敦煌變文集》一五頁《伍子胥變文》“子胥愧荷魚（漁）人，哽咽悲啼不已”，“愧荷”與“慚荷”同義。敦煌文書中，“愧荷”多寫作“愧賀”，如《伍子胥變文》中尚有五處“愧荷”，都寫作“愧賀”。

（十九）怨怨來相讎，何時解墻竟。

校注：墻：斯六〇三二同，似應釋爲“摘”字。

按：“解墻”應作“解釋”，《後漢書·章帝紀》“朕惟巡狩之制，以宣聲教，考同遐邇，解釋怨結也”，用法與此處相同。《敦煌變文集》七六一頁《地獄變文》“受苦恨無解楠路”，“解楠”也應作“解釋”。又“讎”當作“讎”，《敦煌變文集》三七〇頁《降魔變文》“遂向須達大臣，索此難讎（酬）之價”，“讎”也應作“讎”（借作酬）。

（二十）天下浮遊人，商多賈一半。

校注：商多賈一半：斯六〇三二作“天下浮逃人，不啻多一半”，意亦可通，但詩的涵意不同；我們認爲作“商多賈一半”較好。

按：當依斯六〇三二作“天下浮逃人，不啻多一半”爲好。“浮逃人”指流浪他鄉，脱離户籍，以逃避王役的貧苦農民。《敦煌變文集》二六三頁《鷰子賦》：“問君行坐處，元本住何州？宅家今括客，特勅捉浮逃。”“括客”指搜尋隱匿户口，“浮逃”指逃匿的人口，用法與此處相同。本詩正是反映了這一社會問題的嚴重性，若作“商多賈一半”，則與全詩内容不盡吻合了。

南北擲蹤横，誰他憃歸貫。

校注：横：斯六〇三二作“藏”，俱通。

按：作“藏”是，“蹤藏”即行蹤，“南北擲蹤藏”謂到處流浪。“横”是錯字，當是書手認“蹤”作“縱”，連類而致誤。

（二十一）父母是惒家，生一五逆子。

校注：惒：斯六〇三二也作“惒”，《掇瑣》釋作“冤”，是。

按：“惒”是“怨”的異體，《康熙字典》引《廣韻》作“同怨”（今本《廣韻》無“惒”字）。《增訂碑别字》卷四，《隋董美人墓誌銘》“怨”作“惒”，敦煌文書中“怨”字也多寫作“惒”。“怨家”即讎人，乃唐人習語，敦煌文書中用例極多，如伯三二一一（四十六）：“怨家煞人賊，即是矩（短）命子。”

身役不肯料，逃走皆家裏。

按：“皆”應作“背”。《敦煌變文集》六九頁《捉季布傳文》：“臣憂季布多頑逆，不慚聖澤皆（背）皇恩。”與此同例。

（二十二）自身不吃着，保捈受妻兒。

按：“捈”字待校。“受”當作“授”，敦煌文書中，“受”用作“授”屢見，如《敦煌變文集》八九頁《李陵變文》：“吾三軍節度，六卿旗皷，天子受（授）吾命，將破虜馘（歸）朝。"

積十年調寧，知身得幾時。

　　　　校注：十：疑爲"千"之誤。

　　　　按：校"十"作"千"，是；但"積千年調寧"仍不可解。"寧"字應
　　是"貯"字誤脫偏旁；又此字本應在句首，誤置於句尾。據上説，則
　　此句應作"貯積千年調"。檢本文書（一）正有"貯積千年調"之語，
　　可證此説不誤。

聞强急修福，莫於百年期。

　　　　按："於"當作"逾"，"百年期"猶云有生之年，詩意是勸人趁此
　　身健在之時，急修功德。

須入濕盤城，連離五濁地。

　　　　校注：連：據文意應作"遠"爲好。

　　　　按：據文意及字形，作"速"較好。

　　　　又按：據（二十二）段文意，應析作兩首詩：

　　　　①自"有錢不造福"至"莫於百年期"爲一首，勸人及早修福。

　　　　②自"暫時自來生"至"我是長流水"爲一首，寫"生死不由我"的
　　感嘆。

（二十三）逢着光火賊，大堡打少堡。

　　　　校注：光火：《掇瑣》作"先大"，意不通，誤；查原文書之字形應
　　作"光火"較好。

　　　　按："光火"二字無庸置疑。"光火賊"爲夜間執火打家劫舍者
　　之稱，如《酉陽雜俎・語資》："女言姓莫氏，父亦曾作仕，叔伯莊
　　居。昨夜遇光火賊，賊中二人是僧，因劫某至此。"

不得萬二年，營作千年調。

　　按："萬二年"費解。"二"應是一個重複記號,迻録時誤認作"二"字。原句作"不得萬萬年",則上下文意貫通。

智者星星行,愚人自纏遶。

　　按："星星"應作"惺惺",聰慧之義。寒山詩(第二二三首)"鈍物豐財寶,醒醒漢無錢","醒醒"也應作"惺惺"。

(二十五)吾頭何謂自,子孫滿堂宅。

　　校注:自:疑爲"白"的誤書。

　　按:校"自"作"白",是。"謂"當作"爲",敦煌文書中,"謂"、"爲"同音通用較爲普遍,如《敦煌曲子詞集》三一頁失調名"謂君憔悴損形容","謂"通作"爲",與此同例。

要須在前去,前客避後客。於時未與死,眼看天地官。

　　校注:官:疑爲"間"的誤書。

　　按:校"官"作"間",失韻,文意亦欠通。"官"應作"窄",原詩意謂人們若不依次及時死去,則天地嫌窄,無處安置了。本文書(三):"續續死將埋,地審窄無安處。""審"字衍。伯三二一一(二十一):"續續生出來,世間無處坐。若不急抽却,眼看塞天破。"詩意都與此類似,可參看。

閂門無呼唤,耳裏挃皇皇。

　　校注:挃:《掇瑣》作"桎",皆不可解。

　　按:"挃"、"桎"都應作"極",蓋因草書形近致誤。本文書(十)有"意裏極皇皇",句式與"耳裏挃皇皇"相似,可證"挃"、"桎"確當作"極"。又"皇皇"應作"星星","星星"是"惺惺"的同音借字,此處是清静虚寂之義,如寒山詩(第二四五首)"但自心無事,何處不惺惺",《景德傳燈録》卷三〇法融禪師《心銘》"惺惺無妄,寂寂明亮",這兩處"惺惺"也是清静之義。原詩是描寫無子無女,一切省心的情形。

父子惣長命，地下無人使。閻老忽嗔遧，即棒伺命使。

　　　校注：遧：應釋作"庭"。斯六〇三二"白骨在邊遧"一句可證
之；另下文"朝遧"也可證明。

　　　按："遧"雖是"庭"字的別體，施於此處却未合。這個"遧"字
應是"遲"字之訛，是"遲"字的別體。原詩是説閻王倘若嗔怪死人
來遲，便將棒責伺命使失職。

四海同追由，五郡爲勸樂。

　　　按："由"當作"游"，《敦煌變文集》九頁《伍子胥變文》"在道失
路乃迷昏，不覺行由來至此"，"由"也應作"游"，與此同例。又
"勸"當作"歡"，敦煌文書中不乏"勸"、"歡"互誤的例子，如《敦煌
變文集》二二一頁《叶净能詩》："餘酒擬歡（勸）尊師。"

雇人即捧脊，急手攝你脚。

　　　校注：攝：應作"躡"較好。

　　　按："攝"字不煩改。《説文》："攝，引持也。""急手攝你脚"是
寫伺命鬼捉人，因爲是"急手"，所以不暇擇而捉脚。《敦煌曲校
録》一二八頁《十二時》"惡業牽將不揀足"，"牽"亦"攝"也。

　　　又按：據（二十五）段文意，應析爲四首詩：

　　　①自"吾頭何謂自"至"眼看天地官"爲一首，寫人皆有死，前
客須避後客。

　　　②自"男女有亦好"至"耳裏拴皇皇"爲一首，寫無子的好處。

　　　③自"生兒擬替公"至"向前任料理"爲一首，寫兒大父死，不由
自己。

　　　④自"朝遧來相過"至"急手攝你脚"爲一首，寫死亡不容替代。

（二十六）朝夕乞暫時，百長誰肯保。

按:據文意,"長"似應作"年"。

(二十七)兩兩相唊食,性弱自相徵。

按:據文意,"性"似應作"强"。

(二十八)吾家昔富有,你身窮欲死。你今初有錢,與我昔相何。

按:"何"應是"似"的誤書。

(二十九)金玉不成寶,戎身實可惜。

校注:戎:應釋爲"戒"字,斯四二七七號文書有"戒律"二字可爲證明。

按:"戎"字雖是"戒"字的別體,施於此處却未合。這個"戎"字應是"宎"字之訛。本文書(九)有"食宎身招病","宎"字即"肉"字。下文"白髮隨年生,美兒別今夕"便是具體説明"肉身實可惜"的。

二、伯三二一一號文書校注補正

(一)借貸不交通,有酒淴藏善。

校注:淴:疑爲"須"字之俗寫。

按:"淴"是"深"字草書的楷化。"善"字失韻,意亦難通,當是"着"字之誤。"有酒深藏着"是説守財奴捨不得以酒待客。

破除不由你,用盡遮他莫。

校注:遮他莫:遮臭,猶言盡教也,唐宋習語。《破魔變文》(見王重民等《敦煌變文集》第三四四頁):"遮莫金銀盈庫藏,死時争豈與君將?"

按:"遮莫"一詞從無拆開之例。此處"遮"是阻攔義,"莫"字當乙在"遮"字前,作"用盡莫遮他",謂縱然被他人用盡,亦無法攔阻。

又按：據(一)段文意，應析爲兩首詩：

①自“吾家多有田”至“隔命絶相覓”爲一首，寫生時有錢不用，死後無法享用。

②自“借貸不交通”至“用盡遮他莫”爲一首，寫生前吝嗇，死後便宜了他人。

(二)三教同一體，徒白朗褒揚。

按：“白”應作“自”，“徒自”猶云“徒然”。“朗”當作“浪”，訓爲“妄”，如白居易《自誨》：“無浪喜，無妄憂。”原詩意謂三教一體，本無高下，道士妄自抬高道教，徒勞無功而已。

(三)各各能梳畋，悉帶芙蓉冠。

校注：畋：斯五四四一原卷如此，疑是“釵”字形近之誤。

按：“梳釵”不成詞。“畋”應作“略”，借作“掠”。“梳掠”猶言理髮，如白居易《嗟髮落》：“既不勞洗沐，又不煩梳掠。”此處“梳掠”泛指梳妝。

(四)本是俗家人，出身豚地立。

校注：豚：斯五四四一作“滕”，《掇瑣》作“腖”，三者不知孰是。疑此句有傳抄錯誤，文意尚不可解。

按：斯五四四一“滕”字顯係“勝”字的俗寫，“豚”是從“滕”派生的錯字。“立”字失韻，應作“主”。“出身勝地主”是説僧徒的寄生生活還超過了地主。

每日趁齋家，即禮七拜仏。飽吃更索錢，佢頭着門出。

校注：按上下文意，“飽吃更索錢”似應在“即禮七拜佛”一句之前，可能是當時傳抄誤置。

按：原卷不誤。“齋家”指設齋供僧之家。舊時人死後每隔七日,要延僧追薦,稱爲"齋七","禮七"當指"齋七"時的宗教儀式。詩寫僧徒以作佛事爲手段,不僅博得飽飡,還要索取錢財。若將"飽食更索錢"一句置前,則失韻了。

(七)前人心裏怯,乾喚愧曹長。

　　校注:"愧",斯五四四一作"塊",不知孰是。

　　按:作"愧"是。"乾"是徒然之義,如《敦煌變文集》二七四頁《下女夫詞》:"有事速語,請莫乾羞。"原文"乾喚愧曹長"是説徒然地向長官求情。

解寫除却名,楷赤將頭放。

　　按:"寫"當作"卸"。《敦煌變文集》二五二頁《鷰子賦》:"即見空閑,暫歇解卸。"

死入惡道中,量由罪根重。

　　按:"量"當作"良","良由"乃習見語,如本文書(二十五):"不是人强了,良由孔方兄。"(二十九):"何爲抛宅走,良由不得止。"敦煌文書中,"良"寫作"量"屢見,如《敦煌變文集》五頁《伍子胥變文》:"量(良)久穩審不須驚,漸向樹間偷眼覷。"

　　又按:據(七)段文意,應析作兩首詩:

　　①自"佐史非臺補"至"楷赤將頭放"爲一首,寫佐史的甘苦。

　　②自"得錢自吃用"至"爲他受枷棒"爲一首,寫得錢自吃用的道理。

(八)愚者守直坐,點者馺馺看。

　　校注:馺馺:斯五四四一作"馼馼",當是。原卷字誤。馺馺,音索索,意即一個接一個,此處有互相觀望的意思。

　　按:《方言》一三:"馺,馬馳也。"郭璞注:"馺馺,疾貌。"此處"馺馺"應是奔走鑽營之義。

（九）後銜空手去，定是搦你勒。

　　按："後"應作"候"，音同致訛。"候銜"指參銜見官。《敦煌變文集》八八一頁《搜神記》："今有一人……手把文書一卷，是言弟父之人，即將後銜，向我前來。""後銜"也應作"候銜"，與此同例。

（十）王役逼駆駆，走多換行少。他家馬上坐，我身步擎草。

　　校注：走多換行少：《掇瑣》同。斯五四四一作"走多緣行步"，不知孰是。

　　按：作"換"、"緣"皆可通。斯五四四一"步"字失韻，是"少"字之訛。"走多"指"步擎草"，謂貧；"行少"指"馬上坐"，謂富。全詩宣揚貧富循環的果報思想，"走多換行少"是說他人前生的貧換來今生的富；"走多緣行少"是說自己今生的貧是由於前生的富。所以結論説"種得果報緣，不須自煩惱"。

病困臥着牀，慳心由不改。

　　按："由"當作"猶"。"由"、"猶"同音通用，在敦煌文書中已成通例，如《敦煌變文集》六頁《伍子胥變文》"客行由同海泛舟"，"由"也通作"猶"。

　　又按：據（十）段文意，應析作兩首詩：

　　①自"人生一伐間"至"不須自煩惱"爲一首，寫貧富循環。

　　②自"受報人中生"至"惣將陪新聟"爲一首，批判"今身不修福"。

（十一）漫作千年調，活得没多時。

　　校注：漫：斯五四四一作"謾"，不知孰是。

　　按："漫"、"謾"都不錯。張相《詩詞曲語辭匯釋》卷二，漫（一）條："漫，本爲漫不經意之漫，爲聊且義或胡亂義；轉變而爲徒義或空義。字亦作謾，又作慢。"此處是"徒然"義。

　　又按：據（十一）段文意，應析爲兩首詩：

①自"愚人痴涳涳"至"門前有桃棒"爲一首,寫愚人有錢不解用。

②自"机机貪生業"至"巡到厥摩師"爲一首,勸人"急手求三寶"。

(十三)菜粥吃一楸,街頭闊立地。

校注:楸:斯五四四一作"盎",不知孰是。

按:作"盎"是,《玉篇》:"盎,鉢也。""楸"字不見於字書,疑爲"盎"的別體,猶如碗字,既可從皿作"盌",也可從木作"椀"。

一群病賴賊,却搦父母恥。

校注:却:語助字,敦煌文書中常用,無意義。

按:此處"却"是表轉折語氣的副詞,"反而"之義。又"賴"當作"癩","病癩"是咒罵人的話,如《敦煌變文集》二五一頁《鷰子賦》:"只如〔你〕釘(疔)瘡病癩,埋却〔你〕屍腔!"

(十四)別覓好時對,趁却莫交住。

校注:住:斯五六四一作"柱"。"柱"在古代曾是"往"的別體,據文意也當作"往"字。原卷誤。《掇瑣》該字不清。

按:原卷不誤。"住"是停留之義。"交"是"教"的借字,"交"、"教"通用在敦煌文書中已成通例,如《敦煌變文集》四一八頁《長興四年中興殿應聖節講經文》"令知織婦之劬勞,交識蚕家之忙迫","交"也通作"教"。又"時對"也費解,"時"應是"室"字的音訛,"室"是妻室之義,《禮記·曲禮上》:"二十曰壯,有室。"鄭玄注:"有室,有妻也;妻稱室。""對"也是配偶之義,如《後漢書·梁鴻傳》:"擇對不嫁,年至三十。""室對"相連成詞,也指妻室。"別覓好室對,趁却莫教住"意謂:另尋一個好妻子,把這個慵懶婦攆走,不許耽擱。

（十五）用錢索新婦，當家有新故。

　　校注：當家：即自己家裏。敦煌變文《搜神記》田崑崙條（《敦
煌變文集》第八八二頁）有："當家地内，有一水池，極深清妙。"

　　按：此處"當家"是主持家計之義，《敦煌曲校録》一七〇頁《女
人百歲篇》"四十當家主計深"，"當家"用法與此處相同。"當家有
新故"意謂當家人要換班，所以下文有"兒替阿耶來，新婦替家母。
替人既倒（到）來，條録相分付。新婦知家事，兒郎糸（承）門户"等
句，具體描寫了子媳接管家務的過程。

（十六）飄入闊海中，出頭兼没項。

　　校注：項：《掇瑣》録作"頂"，誤。

　　按：《掇瑣》校改"項"作"頂"，可從。"出頭兼没頂"是形容人
在水中浮沉挣扎的樣子，文意比作"項"爲優。

（十七）一種同翁兒，一種同母女。無愛亦無增，非關後父母。

　　校注：開，斯五六四一作"闁"，應釋爲"開"字。

　　按：《説文》："闁，門樀櫨也。"與詩意不合。此處"闁"字是
"關"字的别體，《增訂碑别字》卷一，《魏皇甫驎墓誌銘》"關"字正
寫作"闁"。"非關"乃習見語，如王績《過酒家》："此日長昏飲，非
關養性靈。"

耶娘無偏頗，何須惡父母？

　　校注：惡：當是"怨"字誤寫，《掇瑣》直録爲"怨"。

　　按："惡"是"怨"的異體，並非誤字，説已見前。

耶娘不採括，專心聽婦語。

　　按："採括"當作"睬聐"，理睬之義。《敦煌曲校録》一四六頁
《十二時》："熱油澆，沸湯潑，號訴求他誰睬聐？"

生時不恭養，死後祭泥土。如此倒見賊，打煞無人護！

　　校注：倒：斯五六四一作“到”。

　　按：“倒”字是；“到”字誤。“倒”是顛倒之義，子女對父母不孝，是把人倫關係顛倒了，所以罵爲“倒見賊”。敦煌文書中還有“返倒”一詞，可以參看：“不孝人，難説喻，返倒二親非母曾（憎母）。”（《敦煌變文集》六七六頁《父母恩重經講經文》）

　　又按：據（十七）段文意，可析爲兩首詩：

　　①自“一種同翁兒”至“不絕孝門户”爲一首，寫父慈子孝，家有好報。

　　②自“只見母憐兒”至“打煞無人護”爲一首，批判不孝子。

（十八）養大長成人，角睛難共語。

　　按：依本文書（十四）“角眼相蛆妬”之例，“睛”也應作“眼”。“角眼”是反目之義。

（十九）兒行母亦征，項腿連腦急。

　　按：據《集韻》，“腿”是“足腫”之義，“項腿”連用，似覺不成話。“腿”應作“胣”，《廣韻》：“胣，腺胣，大腫兒。”《敦煌變文集》二五一頁《鷰子賦》：“脊上縫箇服子，髣髴亦高尺五。”兩句是形容黄雀被責杖脊後的慘狀，“縫”是“膣”字之訛，訓“腫”，“服”字也應作“胣”，“胣子”指腫塊。本詩“項胣”指頸瘦，“急”訓“緊”，“項腿連腦急”是説頸瘦緊緊地依附着腦袋，用來比喻“兒行母亦征”，確實出人意表而又極其妥帖。

聞道賊出來，母愁空有骨。兒回見母面，顔色肥没忽。

　　校注：顔色：斯五六四一作“題己”，二者於意均難通，存疑。

　　按：“顔色”是，“題己”是“顔色”的錯字。“顔色”指容光，乃常用義。原詩説兒子出征回來，長得肥肥胖胖，豈知母親却擔憂得只剩骨頭了。

又按：據（二十二）段文意，本段前半部分，即自"天下惡官職"至"五品無人諍"應爲一首，寫府兵的苦情。本段的後半部分應連下段全段爲一首，即自（二十二）之"生住無常界"至（二十三）之"何日更逢明"爲一首，寫"不肯佛邊生"者當沉淪苦海。

（二十五）意盡端坐取，得利遇一倍。

按："遇"字誤，應是"過"字的形訛或"逾"字的音訛。寒山詩（第一五五首）即有"計年逾一倍"之語。

分毫擘眼諍，他買柳遣賤，自買即高擎。

按："分毫"前應奪一句五字。檢本文書（二十六）有"兩兩相劫奪，分毫努眼諍"之語，此處似可援例，在"分毫"前擬補"兩兩相劫奪"五字。

名沾是百姓，不肯遠征行。

按："沾"應作"帖"。"名帖"就是名刺、名片，上面例需寫明姓名和身份。"名帖是百姓"即身份是百姓之意，百姓應服兵役，這裏説"不肯遠征行"，是爲了説明市郭兒錢能通神。

（二十七）有錢湝不吃，身死由妻兒。

校注：由：斯五六四一作"留"。

按：作"留"是。拾得詩（第五二首）"誅剥曑（按'曑'應作'累'）千金，留將與妻子"，詩意與此處相同。

只得紙錢送，欠少元不知。

校注：欠：《掇瑣》與斯五六四一均作"欠"，疑是"多"字之誤。

按："欠"字諸本皆同，不煩改。"欠少"爲不足之義，《敦煌變文集》四三二頁《金剛般若波羅蜜經講經文》："六道身中旡欠少，諸仏身上不徧（偏）多。"原詩謂死後妻兒克減紙錢數量，死者無從得知。

獨守深泉下，宾宾長夜飢。

　　校注：宾，《掇瑣》作"寞"，是。

　　按："宾"應是"冥"的別體，"冥冥"是形容黃泉的習用語，如寒山詩（第一七首）："唯有黃泉客，冥冥去不迴。"

憶相平生日，悔不着羅衣。

　　按："相"應作"想"，與本文書（四十三）"憶相生平日"同例。

（二十九）奴人賜酒食，恩言出羑氣。

　　按："奴"字是"好"字誤書。"好人賜酒食"與下文"無賴不與錢"形成對比。

　　又按：據（二十八）段及（二十九）段文意，兩段應該合併，實際是一首詩，寫工匠的苦情。

（三十三）身臥空堂內，獨坐令人怕。我今避頭去，拋却空閑舍。

　　校注：避：當是"劈"字之別。

　　按：校"避"爲"劈"，文意未佳。"避"字不誤，"避頭"應是"避身"之義，亦猶"抽頭"是"抽身"之義（蘇軾《與辯才禪師》："某幸於鬧中抽頭，得此閑郡。"）詩中以堂舍比喻軀體，"拋（抛）却空閑舍"是死的隱語。

（三十五）縱使公王侯，用錢遮不得。

　　校注：遮：即攔、阻擋。

　　按：此處"遮"是求囑、買人情之義，如《敦煌變文集》二五二頁《鶯子賦》："我且忝爲主吏，豈受資賄相遮？"本文書（四十四）"秖（科）出排門夫，不許私遮曲"，"遮曲"與此處"遮"字同義。《敦煌曲校録》一三七頁《禪門十二時曲》"閻羅索命難求囑"，詩意與本詩類似。

（三十六）身如内架堂，命似堂中燭。

　　按："内架堂"費解，"内"字應是"肉"字誤書。"肉架堂"比喻軀體，正與本文書（三十三）以堂舍比喻軀體相同。

家貧無好衣，造得一襖子。中心纕破氈，還將布作裹。

　　校注：纕：當是"纕"字之誤。

　　按：校"纕"作"纕"，文意未佳。"纕"字似應作"穰"，充填之義。此義雖不見於字書，但還保存在現代一些地區的口頭語言中，如成都方言把充填棉花叫作"穰"，讀作 ráng。采用民間口語入詩，正是王梵志詩的顯著特色。

清貧常使樂，不用濁富貴。

　　按："使"應作"時"。"長時"乃習見語，如《敦煌變文集》六五四頁《佛説觀彌勒菩薩上生兜率天經講經文》："不曾一日憂煎，只是長時快樂。"

　　又按：據（三十六）段文意，應析爲兩首詩：

　　①自"身如内架堂"至"即是空堂屋"四句爲一首，寫身、命關係。

　　②自"家貧無好衣"至"夜眠還作被"爲一首，寫清貧自樂。

（三十七）坐時同飯翁，死則同食瓶。

　　按："翁"字是"瓷"字之誤。

四海交遊絶，藉帳便除名。

　　按："藉"當作"籍"。"籍帳"指户籍簿、花名册。

（三十九）四海並交遊，風光亦須覓。

校注：覓：《掇瑣》同，當是“覽”字形近而誤。

按：校“覓”作“覽”，失韻。伯三四一八（二十八）也有“風光亦須覓”之語，可證“覓”字不誤。

（四十一）說錢心即憙，見死元不愁。

校注：元：疑爲“无”字形近而誤。

按：“元”字不誤。原詩正是刻畫了一個廣貪財色、不怕報應的形象。

（四十二）蹔出門前觀，川原足故冢。

校注：足：於意難通，當作“是”字。原卷形近而誤。

按：“足”字不煩改。“足”訓多，乃常用義。下文以“年年並舍多，歲歲成街巷”形容墳地，正是“川原足故冢”的具體說明。

（四十三）向前任粉理，難見却回來。

校注：却：語助詞。却回來即回來。

按：此處“却”是副詞，訓爲重、又、再。“却回來”即再回來，比喻復活。

憶相生平日，悔不唱三臺。

校注：唱：唱和。三臺：唐高宗時曾改尚書省爲中臺，門下省爲東臺，中書省爲西臺，合稱“三臺”。亦用來泛指大臣。賈島《觀冬設上東川楊尚書》詩（見《全唐詩》卷五七四）有：“何時却入三臺貴？此日空知八座尊。”據此，“唱三臺”就是與當朝大臣互相唱和。

按：此說誤。《三臺》是樂曲名，明胡震亨《唐音癸籤》卷一三記唐曲有《三臺》、《急三臺》、《宮中三臺》、《江南三臺》、《上皇三臺》、《怨陵三臺》、《突厥三臺》等名目。唐李匡乂《資暇集》卷下三臺條：“今之擕酒三十拍促曲名《三臺》何？或曰：昔鄴中有三臺，石季倫常爲游宴之地，樂工倦怠，造此以促飲也。”《敦煌變文集》四七〇頁《佛説阿彌陀經講經文》：“爛搗椒薑滿椀著，更兼好酒唱《三臺》。”可證《三臺》確是促飲的樂曲。原詩“悔不唱《三臺》”是悔不及時行樂之意。又“憶相生平日”欠通，“相”是“想”字之誤。

（四十五）無心念貧事，有時見即憙，貴重劇耶娘。

　　按：“有時”前應奪一句五字，待補。

唯須家中足，時時對孟常。

　　校注：孟常：原文如此，《掇瑣》同。按其文意，當作“無常”方妥。

　　按：校作“無常”，文意難通。“常”應是“光”字誤書，孟光是東漢梁鴻之妻，她“舉案齊眉”的事已傳爲千古佳話，這裏即以“孟光”代表賢妻。原文“唯須”兩句是抒發願望：一願家中富足，二願室有賢妻。

（四十六）來如塵暫去，起如一墜風。

　　校注：此二句字有錯置，當讀作“來如塵暫起，去如一墜風”，方妥。

　　按：所校甚是，但“一墜風”仍難解。“墜”當作“隊”，“一隊風”就是“一陣風”。“隊”訓爲“陣”，是敦煌文書中的特殊用法，如《敦煌曲子詞集》三三頁《浣溪沙》：“一隊風去吹黑雲。”《敦煌變文集》八七頁《李陵變文》：“黑煙隊隊人（入）愁寞（冥）。”

何處有真實，還奏入宜空。

　　按：“奏”是“走”的借字，如《敦煌變文集》一三頁《伍子胥變文》“下奏（走）身是遊人”，“下走”是自謙之詞。

（四十七）兄弟義君活，一種有男女。

　　按："義君活"不可解。"君"應作"居"，"義居"謂親屬聚族而居，如《宋史·孝義·洪文撫傳》："子孫衆多，以孝悌著稱，六世義居，室無異爨。"原詩是説兄弟没有分家。

（四十八）圻破五戒身，却入三惡道。

　　校注：圻：原卷及《掇瑣》均如此，於意難通。疑與"斫"字形近而誤。

　　按："圻"應是"坼"字之誤。

（四十九）東西無淛着，到處即女君。

　　校注：淛：據羅振玉《增訂碑別字》，是"濟"字別體。但文意猶不可通，存疑。

　　按：認"淛"爲"濟"的別體，是。此處的"濟"是"繫"的別字，"濟"、"繫"唐代是同音字。下文"女"應讀作"汝"，"君"應作"居"。原詩是説窮漢到處無着落，只有四方流浪。

　　　　　　　　　　　（原載《中華文史論叢》一九八一年第四輯）

敦煌變文校勘商榷

劉堅同志的《校勘在俗語詞研究中的運用》(見《中國語文》一九八一年第六期)一文,闡述了校勘對俗語詞研究的重要作用,並提出了校勘俗文學作品的若干原則,都很正確。不過,所舉敦煌變文校勘的實例,鄙意以爲有可議者,依出現於劉文中的先後次序條舉於下,以便商榷。

《破魔變文》:"合嘆傷,争堪你却不思量?"(三四四頁)按:"嘆"當作"嗟",劉文失校。此句出於《破魔變文》篇首所附押座文,而《頻婆娑羅王后宮綵女功德意供養塔生天因緣變》篇首也附有同一押座文,此句正作"合嗟傷"(七六四頁)。推究致誤之由,蓋因上文"波吒莫去死,去了却生來"中,第一個"去"字應作"嘆"字(七六四頁正作"波吒莫嘆死"),書手發覺了這個錯誤,未及改正,陰錯陽差,却誤把"嗟"字寫成了"嘆"字。於此可見變文中的訛誤情況十分複雜,尤宜細心體察。

敦煌本《搜神記》:"朝來飲他酒脯,豈可能活取此人?"(八六八頁)劉校:"'豈'與'可'連用,同義連文。"按:變文中確實不乏"豈可"同義連文之例,如《晏子賦》:"黑羊之肉,豈可不食? 黑牛駕車,豈可無力? 黑狗趂兔,豈可不得? 黑雞長鳴,豈可無則?"(二四四頁)但上引《搜神記》例句,情況却有不同。這是南斗老人替趙顏子向北斗老人求情的話,若以"豈可"爲同義連文,則勢必將"活取此人"講作"活活地要此人的命",殊覺牽強。實則此處"活"字是使動用法,而"取"字是用在動詞後面的語助詞。《詩詞曲語辭匯釋》卷三"取"字條曰:"取,語助辭,猶着也;得也。"舉例甚多。此處"活取"就是"活得",如此理解最符合唐人語氣。原文“可”字應作“不”字，蓋行書形近而誤。“豈不能活取此人”猶云“難道不能放此人一條活路？”，如此則上下文意貫通矣。

《无常經講經文》：“直墮黃金北斗齊，心中也是無厭足。”（六六三頁）劉校：“‘直墮’亦應爲‘直饒’。”按：“墮”字不誤，此處“直”、“墮”各自爲詞。“直”即直饒，《詩詞曲語辭匯釋》卷一，“直”（一）條：“直，與就使、即使之就字、即字相當，假定之辭。凡文筆作開合之勢者，往往用直字以墊起，與饒字相似，特饒字緩而直字勁耳。”其説用於此處恰合。而“墮”字是“垛”字的同音借字，義同“堆”字，如《敦煌曲子詞集·定風波》：“墮積千金依（醫）不得。”《捉季布傳文》：“直饒墮却千金賞，遮莫高搥（堆）萬挺銀。”（五九頁）“直饒”與“墮”各自爲詞，與此處“直”、“墮”各自爲詞相同。

《破魔變文》：“一時號令，便下天來，逡速之間，直至菩提樹下。”（三四八頁）《難陀出家緣起》：“逡速已到青雲裏。”（三九九頁）劉校：“‘逡速’並應爲‘逡巡’，唐宋人常語，是頃刻之意。”按：變文中使用逡速一詞，不僅以上兩例，尚有《維摩詰經講經文》：“若要修行逡速程，直心直行直須平。”（六一五頁）《歡喜國王緣》：“浮生逡速，不可不（久）留。”（七七六頁）既然“逡速”一詞屢次出現，並有固定含義，這就不是偶然現象，只能證明在唐人口語中，確實存在着“逡速”一詞。把“逡速”説成是“逡巡”之誤，未免武斷。

敦煌本《搜神記》：“當眼匡（眶）裏一枝禾生，早以欲秀。”（八七〇頁）劉校：“‘以’應爲‘似’，‘以欲’應爲‘欲似’。欲似，唐人常語，也就是似。”按：據此説，則“早以欲秀”便是“早似秀”，殆不成語矣。此句校勘尚可再議，但“欲”字決非無義，“欲秀”是説禾已長大到快要揚花了。

《伍子胥變文》：“三十不與丈夫言。”（七頁）劉校：“《敦煌變文匯錄》作‘世不與共丈夫言’，極是。‘世不’即‘誓不’，見徐渭《南詞叙録》。《敦煌變文集》大約先誤‘世’作‘卅’，又誤作‘三十’。”按：此説甚誤，乃據訛本而改信本。變文原文“三十不與丈夫言，與母同居住鄰里，嬌愛容光在目前，烈女忠貞浪虛棄”云云，乃拍紗女自白心迹之語。

考伍子胥路遇拍紗女事，始見於《吳越春秋》及《越絕書》。《吳越春秋·王僚使公子光傳》固已云："女子嘆曰：'嗟乎，妾獨與母居三十年，自守貞明，不願從適，何宜饋飯而與丈夫？'"此即變文故事所本。李白《溧陽瀨水貞義女碑銘序》云："貞義女者……歲三十，弗移天於人。"所謂貞義女者，即拍紗女也。可見拍紗女"三十不與丈夫言"事，唐代已普遍流傳於民間，《敦煌變文集》迻録無誤。據《金剛般若波羅蜜經講經文》校記第二十九條："本卷凡'三十二相'，均寫作'世二'。"（四四九頁）可知敦煌卷子中，"卅"寫作"世"者並不少見。《敦煌變文匯録》不知"世"即是"卅"（三十），原句遂缺一字，乃以意添加"共"字湊數，實不足憑信。

《伍子胥變文》："子胥遥鞭語昭王曰……"（二〇頁）劉校："'遥'應爲'搖'。"按：變文所叙情事，乃楚昭王奔逃入城，伍子胥追至城下，歷數昭王罪狀，故用"遥"字。鞭語云者，或有脱字，而大意則謂以鞭指昭王而罵也。如此理解，方切合城上城下，遥加斥責之情狀。改"遥"爲"搖"，文理雖通，神情頓失矣。

《佛説阿彌陀經講經文》："妻若邪婬抛兒婿，來生還感没丈夫。"（四六七頁）劉校："'感'應爲'應'。"按：劉校誤。感謂天人之間的感應，表示一種因果關係，這當然是迷信的説法。變文原文謂女子今生邪婬之惡業，將招致來生無夫之惡果。此義變文中極常見，惟多寫作"感得"，其單用"感"字者，如《歡喜國王緣》："因緣已感生天上，果報還招福自隨。"（七七八頁）《秋吟》："累生宿種因緣，感果榮華此日。"（八一二頁）《故圓鑒大師二十四孝押座文》："孝慈必感天宫福，五逆能招地獄殃。"（八三六頁）《伍子胥變文》："駕紫極以定天闕，撼黃龍而來負翼。"（一頁）"撼"也應作"感"，謂感應上天，而得黃龍負舟之瑞兆。（黃龍負舟事見《淮南子·精神訓》；翼即舟，出《越絕書》）

《太子成道經》："賤妾者一身猶乍可，莫交辜負一孩兒。"（二九五頁）劉校："唐宋時有'乍可'一詞，爲寧可之意，但不能用於句末，此句'乍'應爲'自'，'猶自'成詞。"按：唐人口語中"乍可"一詞，除寧可義外,還有尚可之義,如《太平廣記》卷一五七,李敏求條(出《河東記》):"然要知禄命,乍可施力。""乍"字並非"自"字的形近而誤。

《維摩詰經講經文》:"今日分明説似君,途教人衆除疑慮。"(五二五頁)劉校:"'途'應爲'徑'。"按:途、徑二字,形音皆不近,此説無據。本篇變文後文尚有:"只爲如來演法音,徒交凡衆沾甘露。"(五五一頁)以上兩例中"途教"、"徒交"皆應作"圖教","途"、"徒"是"圖"的同音借字,"交"、"教"同音通用,唐人已成通例。

《金剛般若波羅蜜經講經文》:"世界非常可晨寬,容納塵埃有甚難?"(四三九頁)劉校:"'晨'應爲'展'。"按:"可展寬"欠通,"晨"當作"畏","可畏寬"猶云"大得嚇人"。"可畏"是甚辭,説詳蔣禮鴻《敦煌變文字義通釋》(新版增訂本)卷六可畏條。

《醜女緣起》:"門前過往人多,恐怕驚他驢□。"(七九四頁)劉校:"此二句爲韻語。本段雜用上聲字、去聲字爲韻,上聲字韻脚野、舍均馬韻字,疑末句闕字爲'馬'字,'驢'字應爲'駙'字,形近而誤。本段所寫爲王郎已被召(招)爲駙馬以後之事,末二字作駙馬,於文義亦甚切合。"按:謂闕字爲"馬"字,是。門人當作門前,劉文失校。而改"驢"字爲"駙"字,則未敢苟同。變文此段韻文共八句:"妻語夫曰:'王郎心裏莫野,出去早些歸舍,莫拋我一去不來,交我共誰人語話? 争肯出門出户,如今時徒(?)轉差,門人(前)過往人多,恐怕驚他驢□(馬)。'"這是醜女叮囑王郎外出早歸的話,豈有對駙馬而言"驚他駙馬"之理。末二句是醜女自言不肯出門出户的原因,不説"驚他行人"而説"驚他驢馬"者,是爲了極力夸張醜女之醜,已遠遠超過了"驚人"的程度。這裏就表現出俗文學的幽默精神。

《伍子胥變文》:"行至鄭國,四城門罕閉。"(二二頁)劉校:"'罕'疑爲'咸'。罕,旱韻字,-n 尾;咸,咸韻字,-m 尾:語音本不相近。但從變文裏的別字異文所反映的語音現象可以看出,唐五代西北方音中-n 尾與-m 尾有混合的趨勢,咸字音訛爲罕字不無可能。"按:此説似嫌太曲。這個"罕"字應作"關"字,蓋因"關"字的俗體或作"関",草書寫作

"奀"，又從而訛作"罕"字。

《漢將王陵變》："陵母遂乃喫苦，不禁撲却，槍枷如倒，一手案聲，一手按地，仰面向天哭。"（四三頁）這段話中的"如"字通作"而"字，校錄者不明此理，遂致斷句錯誤，劉文也失校。正確的斷句應是："陵母遂乃喫苦不禁，撲却槍枷如（而）倒。""如"通作"而"，變文中尚有幾例，如本篇前文有云："楚將見漢將走過，然知是斫營漢將，踏後如趕無賴；漢將見楚將趁來，雙弓背射，楚家兒郎，便見箭中，落馬身死。"（三九頁）校錄者不知"如"通作"而"，又導致斷句錯誤。正確的斷句應該是："楚將見漢將走過，然知是斫營漢將，踏後如（而）趕；無賴漢將見楚將趁來，雙弓背射"云云。

《伍子胥變文》："今欲進發往江東，幸願存情相指示。"（一〇頁）劉校："'存'應爲'承'。"按："存"字不誤。存情也是俗語詞，是看承或特別照顧之義，如《伍子胥變文》："執鈎乘船之仕（士），暫屈就岸相看，勿辭之勞，幸願存情相顧。"（一三頁）《太平廣記》卷三六八，居延部落主條（出《玄怪錄》）："骨低知是諸袋爲怪，欲舉出焚之，諸袋因號呼檻中曰：'某等……見爲居延山神收作伶人，伏乞存情於神，不相殘毀。'"

《韓朋賦》："即裂裙前三寸之帛，卓齒取血，且作私書，繫箭頭上，射与韓朋。"（一四〇頁）劉校："'卓'應爲'鑿'。"按：此説不確，"卓"也是俗語詞，其例屢見，如《太平廣記》卷一〇八，李琚條（出《報應記》）："使人臨別執手，亦曰：'乞一卷《金剛經》。'便覺頭痛。至一塔下，聞人云：'我是道安和尚，作病卓頭兩下，願得爾道心堅固。'"《大目乾連冥間救母變文》："鐵杷踔眼，赤血西流。"（七三一頁）"踔"也應作"卓"。孔平仲《續世説·寵禮》："王朴……卒時年四十五，世宗於柩前以所執玉鉞卓地慟哭者數四。"而《新五代史·王朴傳》則云："世宗臨其喪，以玉鉞叩地大慟者數四。"兩相比較，可知"卓地"即是"叩地"。究其得義之由，則"卓"字也是假借字，其本字應是"築"字。《説文》："築，擣也。"蓋指版築時舂土使實也。由此而引申爲一般的擣擊義，如《太平廣記》卷一〇一，殖僧條（出《集異記》）："即以刀環築去二齒。"顯然，"卓齒取血"的"卓",便是"築去二齒"的"築"。

《葉淨能詩》:"皇帝曰:'脱將朕去,復何侍從,幾人同行?'淨能奏曰:'可一與人也。'"(二二三頁)劉校:"'可一與人也'應爲'可與一人也'"。按:此説誤,試讀後文便知:"於是作法,便將皇帝及左右隨駕等,同往劍南看燈。"是則同行者固非一人矣。原文"一"是一任之義,"可一與人"是説隨便帶多少人都行,故皇帝遂即任意安排高力士等侍從人員隨同前往。

《妙法蓮華經講經文》:"居在無常夜永,還同永漏更長。"(五一○頁)劉校:"'永漏'應爲'漏永'。"按:此説非是。揣想劉校之由,大約因爲上文有"寒更漏永睡綢繆"之語,遂認更長之更爲寒更之更,因而乙"永漏"爲"漏永",以求與"更長"形成結構相同的並列詞組。實則更長的更即更加的更,還同永漏更長者,謂猶如永漏,而更加久長也。變文的用意在於以睡夢比喻無明狀態,而極力渲染其久長,故後文有"無明生死夜長遥"之語。

《无常經講經文》:"早求生,速拋此,莫厭聞經頻些子。"(六七○頁)劉校:"'頻'應爲'須',形近而誤。'須些子'應爲'些須子'。"按:如此改竄原文,而文意轉不可通。頻者,頻數也,頻些子謂次數多一點。這兩句出於《无常經講經文》的結尾部分,凡講經文結尾,率多招徠聽衆明日再來之語,如本篇結句即云:"念仏各自歸家,明日却來相伴。"而"莫厭聽經頻些子"即勸人明日再來聽經之語也。

《廬山遠公話》:"於是白庄高聲便喚,令左右擁至馬前,問遠公曰:'是你,寺中有甚錢帛衣物,速須搬運出來?'"(一七二頁)劉校:"'你'字下不當逗。'是你寺中'即凡是你寺中之意,'是'表示周遍,變文中屢見。句末疑問號亦不妥。"按:劉校關於句逗和標點的意見是正確的,但謂"'是'表示周遍"云云,却是誤解。這個"是"字是口語中用在人稱代詞前面的語助詞,一般出現於句首,並無實在意義。如同篇變文:"是他道安是國内高僧,汝須子細思量。"(一八五頁)《韓擒虎話本》:"楊堅舉目忽見皇后,心口思量:'是我今日莫逃得此難?'"(一九八頁)《捉季布傳文》：“放卿歇息歸私第，是朕寬腸未合分。”（六二頁）這些“是”字都是語助詞，由於變文摹擬口語聲氣而得以保存下來。

（原載《中國語文》一九八二年第四期）

王梵志的一組佛教哲理詩（校釋與評論）

　　白話詩人王梵志唐代就被稱爲"菩薩示化"（馮翊子《桂苑叢談·
史遺》），現代也有研究者稱他爲佛教詩人。這當然很不準確，因爲王
梵志詩的精華恰恰是那大量現實性很强的世俗作品。但是不可否認，
佛教思想確實也是王梵志詩的主要内容之一，這些詩作大多是表現天
堂地獄、因果報應的迷信觀念，反映了唐代下層社會的思想意識中，佛
教影響的實際形態，可以説具有通俗的性質。不過在伯三八三三號
"王梵志詩卷弟三"的開端，集中了一組闡發和探討佛教哲理的作品，
與其他表現佛教觀念的詩作顯然不同，表現了高一層次的思辨特點。
這些不同思想層次的作品都收集在王梵志詩集中並不奇怪，因爲，在
我看來各種迹象都説明所謂"王梵志詩"並非出自一人之手，而是若干
無名白話詩人作品的結集。正因爲如此，所以研究王梵志詩更有必要
從各個側面、各個斷層分别剖析和探討。

　　王梵志的這一組佛教哲理詩，由於其内容的特點，也許不容易被
一般讀者和研究者所理解，因此，我們從《王梵志詩校輯》卷三中把這
一組詩的原文轉録在下面，並加以校釋和評論。凡是《校輯》校改原文
可取者，不復置論，以免辭費。

人去像還去

人去像還去，人來像以明①。像有投鏡意，人無合像情。鏡像俱

磨滅,何處看衆生②。

【校釋】

①“人去”二句:按《荷澤神會語録》:“譬如明鏡,若不對像,鏡中終不現像。爾今言現像者,爲對物故,所以現像。”《大珠禪師語録》卷上《頓悟入道要門論》:“譬如明鏡,若對物像時即現像,若不對物時終不現像。”即此二句之意。

②看:原卷照片作“有”,當據改。衆生:按《禮記·祭義》:“衆生必死,死必歸土,此之謂鬼。”孔穎達疏:“衆生必死者,言物之群衆而生必皆有死。”佛經翻譯借用“衆生”一語,以指一切有情含靈之物,其狹義則仍指人也。此處“衆生”即泛指世人。《大方廣圓覺修多羅了義經》:“善男子,譬如有人,作如是言:‘我是衆生。’則知彼人説‘衆生’者,非我非彼。云何非我?我是衆生,則非是我。云何非彼?我是衆生,非彼我故。”

【評論】

　　此首闡發佛教“十喻”中“鏡中像”之喻,以明人生乃因緣假合,虛幻不實。《大智度論》卷六引《經》:“解了諸法,如幻,如焰,如水中月,如虛空,如響,如犍闥婆城,如夢,如影,如鏡中像,如化。”並加闡釋。按所引乃《摩訶般若波羅蜜經·序品》之文,鏡中像之喻即《般若經》十喻之一。《大智度論》卷六:“如鏡中像者,如鏡中像,非鏡作,非面作,非執鏡者作,亦非自然作,亦非無因緣。何以非鏡作?若面未到鏡則無像,以是故非鏡作。何以非面作?無鏡則無像。何以非執鏡者作?無鏡無面則無像。何以非自然作?若未有鏡未有面則無像,像待鏡待面然後有,以是故非自然作。何以非無因緣?若無因緣應常有,若常有,若除鏡除面亦應自出,以是故非無因緣。諸法亦如是,非自作,非彼作,非共作,非無因緣。……復次如鏡中像,實空不生不滅,誑惑凡人眼。一切諸法亦復如是,空無實不生不滅,誑惑凡人眼。……諸法從因緣生,無自性如鏡中像。如偈説:‘若法因緣生,是法性實空。若此法不空,不從因緣有。譬如鏡中像,非鏡亦非面,亦非持鏡人,非自非無因,非有亦非無,亦復非有無，此語亦不受，如是名中道。'以是故説諸法如鏡中像。"《景德傳燈録》卷二八《江西大寂道一禪師》："心真如者，譬如明鏡照像。鏡喻於心，像喻諸法。若心取法，即涉外因緣，即是生滅義。不取諸法，即是真如義。"蘇軾《和陶影答形》："君如火上煙，火盡君乃別。我如鏡中像，鏡壞我不滅。"宋周密《齊東野語》卷九《形影身心詩》引楊龜山《讀東坡和陶影答形詩》云："'君如煙上火，火盡君乃別；我如鏡中像，鏡壞我不滅。'蓋言影因形而有無，是生滅相。故佛云：'一切有爲法，如夢幻泡影。'（楚按《金剛經》文）正言其非實有也，何謂不滅？此則又墮虛無之論矣。"蓋自佛教"中道"之説觀之，"雖無而非無，無者不絶虛；雖有而非有，有者非真有"（僧肇《不真空論》）。蘇軾於"鏡中像"之喻，理解尚未透徹，故宋儒楊時（龜山）譏之爲"又墮虛無之論"，於此亦可窺見理學與釋教相通之迹。

一身無本利

一身無本利[①]，四大聚會同[②]。直似風吹火，還如火逐風。風强火熾疾，風疾火愈烘[③]。火風俱氣盡，星散總成空。

【校釋】

①一身無本利：《校輯》校記："無，原作'元'，據文義改。利，原作'刟'，據文義改。"按原卷照片此句作"一身元本別"，極是，當據原卷回改。顧炎武《日知録》卷三二《元》："元者，本也。本官曰元官，本籍曰元籍，本來曰元來，唐宋人多此語。後人以'原'字代之，不知何解。……或以爲洪武中臣下有稱元任官者，嫌於元朝之官，故改此字。"清王應奎《柳南隨筆》卷三："明太祖既登極，避勝朝國號，遂以元年爲原年。民間相傳如此，而史書不載。"故知"元本"爲詞，即"原本"。此句言組成人體的地水火風，原本是各自分散的，參見下條校釋。

②四大聚會同：佛經以爲世間萬物，乃至人身，皆由地水火風等"四大"組成。未成人身，四大各別；因緣聚會，乃成人身。《大方廣圓覺修多羅了義經》："我今此身，四大和合。所謂髮毛爪齒皮肉筋骨髓腦垢色皆歸於地，唾涕膿血津液涎沫痰淚精氣大小便利皆歸於水，暖氣歸火，動轉歸風。"《法門名義集》："四大，地水火風是也，和合成身。地者骨肉形體也，水者血髓潤也，火者温暖也，風者出入氣息也。"《維摩詰經·方便品》僧肇注："夫萬事萬形，皆四大成。在外則爲土木山河，在内則爲四支百體。聚而爲生，散而爲死。"《校輯》二五六首亦云："不净膿血袋，四大共爲因。"

③"風强"二句：《校輯》校記云："風强，原作'火强'，據文義改。風疾，原作'風即'，據文義改。"按此詩中四句應是以火、風交錯爲文，似可改爲"火强風熾疾，風疾火愈烘"。《雜阿含經》卷一六："火得風熾然。"即此意也。

【評論】

此首以四大因緣聚會之説，論證人生虚幻不實。蓋四大分離之初，本無人身，偶然因緣聚會，乃成人身。一成人身，四大相煎，由此造成人身種種病苦，終於導致四大分散，人死命終，一切又返回未有人身之狀態。而此首以四大中之火風二大，代表地水火風四大，以風火相逼代表四大相煎，以風火氣盡代表四大分離，此亦佛經之常談。如《修行本起經》卷下："死者盡也，精神去矣。四大欲散，魂神不安，風去息絶，火滅身冷，風先火次，魂靈去矣，身體挺直，無所復知。"《八師經》亦云："八謂人死，四百四病，同時俱作，四大欲散，魂神不安，風去鳥絶，火滅身冷，風先火次，魂靈去矣。"《五燈會元》卷一〇《雲居道齊禪師》："'老僧今日火風相逼，特與諸人相見……'大衆才散，師歸西挾而逝。"故《大方廣圓覺修多羅了義經》云："四大各離，今者妄身當在何處？即知此身畢竟無體，和合爲相，實同幻化。"即梵志此詩之大旨也。

以影觀他影

以影觀他影，以身觀我身。身影何處眤？身共影何親？身行影作伴，身住影爲鄰。身影百年後[1]，相看一微塵[2]。

【校釋】

[1] 百年後："後"，原卷照片作"奻"，應是"外"字，當據改。"百年"爲人壽之大限，"百年外"即指死後。陶淵明《和劉柴桑詩》："去去百年外，身名同翳如。"

[2] 一微塵：《校輯》校記："微，原本模糊難辨，據文意補。"按原卷照片可辨爲"聚"，當據改。"一聚塵"即一堆塵土，以言人生死後，終歸虛無。唐道鏡、善導《念佛鏡·念佛出三界門》："五蘊浮虛夢幻身，假緣空聚一堆塵。"白居易《逍遙咏》："此身何足厭，一聚虛空塵。"寒山詩："誰家長不死，死事舊來均。始憶八尺漢，俄成一聚塵。"《校輯》四〇四首："終却一聚魔，何用深棺槨。""一聚魔"亦應作"一聚塵"，"魔"蓋"塵"字的形誤。《廣弘明集》卷三〇釋亡名《五苦詩·生苦》："終成一聚土，強覓千年名。"

【評論】

此首就"十喻"中"如影"之喻立意，以況人生只是幻影，並非實有。《大智度論》卷六："復次如影，映光則現，不映則無，諸結煩惱遮正見光，則有我相法相影。復次如影，人去則去，人動則動，人住則住。善惡業影亦如是，後世去時亦去，今世住時亦住，報不斷故，罪福熟時則出。……影則不爾，是爲非有……以是故影非有實物，但是誑眼法，如捉火燼疾轉成輪非實。影非有物，若影是有物，應可破可滅，若形不滅，影終不壞，以是故空。復次影屬形不自在故空，雖空而心生眼見，以是故説諸法如影。"觀此有助於理解梵志此詩之奧旨。

《敦煌變文集·維摩詰經講經文》："又〔是〕身如人（影），影（人）及衆物皆有影逐，人物若在，影即隨之，人物叟（設）無，影從何有？身滅影沉，影生人顯。"（原文誤漏之處已補校）按《莊子·漁夫》："人有畏影惡迹而去之走者，舉足愈數而迹愈多，走愈疾而影不離身，自以爲尚遲，疾走不休，絶力而死。不知處陰以休影，處靜以息迹，愚亦甚矣。"枚乘《上諫吳王書》："人性有畏其景而惡其迹，却背而走，迹逾多，景逾疾，不知就陰而止，景滅迹絶。"李白《月下獨酌》之一："花間一壺酒，獨酌無相親。舉杯邀明月，對影成三人。月既不解飲，影徒隨我身。暫伴月將影，行樂須及春。我歌月徘徊，我舞影凌亂。醒時同交歡，醉後各分散。永結無情游，相期邈雲漢。"皆與梵志此詩中四句同一意趣，而思想則皎然有別，可謂貌合而神離者。

觀影元非有

觀影元非有，觀身一是空[1]。如採水底月[2]，似捉樹頭風[3]。攬之不可見，尋之不可窮。衆生隨業轉[4]，恰似寐夢中。

【校釋】

[1] 一：原卷照片作"亦"，當據改。按此二句即上首之意。

[2] 如採水底月：比喻虛幻無實，終無所得。《大智度論》卷六："如水中月者，月實在虛空中，影現於水。實法相月在如法性實際虛空中，而凡天人心水中有我我所相現，以是故名如水中月。復次如小兒見水中月，歡喜欲取，大人見之則笑。無智人亦如是，身見故見有吾我，無實智故見種種法，見已歡喜，欲取諸相男相女相等，諸得道聖人笑之。如偈説：如水中月炎中水，夢中得財死求生，有人於此實欲得，是人痴惑聖所笑。"《方廣大莊嚴經》卷五："五欲不實，妄見而生，如水中月。"北本《大般涅槃經》卷九："是一闡提，憍慢心故，雖多作惡，於是事中，初無怖畏。以是義故，不得涅槃，喻如獼猴，捉水中月。"《楞伽師資記》："即知自身猶如水中月，如鏡中像，如熱時炎，如空谷響，若言是

有，處處求之不可見；若言是無，了了恒在眼前。”唐玄覺《證道歌》：“鏡裏看形見不難，水中捉月争拈得？”

③似捉樹頭風：亦喻虚幻不實，不可實現。《月燈三昧經》卷七：“風行速疾不可見，不可羂網而繫縛。”北本《大般涅槃經》卷一六：“善男子，假使擲蹋能繫縛風，齒能破鐵，爪壞須彌，如來終不爲諸衆生作煩惱因緣。”《梁書·劉孝綽傳》：“但雕朽朽糞，徒成延奬；捕影繫風，終無效答。”唐杜淹《召拜御史大夫贈袁天綱》：“繫風終不得，脱屣欲安如？”韋應物《難言》：“持索捕風幾時得？將刀斫水幾時斷？”貫休《貽世》：“捕風兼繫影，信矣不須争。”

④隨業轉：謂隨所造善惡之業，輪迴六道生死之中。《地藏菩薩本願經》卷上：“時婆羅門女，知母在世，不信因果，計當隨業，必生惡趣。”《廣弘明集》卷一五沈約《佛記序》：“分五道於人天，設重牢於厚地，各隨業力，的焉不差。”隋灌頂纂《國清百録》卷一：“命如山水，亦如假借，一息不還，隨業流轉。”唐臨《冥報記序》：“二者生報，謂此身作業，不即受之，隨業善惡，生於諸道，皆名生報。”宗密《答溫尚書書》：“一切衆生，無不具覺靈空寂，與佛無殊。但以無始劫來，未曾了悟，妄執身爲我相，故生愛惡等情，隨情造業，隨業受報，生老病死，長劫輪迴。”《敦煌變文集·廬山遠公話》：“生聞（鬪）英雄，死論福得（德），隨業受之，任他所配。或居地獄，或在天堂，或爲畜生，或爲餓鬼，六道輪迴，無有休期。”

【評論】

此首云“衆生隨業轉，恰似寐夢中”，乃發揮“十喻”中“如夢”之喻。《維摩詰經·方便品》：“是身如夢，爲虚妄見。”《大智度論》卷六：“如夢者，如夢中無實事，謂之有實，覺已知無，而還自笑。人亦如是，諸結使眠中實無而著，得道覺時，乃知無實，亦復自笑，以是故言如夢。”《弘明集》卷五慧遠《明報應論》：“寓群形於大夢，實處有而同無。”《敦煌曲校録·十二時·普勸四衆依教修行》：“日昳未，幻世浮生如夢寐。”《敦煌變文集·无常經講經文》：“不修行，求出離，百歲人生如夢寐（寐）。”又《妙法蓮華經講經文》：“无明生死夜長遥，六道循環自感招。天上暫隨波浪起,人間長被業行飄。悲啼只爲身貧病,歡喜還緣遇富饒。成佛似鐘驚覺後,万般煩惱一時消。"參見《但看蛾作卵》評論。

雷發南山上

雷發南山上,雨落北澤中[①]。雷驚霹靂火[②],雨激咆哮風。倏忽威靈歇[③],須臾勢乃窮[④]。天地不能已,知汝爲身空[⑤]。

【校釋】

①北澤:《校輯》校記:"原作'北浮',據文義改。"按當作"北溪","溪"、"浮"形近而誤。

②霹靂:《校輯》校記:"原作'礔礰',據文義改。"按"礔礰"同"礔礰",即"霹靂"的異體字。《龍龕手鏡》卷四石部:"砌礔礚,三俗,普擊反,正作霹,一靂也。"又:"礰,俗,音歷,正作靂,霹一也。"張衡《西京賦》:"礔礰激而增響,磅礚象乎天威。"《大智度論》卷一七:"如雹害穀,如礔礰臨人。"《隋書·刑法志》:"又作礔礰車以威婦人。"亦作"礔礫",《敦煌變文集·降魔變文》:"雷鳴電吼霧昏天,礔礫聲揚似火爆。"

③威靈:威風。《三國志·魏書·呂布傳》:"曹公奉迎天子,輔贊國政,威靈命世。"《北史·賀若弼傳》:"臣恃至尊威靈,將八千兵度江,即禽陳叔寶。"《汾陽無德禪師語錄》卷下《贊深沙神》:"現威靈,如忿怒,遙見便令人畏懼。"《太平廣記》卷一一一《劉憑》(出《神仙傳》):"憑反復良久,忽然大怒曰:'汝輩敢爾!'應聲有雷電霹靂,赤光照耀滿屋。於是敵人之黨一時頓地,無所復知。太守甚怖,爲之跪謝曰:'願君侯少寬威靈,富爲埋斷,終不使差失。'"逞霹靂以顯威靈,與梵志詩相同。

④勢乃:"乃"字應是"力"字形誤,"勢力"與上句"威靈"爲對。

⑤知汝:原卷照片作"如女",應據改。"女"讀爲"汝"。

【評論】

　　此首乃發揮"十喻"中"如虛空"之喻,以虛空中雷電霹靂、風咆雨激，雖轟烈一時，而須臾之間，終歸於無，比喻一切諸法，皆非實有。以天地變化，如此不已，比喻人生送往迎來，畢竟是空。《大智度論》卷六：“復次如虛空，性常清净，人謂陰曀爲不净。諸法亦如是，性常清净，婬欲瞋恚等曀故，人謂爲不净。如偈説：如夏月天雷電雨，陰雲覆曀不清净，凡夫無智亦如是，種種煩惱常覆心。……以是故虛空但有名而無實，如虛空諸法亦如是，但有假名而無實。”按此雖佛經之喻，但《老子》二三章云：“飄風不終朝，驟雨不終日，孰爲此者？天地。天地尚不能久，而況於人乎？”與梵志此詩何其相似耶？此中關係，或非偶然，可以深長思之。

非相非非相

非相非非相①，無明無無明②。相逐妄中出③，明從暗裏生。明通暗即盡④，妄絶相還清。能知寂滅樂⑤，自然無色生⑥。

【校釋】

①非相非非相：按隋慧遠《大乘義章》三本：“諸法體狀，謂之爲相。”北本《大般涅槃經》卷二二：“如來非相，何以故？久已遠離諸相相故，是故非相。亦非非相，何以故？善知諸相故，是故非非相。”又卷二七：“善男子，佛性者，亦色非色非色非非色，亦相非相非相非非相，亦一非一非一非非一，非常非斷非非常非非斷，亦有亦無非有非無，亦盡非盡非盡非非盡，亦因亦果非因非果，亦義非義非義非非義，亦字非字非字非非字。……云何爲相？三十二相故。云何非相？一切衆生相不現故。云何非相非非相？相非相不決定故。”蓋“相”爲具體事物之狀貌，一切諸法既非實有，則其狀貌亦非實有，故云“非相”；而“非相”亦非實有，故云“非非相”也。

②無明無無明：按“明”即智慧，爲佛教“六度”之一。《大乘義章》四本：“知法顯了，故名爲明。”“無明”亦云“癡”或“愚癡”，爲佛教“三毒”之一。

《大乘義章》四本："言無明者，癡闇之心，體無慧明，故曰無明。"《大智度論》卷六："如《德女經》説，德女白佛言：'世尊，如無明内有不？'佛言：'不。''外有不？'佛言：'不。''内外有不？'佛言：'不。''世尊，是無明從先世來不？'佛言：'不。''從此世至後世不？'佛言：'不。''是無明有生者滅者不？'佛言：'不。''有一法定實性是名無明不？'佛言：'不。'爾時德女復白佛言：'若無明無内無外亦無内外，不從先世至今世、今世至後世，亦無真實性者，云何從無明緣行，乃至衆苦集？世尊，譬如有樹，若無根者，云何得生莖節枝葉華果？'佛言：'諸法相雖空，凡夫無聞無智故，而於中生種種煩惱，煩惱因緣作身口意業，業因緣作後身，身因緣受苦受樂。是中無有實作煩惱，亦無身口意業，亦無有受苦樂者，譬如幻師，幻作種種事。……無明亦如是，雖不内有不外有，不内外有，不先世至今世、今世至後世，亦無實性，無有生者滅者，而無明因緣諸行生，乃至衆苦陰集。如幻息，幻所作亦息。無明亦爾，無明盡，行亦盡，乃至衆苦集皆盡。'"《大方廣圓覺修多羅了義經》："此無明者，非實有體，如夢中人，夢時非無，及至於醒，了無所得。"蓋"無明"亦非實有，故云"無無明"也。

③相逐妄中出："妄"指妄心、妄想。《大乘起信論》："依一切衆生，以有妄心，念念分别。"《大乘義章》三本："所謂凡夫迷實之心，起諸法相，辨相施名，依名取相，所取不實，故曰妄想。"蓋佛法平等一如，而衆生由於妄想作用，起分别想，而現善惡美醜種種之相，故云"相逐妄中出"。

④明通暗即盡：按"明"即智慧，"暗"即無明。《如來祕密藏經》卷下："迦葉，若闇室中然火燈明，是闇頗能作如是説：我百千歲住，今不應去？迦葉白佛：不也世尊，當然燈時，是闇已去。"《大集經》卷一："譬如一處百年闇室，一燈能破。"即此句之意。

⑤寂滅：即"涅槃"之義譯。《無量壽經》卷下："知一切法皆悉寂滅。"《注維摩經·弟子品》僧肇云："去相故言寂滅。"

⑥色生：《校輯》校記："原作'色聲'，據文義改。"按原文"色聲"不誤，亟應回改。"色聲"亦簡稱"色"，復言"色聲"，指感官所感知的外間事物

之"相"。王維《與胡居士皆病寄此詩兼示學人》:"色聲非彼妄,浮幻即吾真。"亦指感官享受。《衆經撰雜譬喻》卷下:"唯人不持五戒,但逐聽色聲,人身豈復可還得也?"《廣弘明集》卷四彥悰《通極論》:"觀子馳騁於名利,荒昏於色聲。"《景德傳燈錄》卷四《金陵鍾山曇璀禪師》:"色聲爲無生之鴆毒,受想是至人之坑穽。"

【評論】

　　此首"非相非非相"等語,闡發佛教空義,頗爲精微。蓋自真諦視之,實相不過因緣假合,本性是空;自俗諦視之,既有因緣假合,則仍是有。不著兩邊,即爲"非相非非相"矣。此義以僧肇所釋最爲明白,《答劉遺民書》云:"故經云:真般若者,非有非無,無起無滅,不可説示於人。何則?言其非有者,言其非是有,非謂是非有;言其非無者,言其非是無,非謂是非無。非有非非有,非無非非無。是以須菩提終日説般若而云無所説。此絕言之道,知何以傳? 庶參玄君子有以會之耳。"又《維摩詰經・佛國品》注:"欲言其有,有不自生。欲言其無,緣會即形。會形非謂無,非無非謂有。且有故有無,無有何所無,有無故有有,無無何所有。然則自有則不有,自無則不無。此法王之正説也。"

但看蛾作卵

但看蛾作卵[①],不憶蠶生箔。但看睡寐時,還將夢爲樂。蛾既不羨蠶,夢亦不爲樂。當作如是觀,死生無好惡。

【校釋】

①蛾作卵:《校輯》校記:"原作'蛾作蛾',據文義改。"按改爲"蛾作卵"於文理聲律似稍欠妥,原文當是"繭作蛾"。

【評論】

　　此首大旨仍是發揮《大品般若經》"十喻"中"如夢"之喻。此本《大般涅槃經》卷二〇:"如人夢中,受五欲樂,愚癡之人,謂之爲實,智者了達,知其非真。"《大智度論》卷六:"復次如夢中,無喜事而喜,無瞋事而瞋,無怖事而怖。三界衆生亦復如是,無明眠故,不應瞋而瞋,不應喜而喜,不應怖而怖。"慧思《諸法無諍三昧法門》卷上:"譬如眠熟時,夢見種種事。心體尚空無,何況有夢事。覺雖了了憶,實無有於此。凡夫顛倒識,譬喻亦如是。"《敦煌變文集·維摩詰經講經文》:"又如夢想,如人夜眠作夢,覺時一段虛華,千般萬種之中,無有一件實處。"又《妙法蓮華經講經文》:"寒更漏永睡稠穆(綢繆),魂夢將心處處游。或見歡娛花樹下,或逢寂寞遠江頭。或歸鄉井心中喜,或夢他鄉客思游(悠)。恰被曉鐘驚覺後,夢中行處一時休。"按"人生如夢"亦爲中土道家觀念,《莊子·齊物論》:"夢飲酒者,旦而哭泣;夢哭泣者,旦而田獵。方其夢也,不知其夢也,夢之中又占其夢焉,覺而後知其夢也。"成玄英疏:"夫死生之變,猶覺夢之異耳。夫覺夢之事既殊,故死生之情亦別。而世有覺凶而夢吉,亦何妨死樂而生憂邪!"《列子·周穆王》載"蕉鹿夢"事,亦此意也。而梵志此詩取蛾蠶之喻,又與道家"物化"之觀點吻合。《莊子·齊物論》:"昔者莊周夢爲胡蝶,栩栩然胡蝶也,自喻適志與,不知周也。俄然覺,則蘧蘧然周也。不知周之夢爲胡蝶與?胡蝶之夢爲周與?周與胡蝶,則必有分矣。此之謂物化。"成玄英疏:"夫新新變化,物物遷流,譬彼窮指,方茲交臂。是以周蝶覺夢,俄頃之間,後不知前,此不知彼。而何爲當生慮死,妄起憂悲。故知生死往來,物理之變化也。"《淮南子·俶真篇》:"譬若夢爲鳥而飛於天,夢爲魚而沒於淵,方其夢也,不知其夢也,覺而後知其夢也。今將有大覺,然後知今此之爲大夢也。"而梵志此詩又由此導致"死生無好惡"之結論,又與道家之"一死生"合若符契。《莊子·齊物論》:"方生方死,方死方生。"郭象注:"夫死生之變,猶春秋冬夏四時行耳。故死生之狀雖異,其於各安所遇,一也。今生者方自謂生爲生,而死者方自謂生爲死,則無生矣。生者方自謂死爲死,而死者方自謂死爲生,則無死矣。"故知梵志此詩雖爲闡發佛教"如夢"之喻,而亦與道家思想息息相通。蓋佛道二家同一厭世,故能冥合如此也。

黄母化爲鼈

黄母化爲鼈①，只爲鼈爲身②。牛裹化爲虎③，亦是虎爲人。不憶當時果④，寧知過去因。死生一變化⑤，若箇是師親⑥？

【校釋】

①黄母化爲鼈：事見《搜神記》卷一四："漢靈帝時，江夏黄氏之母，浴盤水中，久而不起，變爲黿矣。婢驚走告，比家人來，黿轉入深淵，其後時時出見。初浴簪一銀釵，猶在其首。於是黄氏累世不敢食黿肉。"此事亦見《續漢書·五行志》卷四、《太平廣記》卷四七一《黄氏母》(出《神鬼傳》)。又《搜神記》卷一四、《晋書·五行志下》、《太平御覽》卷八八八引《丹陽記》，皆載吴時宣騫母化黿事，與此事相類。唯以上兩事皆作"化黿"，若"化鼈"則是宋士宗母事，《搜神記》卷一四："魏黄初中，清河宋士宗母，夏天於浴室裹浴，遣家中大小悉出，獨在室中良久。家人不解其意，於壁穿中窺之，不見人體，見盆水中有一大鼈。遂開户，大小悉入，了不與人相承。嘗先著銀釵，猶在頭上。相與守之啼泣，無可奈何。意欲求去，永不可留。視之積日，轉懈，自捉出户外，其去甚馳，逐之不及，遂便入水。後數日，忽還，巡行宅舍，如平生，了無所言而去。時人謂士宗應行喪治服，士宗以母形雖變，而生理尚存，竟不治喪。此與江夏黄母相似。"《晋書·五行志下》、《太平御覽》卷八八八引《續搜神記》載此事，亦作"化爲鼈"，而《搜神後記》卷四、《太平廣記》卷四七一《宋士宗母》(出《續搜神記》)，則作"化爲黿"。蓋黿即大鼈，化鼈與化黿無以甚異。以上黄母、宣騫母、宋士宗母事，實出同一傳聞，相沿異辭，故主名不同，化鼈化黿微異也。

②只爲："爲"通作"謂"，以爲之義。

③牛裹化爲虎："裹"字應是"哀"字形誤，"牛哀化虎"事見《淮南子·俶真篇》："昔公牛哀轉病也，七日化爲虎。其兄掩户而入覘之，則虎搏

而殺之。是故文章成獸，爪牙移易，志與心變，神與形化。方其爲虎也，不知其嘗爲人也；方其爲人，不知其且爲虎也。二者代謝舛馳，各樂其成形。"高誘注："轉病，易病也。江淮之間，公牛氏有易病化爲虎，若中國有狂疾者，發作有時也。其爲虎者，便還食人。食人者因作真虎，不食人者更復化爲人。公牛氏，韓人，淮南之人因牛食芻，謂之芻豢，有驗於此。"據此注，知公牛其姓，哀其名也。《論衡·遭虎》亦云："魯公牛哀病化爲虎，搏食其兄。"而此後稱引此事者，皆作"牛哀"，如張衡《思玄賦》："牛哀病而成虎兮，雖逢昆其必噬。"《搜神記》卷一二："魯牛哀得疾，七日化而爲虎，形體變易，爪牙施張。其兄啟戶而入，搏而食之。方其爲人，不知其將爲虎也；方其爲虎，不知其常爲人也。"《廣弘明集》卷一四彦悰《通極論》："吾聞生死去來，本方步蠖；顯晦上下，無異循環。業之所運，人畜何準？是以衛姬、蜀帝之徒，牛哀、伯奇之類，狐爲美女，狸作書生，抑亦事歸難思，豈易詳也。"又卷一三法琳《辯正論·九箴篇》自注："牛哀病而爲虎，逢其兄而噬之。"白居易《達理二首》之二："舒姑化爲泉，牛哀病作虎。"《獨異志》卷上："牛哀病三月，化而爲虎，遂食其虎（兄），復化爲人。"《太平廣記》卷四三二《南陽士人》（出《原化記》）："主人因話人變化之事，遂云：牛哀之輩，多爲妄說。此人遂陳己事，以明變化之不妄。"以上皆作"牛哀"，與梵志詩同。蓋復姓舉其一字，如司馬遷或稱馬遷、諸葛亮或稱葛亮之例。

④果：原本作"菜"，即"葉"字，唐人避太宗諱，改字中"世"爲"云"耳。此處則借作"業"字，亦敦煌寫本之通例，指能導致一定果報之身、口、意行爲。

⑤一：皆。《三國志·蜀書·法正傳》："先主既即尊號，將東征孫權以復關羽之恥。群臣多諫，一不從。"《觀無量壽佛經》："收執父王頻婆娑羅，幽閉置於七重室内，制諸群臣，一不得往。"《出曜經》卷四："今當娉娶豪族女，人中盛壯，不肥不瘦，不白不黑，婦女姿態，一以備悉。"亦與"皆"字連文作"一皆"。《賢愚經》卷一："大師所須，願見告敕，身及妻子，一皆不惜。"《顔氏家訓·慕賢》："有丁覘者，洪亭民耳，頗善屬文，殊工草隸，孝元書記，一皆使之。"

⑥若箇：哪箇。師親：師長尊親，這裏泛指尊長。按古人有"君親師"或"天

地君親師"之說,"師親"皆居其二。詳見清俞正燮《癸巳存稿》卷四《尊師正義》。按佛教以爲衆生輪迴轉生,變化不已,導致血緣尊卑關係混淆顛倒,不復可辨,故梵志此首云"死生一變化,若箇是師親",亦此意也。

【評論】

此首闡發《大品般若經》十喻中"如化"之喻。《大智度論》卷六:"復次,化生無定物,但以心生,便有所作,皆無有實。人身亦如是,本無所因,但從先世心生今世身,皆無有實,以是故説諸法如化。如變化心滅則化滅,諸法亦如是,因緣滅,果亦滅。"而梵志此詩所舉黃母、牛哀之例,皆出中土載籍,即"物化"之説,與上首蛾蠶之例正同。"物化"説爲我國傳統的變化之説,《莊子》、《淮南子》以下,如《廣弘明集》卷五載曹植《辯道論》:"又世虛然有仙人之説,仙人者儻猱獴之屬與? 世人得道,化爲仙人乎? 夫雉入海爲蜃,燕入海爲蛤,當其徘徊其翼,差池其羽,猶自識也;忽然自投,神化體變,乃更與黿鼉爲群,豈復自識翔林薄、巢垣屋之娛乎?"《三國志・魏書・管輅傳》裴注引《輅別傳》載輅言:"夫萬物之化,無有常形;人之變異,無有常體。或大爲小,或小爲大,固無優劣。夫萬物之化,一例之道也。是以夏鯀、天子之父,趙王如意、漢祖之子,而鯀爲黃熊,如意爲蒼狗,斯亦至尊之位而爲黔喙之類也。況蚖者協辰巳之位,烏者棲太陽之精,此乃騰黑之明象,白日之流景。如書佐、鈴下,各以微軀化爲蚖、烏,不亦過乎?"《搜神記》卷一二首條闡發"物化"之説尤詳。此説與釋氏輪迴轉生之説,貌合神離;與"如化"之喻,尤相徑庭。而歷來不乏將物化説與輪迴説牽合附會者,如《北史・李士謙傳》:"至若鯀爲黃熊,杜宇爲鷶鳩,褒君爲龍,牛哀爲猛獸,君子爲鵠,小人爲猨,彭生爲豕,如意爲犬,黃母爲黿,宣武爲鼈,鄧艾爲牛,徐伯爲魚,鈴下爲烏,書生爲蚖,羊祜前身李氏之子,此非佛家變受異形之謂邪?"梵志此詩,亦爲不分物化與輪迴之例,自彼教視之,蓋亦駁雜不純者也。

(原載《敦煌研究》一九八八年第一期)

敦煌本《行路難》之再探討

　　任半塘先生的鉅著《敦煌歌辭總編》①收入了兩組《行路難》辭,即卷三的《行路難》(共住修道),共八首[○五○○～○五○七];卷四的《行路難》(無心律),存十二首[○六九○～○七○一]。編者對這兩組《行路難》辭進行了仔細的校勘,詳盡的解説,並且檢討了日本學者的研究成果,闡發了自己獨創的歌辭理論,使讀者對這兩組《行路難》辭的認識,達到了新的境界。不過細心拜讀《總編》之後,我感到編者對這兩組《行路難》的校説,還存在一些需要再探討的地方。

　　一個問題是:《行路難》辭的特徵到底是什麼?

　　《總編》將《行路難》(共住修道)八首收入卷三《普通聯章》中,且云:

　　　　右八辭據乙卷,則六首俱有完整一致之四句(十四字)和聲辭,無所參差,並非偶然。正説明其聲樂依據並不空虛,在禪師各轉《五更轉》後,八人緊接,分歌八辭,確是曲調,並非"徒詩",此點應予正視。調名"行路難"乃依據寫本內所具小引,明明曰:"各作《行路難》一首",不得不遵;並非從和聲辭內提出三字"行路難"作擬調名也。至於八首句法彼此均不同;較之卷四所見"無心律"十二首嚴具定式都無例外者、恰恰相反,亦當察及。和聲辭內"行路難"疊句原寫"行路路難難",與"無心律"十二首所見者同,所以訂

---

① 任半塘:《敦煌歌辭總編》,上海古籍出版社,一九八七年。

爲三言疊句者亦同。日本學者固守原寫五字，以爲應作"行路路
難難"，是"特徵"云，未的。(《總編》，第九九一頁)

所謂"完整一致之四句(十四字)和聲辭"，指的就是每首最後之
"君不見。行路難。行路難。道上無踪迹"四句(據《總編》録文)。《總
編》又將《行路難》(無心律)十二首收入卷四"重句聯章"中，且有説曰：

　　自六朝樂府中有所謂"行路難"以來，或有"行路難，行路難"
疊句以來，從無"行路路難難"之文理，不能因對書手訛火規律未
能掌握，便傷害漢文之文理，使陷於惡劣地位；甚至割裂末一"難"
字，與下文"無心"云云相連，別作歪曲，不知所云(如造出"難無之
心"等説，過於幼稚，看第十辭校)，萬萬不可！ 既掌握此一完備準
則後，對於十二辭全部文字中殘缺部分應如何認識，如何處理，庶
可大膽落實，提高水平，接近原作，超過芳、入兩考之所誤會。①
(《總編》，第一一四九、一一五〇頁)

編者所説的"行路難，行路難"疊句，在兩種《行路難》辭的原卷中，
都寫作"行路ㄑ難ㄑ"。敦煌卷子的書寫慣例，凡相連兩字以上需要重
複，即分別在各字之下加重複記號，讀時應重複這相連兩字以上的語
言單位，而不是分別重複各字。因此"行路ㄑ難ㄑ"應該讀作"行路難路
難"，兩種《行路難》辭原卷皆作如此書寫，決非偶然。《總編》一律改作
"行路難，行路難"疊句，憑空增加一個"行"字，是沒有根據的。又説：
"日本學者固守原寫五字，以爲應作'行路路難難'，是'特徵'云，未
的。"其實，"固守原寫五字"是正確的。至於以爲應作"行路路難難"當

① 芳、入兩考，指日本學者芳村修基：《徵心行路難殘卷考》，載《西域文化研究》；入矢
　義高：《徵心行路難——定格聯章の歌曲にいひて》，載《冢本博士頌壽記念佛教史
　學論集》。

然不對,不過入矢義高氏已經提出了一種正確錄文的可能性,正如《總編》所説:

> 入考研究"行路ㄟ難ㄟ",非常精細,可稱獨步!認爲"行路難,行路難"疊句是常例;即保存異例,亦應取"行路難路難",而不應作"行路路難難",甚是。末謂改成五字句格,或受各調歌唱法(按即聲樂關係)的影響,則立足較高。(《總編》,第一二一七頁)

其中入矢氏提出亦應取"行路難路難"的説法,是完全正確的。把"行路難路難"看作是《行路難》辭的"特徵",也是正確的。不過日本學者的説法也有不完善的地方,如以"行路ㄟ難ㄟ"爲五字句格(以及日本學者提出的其他句式),還不符合實際情況。這五個字應該讀作"行路難,路難……",即前三字"行路難"爲一句,後兩字"路難"則應與下文連接作爲一句。如在《行路難》(共住修道)中,各首的"和聲辭"相同,原卷皆寫作"君不見行路ㄟ難ㄟ道上無踪迹",應讀作"君不見,行路難,路難道上無踪迹"三句,《總編》一律錄作"君不見。行路難。行路難。道上無踪迹"四句,是錯誤的。在"行路難"(無心律)十二首中,因爲"行路ㄟ難ㄟ"的下文各不相同,因此應該隨文配合,如第五首應作"行路難,路難無心甚清高"兩句,第六首應作"行路難,路難無心甚恒恒"兩句,如此等等。《總編》一律錄作三句,如第五首錄作"行路難。行路難。無心甚清高",第六首錄作"行路難。行路難。無心甚恒恒",如此等等,都是錯誤的。造成錯誤的原因,在於編者誤認爲自六朝樂府中有所謂"行路難"以來,或有"行路難,行路難"疊句以來,從無"行路路難難"之文理,不能因對書手訛火規律未能掌握,便傷害漢文之文理,使陷於惡劣地位。這是把書手的正確書寫,反視作"訛火"而誤改了。據任氏所云"從無"云云,似是已將歷來《行路難》辭瀏覽無餘,故云:

> 按唐五代人擬樂府之在此一調名下者,總不過二十餘首,核

之編，亦頃刻間事。（《總編》，第一二一〇頁）

但事實上，尚有若干首《行路難》辭爲編者瀏覽所未及，而恰恰在這些《行路難》辭中，便包含了"行路難，路難……"的句式。例如敦煌寫本斯二六七二載有禪師與少女問答詩，其中少女贈禪師有云：

　　　　行路ㄥ難ㄥ心中本無物只爲無物得心安。

　這顯然也是一首《行路難》辭，而爲《總編》所漏收。其中"行路ㄥ難ㄥ"也應該讀作"行路難路難"，原文應斷句爲："行路難，路難心中本無物，只爲無物得心安。"又敦煌寫本伯二五五五載有《明堂詩一首》，結尾云：

　　　　行路難，路難明堂在殿前，李家定得千千歲，聖主還同萬萬年。

此外，最有力的證據，則見於《善慧大士語録》卷三所載《行路難二十篇》。善慧大士即傅大士，名翕，芳録、入考皆已提到傅大士的《行路難》。《總編》説：

　　　　（芳考）又提到同書（楚按：指《大正藏》）第四八卷四二九頁下，列梁釋傅大士作《行路難》，以"君不見"三字領七言六句，一首而已，内容亦不涉"無心"、"無礙"，無可參考。（《總編》，第一二一三頁）

按芳録所云，乃是宋釋延壽《宗鏡録》所引的傅大士《行路難》的片段，故僅六句。編者僅據此六句，便斷言"無可參考"，而未能據此綫索而追踪到《善慧大士語録》，可謂失之交臂。其實入考已明確提出《善慧大士語録》所載傅大士《行路難》二十首，却未被編者注意。這二十首

《行路難》辭，每篇結尾處都采用了"行路難，路難……"的句式，如《第一章明非斷非常》結尾云：

> 行路難，路難微鈔甚難行。若以無知照知法，現前證得本無生。

《第二章明真照無照》結尾云：

> 行路難，路難常居五陰山。涅槃虛玄不爲寂，雖有生死獨清閑。

如此等等，無一首例外。在《行路難二十篇》之後，《善慧大士語録》還載有《行路易十五首》，每首結尾處都采用了"行路易，路易……"的句式，如第一首結尾云：

> 行路易，路易不修行。有無心永息，只箇是無生。

第二首結尾云：

> 行路易，路易真無作。持經不動口，坐禪終日臥。

如此等等，亦無一首例外。顯然，《行路易》的篇名及其句式，是摹仿《行路難》而來的。按傅大士活動在梁、陳、隋三朝，上述《行路難》辭是否真是傅大士所著，尚可討論。但《善慧大士語録》爲唐人樓穎所輯，則上述《行路難》辭，至少也應是唐人所著。我們不妨認爲，這種"行路難，路難……"的句式，確實是唐代《行路難》辭的特徵。

還有一個問題：《行路難》的格調究竟是怎樣的？

《總編》所收的兩組《行路難》辭，格調是顯然不同的。《行路難》（無心律）句式相當整齊，《總編》說：

　　應承認十二辭原有劃一定型之格調，無所參差；其偶有一二
參差處，乃書手之訛火，能訂正則訂正，否則仍之，要無悖於大體。
（《總編》，第一一四八頁）

　　並且將十二辭的格調整理爲統一的楷則，包括首部三句、中部十四句、
尾部五句等三部分（詳細説明見《總編》，第一一四九頁）。這個楷則大
體是正確的，只是"尾部五句"應改爲"尾部四句"，説明中"概以'行路
難'三字之疊句起，下接五言句，再次以'無心'二字開端"的説法，應訂
正爲：概以"行路難"三字句起，下接"路難無心〇〇〇"七字句。

　　至於《行路難》（共住修道），格調是極其自由的，以至於幾乎可以
説是並無一定的格調存在。《總編》評論這組《行路難》辭，説它們"並
無何種定格存在"，又説它們"雖同一調名，同一和聲辭，若其每辭之組
織與叶韻等，則彼此均異"（皆見《總編》，第九九〇頁）。這本來是很正
確的，可惜《總編》在實際處理這組歌辭的時候，却總想用某種較爲劃
一的格調來使這些不拘一格的作品就範，以至於不惜任意改竄原文，
造成一系列失誤，這方面的例子留待下文討論。這裏只討論任氏爲求
各辭之間保持基本一致，而引發的一場爭論：這組《行路難》（共住修
道）究竟一共有多少首？

　　饒宗頤《敦煌曲》收入了這組《行路難》，録作七首，而《總編》却録
爲八首，即將饒編中的第六首析爲第六、七兩首，其説曰：

　　　　八首辭中，前五首之起訖分明，無問題。六七兩首原本合併
　　爲一首，於第六首後又失去和聲辭，導致饒編亦録作一首，誤在重
　　視形式，而不審核實質，兹不取。倘審核實質，八辭既於調名及和
　　聲辭内均著明爲《行路難》，便是合樂歌唱之曲辭，在同組諸辭之
　　體段上，宜保持基本統一，縱然彼此長短參差，相差不應過遠。在
　　前五首内，最短者爲第四首［〇五〇三］，僅四十一字，便是體段上
　　之一標準。六七兩首在饒編合併結果，全辭達一百三十六字，有

［〇五〇三］之三倍半以上，彼此差距過大，將不能戴同一合樂之調名——此其一。就內容看：［〇五〇五］之重點屬佛門內部，對三乘教義作分析比較；而［〇五〇六］之重點則對凡夫立言，申初級之“五戒”（犯殺人、偷盜等罪）：彼此一深一淺，未容强爲糅合於一首辭內——此其二。至於歸還六七兩首之原體貌後，辭前之第號、辭後之和聲辭，有所不備，均可增補，無關宏旨。如“第七”二字原本未見，乃饒氏所補者，甚是。此八辭爲聽衆弟子內之八人所唱，與大師無關，不可混爲一談。（《總編》，第九九一、九九二頁）

又説：

　　　右辭一組因是：八人依次唱出，始有八首。（《總編》，第九九〇頁）

由此可知編者將原本七首改爲八首的理由：一是這組歌辭由八人依次唱出，故有八首；二是爲了保持同組諸辭體段的基本統一，故將過長的第六首析爲兩首。然而這兩條理由都是不能成立的。

爲什麽説原本第六首不能割裂爲兩首（即《總編》［〇五〇五］、［〇五〇六］兩首）呢？根據有三：一、原本在［〇五〇五］之末並無所謂“和聲辭”，亦即並無分首的標誌，硬説原本失去“和聲辭”，强行在原本第六首中部插入一段“和聲辭”，以便化一爲二，毫無道理。二、［〇五〇五］末句“始能行得大慈悲”與［〇五〇六］首句“慈悲度脱諸衆生”，是修辭學上的“頂真格”，細加涵泳，不但文意一氣貫注，而且語氣十分急促，不容在兩句之間再塞入一段“和聲辭”，使兩句分別隸屬於兩首。三、最有力的根據，是這組《行路難》辭只可能有七首，而不可能有八首。

按《行路難》（共住修道）本是穿插在一篇關於六禪師與七衛士故

事中的插曲。原本首尾殘闕不完,殘存部分故事梗概是:有衛士常貴賤等七人路遇六禪師,六師每人各作一偈,至夜又贈《五更轉》,禪師各作一"更",第六禪師無"更"可轉,作"勸諸人"一偈。弟子等(指七衛士)慕戀禪師,各作《行路難》一首(即本組《行路難》辭)。於是六師與弟子共住修道,共十三人。《總編》引錄原本文字説:

> 文後原本又有云:"七(原寫'六')師捻得尋思一徧,却愛慕弟子,即自迴心,共住修道。惣共十三人,尊一個有德爲師,兩個親近承事,十個諸方乞食。和尚即歎'安心難'。"——此乃故事之首尾也。(《總編》,第一〇〇三頁)

其實原本寫"六師"非常正確,編者改爲"七師",可謂不思之甚。考《總編》[〇一二六]首失調名(勸諸人一偈),亦爲此故事之一部分,該首編者校釋固已云:

> 禪師共六人,名見[一〇一五]套之總校内。(楚按:見《總編》,第一四一四頁)

可見原本寫"六師"是正確的。禪師既然有六人,本組歌辭文後原本又云"惣共十三人",則弟子顯然是七人,方符"十三人"之數。而本組歌辭文前原本又云:

> 貴賤等蒙禪師説偈,……各作《行路難》一首。(見《總編》,第九八七頁)

亦即弟子七人各作一首,則本組《行路難》辭共有七首,斷然無疑。奇怪的是編者又云:

　　右辭一組因是：八人依次唱出，始有八首。

　　弟子忽然又變成了"八人"。此"八人"者若與原本"六師"合計，則共有十四人；若與編者所改的"七師"合計，則更有十五人，皆超過原本"惣共十三人"之數，顯然是不正確的。究其原因，實由原本第六首文字特長，遂生編者之疑，而强行分割爲二首。既已誤一作二，又分派每人一首，故共成八人八首，而不悟數目之扞格不合也。

　　至於編者所説：

　　　　在同組諸辭之體段上，宜保持基本統一，縱然彼此長短參差，相差不應過遠。在前五首内，最短者爲第四首〔〇五〇三〕，僅四十一字，便是體段上之一標準。六七兩首在饒編合併結果，全辭達一百三十六字，有〔〇五〇三〕之三倍半以上，彼此差距過大，將不能戴同一合樂之調名。

　　這段話和任氏在前面説的"並無何種定格存在"及"每辭之組織與叶韻等，彼此均異"顯然矛盾。倘若尊重原本的實際，則"並無何種定格存在"的説法是實事求是的。不過《總編》全書表現了一種傾向，即有時把原文並不存在而是由編者自己主觀設想的某種"格調"强加給原文，以致出現了削足適履、任意改竄原文的情形，此處將原本第六首一分爲二，便是又一個例子。至於編者就内容立論，説"彼此一深一淺，未容强爲揉合於一首辭内"，則是由於先有將原本第六首割裂爲二的成見在心，再由此從内容上尋找根據，實際情形並非如此。

　　然而前引編者的一段話中，有幾句是值得注意的，即："六七兩首在饒編合併的結果，全辭達一百三十六字，有〔〇五〇三〕之三倍半以上，彼此差距過大，將不能戴同一合樂之調名。"在編者的本意，由於他確信不疑本組《行路難》辭是合樂的，故以此證明饒編將六、七兩首合併之錯誤。然而我們既然知道實際上饒編是正確的，那麼就不得不反過來提出一個疑問:在字數上"彼此差距過大"的這組《行路難》辭,果真是可以按照調名合樂歌唱的"歌辭"嗎?

《總編》所收兩組《行路難》辭是很不相同的,如果把《善慧大士語錄》所載傅大士《行路難二十篇》也算上,它們的共同點是都有"行路難,路難……"的句式作爲標誌,然而它們實際上表現了三種不同的類型。行路難(無心律)有整齊劃一的格式,《總編》將它收入"重句聯章"類歌辭中,是可信的。不過《總編》又提出一個問題:

> 更於形式上有一點當慮者:十六首乃擬樂府,如上文言,乃重句聯章耳。顧何由每首之前皆加第號? 唐代歌辭之標第號者首推大曲,隨樂章之有始終而明次序,予樂工以識別先後之便。十二首《行路難》有第號,豈亦同大曲《蘇莫遮》、《何滿子》等之有第號,不應編入重句聯章歟?(《總編》,第一一四八頁)

我認爲這些第號和大曲的第號不同,它並不包含有特殊的音樂意義,這正如傅大士《行路難二十篇》各首有標目"第一章明非斷非常"、"第二章明真照無照"等等一樣,是根據內容加的序號,並無特殊的音樂意義。

傅大士《行路難二十篇》也具有某種統一的格式,如各首開端處皆以"君不見"起,結尾處皆以"行路難,路難……"的句式結束,如上文所引。除了"君不見"、"行路難"三字句外,通篇基本上是七字句,但各首的句數是並不一致的,茲以前五首爲例("君不見"作爲一句),第一、二首各二十七句(第一首有一個八字句),第三、四首各二十五句,第五首只有十九句。我認爲像這樣句數參差不齊的二十首組辭,不大可能納入一個統一的曲調合樂歌唱。

至於《行路難》(共住修道),由於"並無何種定格存在",因而更不可能納入一個統一的曲調來歌唱。可是《總編》却說:

右八辭據乙卷,則六首俱有完整一致之四句(十四字)和聲辭,無所參差,並非偶然。正説明其聲樂依據並不空虛,在禪師各囀《五更轉》後,八人緊接,分歌八辭,確是曲調,並非“徒詩”,此點應予正視。

又説:

倘審核實質,八辭既於調名及和聲辭内均著明爲《行路難》,便是合樂歌唱之曲辭。(均見《總編》,第九九一頁)

不過《行路難》的名稱並不能保證内容一定可以合樂歌唱,因爲《行路難》雖是樂府古題,可是後來産生的許多《行路難》擬樂府,多數不是合樂歌唱的。至於“和聲辭”問題,我認爲“行路難,路難……”的句式是唐代《行路難》辭的套語,但並不一定是用於歌唱的“和聲辭”,例如伯二五五五所載《明堂詩一首》中有“行路難,路難明堂在殿前”的語句,這並不意味着《明堂詩》就是合樂歌唱的“歌辭”。把《行路難》(共住修道)收入《敦煌歌辭總編》雖無不可,但如果認爲它一定是實際上合樂歌唱的,則未免主觀。原本中在這組《行路難》前面有一段話:

貴賤等各自思維,各作《行路難》一首。(見《總編》,第九八七頁)

説的是“作”,而不是“歌”或“唱”,而在編者的筆下,却成了“八人依次唱出”、“分歌八辭”,這顯然是摻入主觀的揣測在内了。

除了上文討論的問題以外,《總編》所收兩組《行路難》辭在文字的校訂、義理的闡釋方面,還有一些值得商榷之處,下面就逐條提出討論。

行路難_{共住修道}

歸去來。歸去從來無所住。〔〇五〇〇〕

　　《總編》校釋（以下省稱"校釋"）：第三句叶"住"。此字在二本，與句首同，亦皆寫"歸"，失韻。（《總編》九九三頁，以下但標頁碼，不贅書名。）

　　楚按：二本皆寫"歸"，當非偶然。"無所歸"與"無所住"意義不盡同，不宜輕改。本辭叶韻往往並不嚴格，而編者爲求符合心目中的"定格"，凡遇不合之處，輒加改易，却不知寫本實際較之主觀"定格"更具權威性。

住處皆是枷鎖紐。勸君學道須避就。〔〇五〇〇〕

　　校釋：（甲本）"紐"寫"相"。（第九九三頁）

　　楚按：甲本實寫"杻"，"枷鎖杻"皆是禁繫罪人的刑具。《唐律疏議》卷二九："諸囚應禁而不禁，應枷、鏁、杻而不枷、鏁、杻及脱去者，杖罪笞三十，徒罪以上遞加一等。"

法界平等一如如。理中無有的親疏。〔〇五〇〇〕

　　校釋："的"待校；若作衍文，破原有七言句格，不可。（第九九四頁）

　　楚按："的"字不誤，確實之義。"的親疏"指確鑿不變的親疏關係，語氣比單説"親疏"更加肯定。

離散各不相知。合即五家共一。既知自身狀跡。何處更有親戚。〔〇五〇一〕

　　校釋：第五六句二本均顛倒，乃失一韻，饒編仍之。末二字二本同寫“諸親”，又失韻，故訂爲“親戚”，保存六言。俟校。（第九九四頁）“五家共一”見《智度論》一三：“勤苦求財，五家所共。若王，若賊，若火，若水，若不愛子用，乃至藏埋，亦失。”辭内已提出“水火”。〔〇六九六〕亦見五家。（第九九五頁）

　　楚按：此段有三處可議：一、校釋對“五家共一”的解釋完全錯誤。《智度論》所説的“五家”，是破財敗家的五種灾禍，與本辭内容渺不相涉。本首是發揮人身虛幻不實的道理，所謂“五家”指的是“五大”，即“地、水、火、風”等四大，再加上“空”大。北本《涅槃經》卷二五：“如世間人，説言虛空無色無礙，常不變易，是故世稱虛空之法爲第五大。”由此“五大”因緣聚會，合而爲人。窺基《成唯識論述記》卷一末：“五大者，謂地水火風空。……色成於火大，火大成眼根，眼不見火而見於色。聲成於空，空成於耳，耳不聞空而聞於聲。香成於地，地成於鼻，鼻不聞地而聞於香。味成於水，水成於舌，舌不得水而嘗於味。觸成於風，風成於身，身不得風而得於觸。”至於辭内提出“水火”，並非是破財的水火之灾，而是“五大”之水大、火大。事實上，本首前四句已明確提出了“五大”，但爲編者所不悟耳。如第一句“始知虛空以爲屋宅”——提出“空”大，第二句“大地以爲牀席”——提出“地”大，第三句“水火畢竟相隨”——提出“水”大、“火”大，第四句“如風無有蹤跡”——提出“風”大。而“五家共一”即謂以上“五大”因緣聚合，以成人身耳。二、校釋説“第五六句二本均顛倒”，又誤。上句“合即五家共一”乃總結前四句所提出的“五大”而言，自應緊接在前四句後；而作者所要强調的意思却是“離散各不相知”，即“五大”一旦離散，人身復歸虛無，則此句自應居後，方合文法及邏輯。編者改移原文之動機，仍在於强求符合主觀上押韻之“定格”，實際上竄改原文之後，“宅”、“席”、“跡”皆爲梗攝，“一”獨爲臻攝，是否入韻仍成問題，可謂進退無據，兩俱失之。三、同樣的道理，末二字二本同寫“諸親”，《總編》改作“親戚”以求叶韻，亦可不必。

父母皆從貪嗔癡愛生我。祖父先是二十五有眷屬。原是色聲香味觸。妻兒即是色境五欲。［〇五〇二］

校釋：此首一韻到底。（乙本）"原"寫"元"。（第九九五頁）歌辭原文爲"父母皆從貪嗔癡愛生我，祖父先是二十五有眷屬"，十言二句。而饒編（一一四頁）於"癡"字及"祖父"二處斷句，成"七五八"言，曰："父母皆從貪嗔癡，愛生我祖父"，造成"父生祖父"之乖戾，勢必騰譏中外！（第九九六頁）

楚按：編者知饒氏之誤，而不知自己亦誤。第二句乃是八言，作"祖父先是二十五有"。"眷屬"是第三句的主語，應連下作"眷屬原（應作元，詳下）是色聲香味觸"，若截斷此句之頭而粘附上句之尾，則兩句皆不成語矣。《總編》如此斷句，當是追求"一韻到底"，而不承認原文押韻不嚴之事實，循此一誤再誤，可見主觀臆想的"定格"害人匪淺。又"原"字不僅乙本寫作"元"，甲本實亦寫"元"。"元來"的"元"字，到明初才寫作"原"。明沈德符《萬曆野獲編補遺》卷一《年號別稱》："嘗見故老云：國初曆日，自洪武以前，俱書本年支干，不用元舊號。又貿易文契，如吳元年、洪武元年，俱以'原'字代'元'字，蓋又民間追恨蒙古，不欲書其國號。"清王應奎《柳南隨筆》卷三："明太祖既登極，避勝朝國號，遂以元年爲原年。民間相傳如此，而史書不載。"因知二本原寫"元"字甚是，亟應回改，以保存唐人面目。

萬法畢竟相隨。微塵以爲同學。［〇五〇二］

校釋："萬法"指萬有之總法則，其本身不變，成爲真理；真理又隨萬緣而用，制裁萬緣，陷於五欲者必食其果，要警惕！末句之意難會。疑"塵"不離"六塵"，亦跟踪爲緣，有如同學，勿以其"微"而忽之，"以"字待訂。（第九九七頁）

楚按：佛教之"萬法"，含義不一，包羅甚廣，此處之"萬法"，猶云"萬物"或"萬象"耳。下句"塵"字亦與"六塵"無關。"微塵"指微小至極之基本顆粒。《大智度論》卷六："如《鞞婆沙》中説：微塵至細，不可破，不可燒，是則常有。"《楞嚴經》卷三："反觀父母所生之身，猶彼十方虛空之中，吹一微塵，若存若亡。"末句"微塵以爲同學"即以微塵爲同學之意，"以"字不誤，全句亦無難會之處。

身騎精進。忍辱作鞍轡。持戒作槍牖。慈悲爲將帥。〔○五○七〕

　　校釋："將帥"寫"軍將"。（第一○○一頁）

　　楚按：此段亦有兩處可議。一、第二、三、四句皆以軍語爲喻，又皆爲五字句，則首句亦應爲五字句，形成排比關係，句末應脱"馬"字，全句作"身騎精進馬"，正與下三句相應。此類比喻佛書習見，如《大智度論》卷二："佛以忍爲鎧，精進爲剛甲，持戒爲大馬，禪定爲良弓，智慧爲好箭，外破魔王軍，內滅煩惱賊。"《破魔變文》："且着忍辱甲，執智慧刀，彎禪定弓，端慈悲箭，騎十力馬，下精進鞭。"皆與本首類似。二、原寫"軍將"不必定改"將帥"，本篇押韻既很寬鬆，則爲了押韻而改字的理由便不充分。

差作巡境使。四方和六賊。大丈夫自恨無道德。〔○五○七〕

　　校釋："和"待校。（第一○○一頁）

　　楚按：此段亦有兩處可議。一、這個"和"字用作動詞，即締和、安緝之義，並沒有錯。二、編者將此首分爲三片，每片之間空二格作爲標誌。"大丈夫自恨無道德"句下空二格，亦即以此句爲第二片末句。但實際上"大丈夫"句在意義上却是和第三片"虛食信施供"等句一氣貫注，應該改爲第三片的首句。

忽若得道菓。歷劫相勞碌。〔○五○七〕

　　校釋："勞碌"寫"簩簏"。（第一○○一頁）

　　楚按：此二字應作"簩籠"，亦寫作"撈摝"、"撈漉"、"澇漉"等，水中撈物之義。就其打撈的動作言，字從手；就其從水中打撈言，字從水；就打撈器具（如籃籠等）的質地言，字又從竹。《釋氏要覽》卷中：“云何名福？謂撈摝義也。見諸衆生没溺煩惱河中，起大悲心，摝出生死，置涅槃岸，故名福。”因此佛書的“撈摝”，已經從一般的打撈之義，引申爲從煩惱河（猶云“苦海”）中拯救衆生之義。如《敦煌變文論文録》附載《維摩碎金》：“汝還知菴薗有佛，撈摝衆生。”①《維摩詰經講經文》：“不欲見四坐流浪，長行楞樾之心。”②此二字亦應作“撈摝”。本首“忽若”二句是説，倘若得道成佛，就永遠以拯救衆生爲已任。

行路難_{無心律}

□□□□任浮沉。動心□□□□□。［〇六九〇］

　　校釋：“動心”與下文“動念”同，與“無心”對抗。（第一一五九頁）

　　楚按：“心”字原卷影本作“ㄣ”，此字實非“心”字，而是“止”字草書。

□□□前身息得。［〇六九〇］

　　楚按：“前”字原卷影本寫“可”，“身”下一字寫“心”，此句應是“□□□可身心得”。

無勞空方□□□。如如非有非不有。［〇六九〇］

　　楚按：據《敦煌寶藏》所載原卷影本顯示，上句“方”字殘損難辨，但不是“方”字。下句“如如”影本只存重複記號“ㄟ”，不知是

---

①《敦煌變文論文録》，第八五八頁。
②《敦煌變文集》，第五三八頁。

何疊字。

一亦非一纏□□。□□□一轉生多。［〇六九一］

　　　校釋："纏"入考作"彊"，非。（第一一六二頁）

　　　楚按：今檢視原卷影本，此字實寫"彊"字，入考是正確的。
"彊"同"強"。

爲滅一多之邪見。故説般若修多羅。［〇六九一］

　　　楚按："邪"字原卷影本實寫"取"字，應據正。按"取"即煩惱
之異名，"取見"這裏指"見取見"，亦即"見取"。《成實論》卷一〇：
"於非實事中生決定心，但是事實，餘皆妄語，是名見取。"佛教認
爲是一種妄見。

若也忘懷絕諸見。便能樹下證彌陀。［〇六九一］

　　　校釋：中部"證彌陀"三字原闕，龍例依韻補，姑從之。（第一
一六二頁）

　　　楚按："彌陀"乃西方淨土教主，施於原文，殊覺未安。倘若必
欲補足，或爲"證佛陀"歟？

影響非□□□。慮誰非真如幻夢。［〇六九三］

　　　楚按：聖彼得堡藏敦煌卷子 Дx.〇六六五號，亦爲本辭之殘
卷，爲《總編》編者所未見。該卷除前後殘缺外，上下兩端亦有殘
損，所存文字在本辭第八、第九、第十、第十一等四首之內，雖未超
出《總編》所載十二首之範圍，但《總編》中若干缺失文字，可賴以
補足；錯誤文字，可賴以訂正。據聖彼得堡本（以下稱彼本）與此
二句對勘，上句所闕末二字作"非長"，下句首二字作"虛誑"，皆
是。則此二句應爲："影響非□□非長，虛誑非真如幻夢。"（上句
中部所闕二字疑爲"短亦"二字）

大聖悟此稱真覺。八風五欲不能當。如來無心得自在。所以號

爲諸法王。〔○六九三〕

　　校釋:"當"韻缺,擬補。"當"下二字應補"如來",詳下文。(第一一六九頁)

　　楚按:所補三字皆非是。此三字彼本作"傷爲許",則此二句應爲"八風五欲不能傷。爲許無心得自在"。"爲許"之語亦見上首"爲許痴計之所眯(按原本作迷)",乃本辭習用之語。於此可見補字之難,倘無十分把握,不如仍然保持闕文原貌,庶可存真也。

行路難。行路難。無心空□□。〔○六九三〕

　　楚按:最後三字彼本作"牢見珎",按"牢"應作"罕"。一二句原寫"行路ㄥ難ㄥ",應作"行路難路難",説已見前。則此三句應作"行路難,路難無心罕見珍"二句。

自在猶如不繫舟。得勝逍遥甚清廓。〔○六九四〕

　　楚按:第二句"勝"字彼本作"性",是,應據改。"得性"謂得其本性,猶云"任性"也。

法本不生亦不滅。如幻如夢因緣□。〔○六九五〕

　　楚按:下句闕字彼本作"見",文義、押韻均甚妥帖,應據補。

示善示惡令修捨。蓋是揚棄權方便。〔○六九五〕

　　校釋:"揚棄權"寫"楊菜権"。(第一一七六頁)

　　楚按:校釋認"權"字是,改"楊"作"揚"誤,"菜"即"葉"字,唐人避太宗諱,改字中"世"爲"云"耳。本首末云:"嘆許守相迷人輩。爭采黃葉棄真金。"校釋固已引《涅槃經》二○:"如彼嬰兒啼哭之時,父母即以楊樹黃葉而語之言:'莫啼!莫啼!我與汝金。'嬰兒見已,生真金想,便止不啼。然此楊葉定非金也。"(第一一八○頁。"定",經文本作"實")故知此首之"楊葉",即是經文之"楊樹黃葉"。編者已引此典,卻又誤改"楊葉"爲"揚棄",殊可惋惜也。

按本首作者意旨,本是主張"萬法混齊忘貴賤",亦即泯滅一切分別,而歸於混同一如。然而大聖(釋迦牟尼)在鹿野苑中説法時,"示善示惡令修捨",强調善惡等區別,乃是權宜方便之説,猶如以楊葉作爲黄金,以止嬰兒之啼,故云"蓋是楊葉權方便"也。

隨緣聚散任五家。不計彼此之差二。[〇六九六]

校釋:"五家"指王、賊、火、水及惡人五種掠奪人民物資之人,已見[〇五〇一]。《智度論》一一曰:"富貴雖樂,一切無常,五家所供,令人心散,輕躁不定。"末曰"惡人",在"王賊"之外,正包含一切具大小手段,以訛騙財物者,較"王賊"甚且過之,遠遠過之,有如億萬僧衆之永恒寄生。此甕設得好!即此請君入甕,無所逃。而芳考竟指"五家"爲禪宗五祖弘忍,不知與辭旨"大施"何干。原文於此雖納入問語,不敢負責,終成特大蛇足。(第一一八二頁)

楚按:芳考固誤,此説亦非。這裏的"五家"是指地、水、火、風、空等"五大",説已見上文[〇五〇一]首按語。由此"五大"因緣和合而成世界,乃至人身,聚則爲人,散則身滅,故云"隨緣聚散任五家"。編者誤會了"五家"的含義,根基已錯,則由此生發的一切議論亦成蛇足,並可廢也。

開門任取不爲限。緣起即住非關自。[〇六九六]

校釋:"緣"下"起"原闕,"即"下"住"原寫"主",兹循辭義擬正,俟訂。(第一一八二頁)

楚按:補"起"可從,原寫"主"字極是,無須改訂。"主"即主人或作主之義,上文既云"隨緣聚散任五家","緣"即此處之"緣起",然則"五家"之聚散,人身之成壞,皆由緣起主宰,而非吾人自己所能作主決定,故云"緣起即主非關自"也。

灰心訥辨示愚庸。閉智塞聰韜鋭敏。[〇六九八]

楚按:上句"辨"當作"辯","訥辯"者,言韜晦辯才,而示人以訥也。

豈悟所作唯迷倒。乃更深機生死根。〔○六九九〕

　　校釋："機"寫"㮲"。"深機"與下"根"字應，"機"乃"關"義，猶言"係"。（第一一九七、一一九八頁）

　　楚按："機"何得"關"義？"關"又何得"係"義？種種無法解釋。其實原寫"㮲"字即"㮲"的俗字，同"栽"。《龍龕手鏡》："㮲㮲，音灾，與栽同，種也。""深栽"正與"根"字相應。

既得幸承慈父命。那更窺覦除糞行。〔○七○○〕

　　校釋：末二句包含迦葉如何先修小乘，如何轉入大乘，如何授記與傳衣，使所謂"窺覦除糞行"句獲得正解。（第一二○二頁）據上種種，可知佛將迦葉之糞掃衣，先自裁著，後又還付迦葉，再傳彌勒，……從此乃成正法相傳之信物。眾菩薩苟非修道具先者，不敢窺覦此衣也。辭所謂"除糞行"，明指佛、迦葉、彌勒三人行，而調侃之耳。由此回看第五辭內"希承授記音"說，當益覺其不安詳。迦葉既至最後身，方得成佛，究竟尚有何禪宗頓覺可以攀附？芳考云云，無非信口開河。（第一二○三頁）

　　楚按：編者以"除糞行"與"糞掃衣"（袈裟）相聯繫，由此想象出佛菩薩正法相傳之佛教史上的重大主題，雖可聳動聽聞，同樣難辭"信口開河"之咎，根源則在不知"除糞行"之出處，因騁奇想耳。本首中段亦云："寄語恓惶窮子輩。入於父舍直來前。勿怖威嚴便自鄙。淤泥之內乃生蓮。"校釋默焉無說。其實這段文字與此處"既得幸承慈父命"二句，皆是演繹著名的"窮子"故事，典出《妙法蓮華經·信解品》，其文頗詳悉可喜，茲刪繁就簡，略云：譬若有人，年既幼稚，捨父逃逝，久住他國。年既長大，復加困窮，馳騁四方，以求衣食，遂到其父所居之城。父每念子，但自思惟，心懷悔恨，自念老朽，多有財物，金銀珍寶，倉庫盈溢，無有子息，一旦終没，財物散失，無所委付。窮子見父，有大力勢，即懷恐怖，疾走而去。時富長者，於師子座，見子便識，心大歡喜。將欲誘引其子，而設方便，密遣二人，形色憔悴，無威德者："汝可詣彼，徐語窮子：此有作處，倍與汝直，雇汝除糞。"爾時窮子，先取其價，尋與除糞。其父見子，憫而怪之，即脱瓔珞細軟上服嚴飾之具，更著粗弊垢膩之衣，以方便故，得近其子，後復告言："咄！男子，汝常此作，勿復餘去，當加汝價。我如汝父，勿復憂慮。"爾時窮子，唯欣此意，猶故自謂客作賤人，由是之故，於二十年中，常令除糞。爾時長者有疾，自知將死不久。爾時窮子，即受教敕，領知衆物、金銀財寶，及諸庫藏，而無希取一餐之意。然其所止，故在本處，下劣之心，亦未能捨。復經少時，父知子意漸已通泰，成就大志，自鄙先心。臨欲終時，而命其子，並會親族、國王大臣、刹利居士，皆悉已集，即自宣言："諸君當知，此是我子，我實其父。今我所有一切財物，皆是子有。"窮子聞父此言，即大歡喜。世尊，大富長者則是如來，我等皆是佛子，而但樂小法，若我等有樂大之心，佛則爲我説大乘法。今法王大寶，自然而至，如佛子所應得者，皆已得之。以上是《法華經》"窮子"故事大意。本辭"除糞行"云云，顯然就是使用這個典故，以勸誘信徒立志勤求大法，與傳法袈裟（糞掃衣）毫不相干。

（原載《第二届國際唐代學術會議論文集》，
文津出版社，一九九三年六月）

列一四五六號王梵志詩殘卷補校

一　前言

　　蘇聯科學院東方學研究所列寧格勒分所敦煌特藏部所藏一四五
六號王梵志詩殘卷,内容與已知敦煌所出的各種王梵志詩卷完全不
同。然而這個詩卷的真迹從未完整公布過,人們只是從蘇聯著名漢學
家孟列夫等所編《亞洲民族研究所敦煌特藏漢文寫本解説目録》(第一
册)中讀到如下的著録和解説:

　　　　蘇一四五六　　王梵志詩一百一一〇首
　　　　與翟理斯編目七一四八、七一九七～七一九九,及《敦煌掇
　　瑣》第三二號,並皆不同。

　　　　紙捲……無開頭。三頁,一〇七行,每行二十六字。紙黃色,
　　精緻,但不光滑。最後一頁很精細,但嚴重損傷……行界由摺疊而
　　成,楷書,微細。詩歌照例不標題,其中有一個以"王梵志迴波樂"標
　　題。在原卷中,八十首和一百首處加了符號。據此符號,本卷係從
　　六七首起。紅色筆與黑色筆的符號均有。開始爲墨漬所污。最後
　　附見寫者名字兩行:"大曆六年五月□日抄王梵志詩一百一十首,沙
　　門法忍寫之記"(七七一年)　　又用色筆注:"我忍法光馬説。"

　　　　原卷自"我今一身内,修營等一國。管禹(?)□□力,隨我債

衣食。外相去三尸”，至“畏兒飢，從頭少一杓”止。①

另外在上述《目録》中，附有該卷尾端照片一幀。這個詩卷的珍貴價值是不言而喻的，因此一直受到國際敦煌學界的極大關注。但是除了蘇聯學者以外，沒有任何人親眼見過這個卷子。因此，法國著名漢學家戴密微的遺著《王梵志詩附太公家教》（一九八二年巴黎出版）和我國學者張錫厚著《王梵志詩校輯》，雖然號稱“全輯本”，也都沒有包括這個重要寫本的內容。

　　一九八七年六月下旬，我在參加香港國際敦煌吐魯番學術會議期間，承蒙潘重規先生惠贈剛剛在臺北出版的《敦煌學》第一二輯，其中載有陳慶浩先生寄自巴黎的大文《法忍抄本殘卷王梵志詩初校》，以及朱鳳玉先生大文《敦煌寫卷 S 四二七七號殘卷校釋》。我在拜讀之後，真是歡喜無量，雀躍不已，因爲我終於看到了盼望已久的蘇藏列一四五六號王梵志詩卷的內容，而且還超過了這個詩卷的內容。陳慶浩先生大文根據某位“友人”的抄本，首次發表了列一四五六號王梵志詩殘卷的校錄本；朱鳳玉先生大文在“後記”中，則首次將斯四二七七號殘卷與列一四五六號殘卷拼合，證明了這兩個殘卷原來屬於同一個法忍抄本王梵志詩卷，斷裂之後，分藏於倫敦和列寧格勒兩地，因此斯四二七七號殘卷所存無名氏白話詩二十多首，毫無疑問地也是王梵志詩。這樣一來，人們所知見的王梵志詩，一下子增加了六十多首！

　　斯四二七七號殘卷，除有朱鳳玉先生大文加以校釋外，張錫厚先生亦曾發表過《斯四二七七殘詩卷考釋》（載《中華文史論叢》一九八四年第二輯）。該卷縮微膠卷業已公開，原卷影本也收入《敦煌寶藏》第三十五册，有興趣者不難對照研究。唯有列一四五六號王梵志詩卷，目前只能見到陳慶浩先生根據友人抄本整理的校錄本，這個校錄本對抄本進行了精到的校勘。下面，我對這個校錄本再提出一些補正意見，並附帶對“王梵志迴波樂”略加討論。由於我國大陸學者見到這個

①引自張錫厚《王梵志詩校輯》二二二～二二三頁。

校録本的人不多,因此我將首先引録陳校本的原文,然後在每首之下用一、二等注出我的補校意見。

陳校本原有校勘凡例如下:

(一)各詩編號非原卷所有,而爲整理者據原卷所示"八十"、"一百"之編號逆推上及順推下者。

(二)以①②……等翻白體表示原卷分行處及行第數。

(三)□號表原卷漫漶處。

(四)○號表原卷殘缺處。

(五)□□□□表整段漶漫。

(六)〔 〕表原卷衍文,應删去。

(七)△表原卷漏抄字。

(八)( )應校改之字。

下面引用陳校本時,有幾點變動:一、略去表示原卷分行處及行第數的①②等數字。二、原卷一〇九首之後,重抄了七四、七三首,引用時略去了這兩首重複之文。三、陳校本原有簡短注文九條,補校中根據需要引用時,標明"原注"。

最後還要説明,無論是陳校或者補校,都是在没有看到原卷的情況下進行的,自然會受到一定的局限,有些疑點無法進一步探究。據説蘇聯孟列夫教授潛心研究王梵志詩已經十餘年,我們盼望他的研究成果早日問世,相信那時將會公布列一四五六號王梵志詩殘卷的影印本,使世人得以一睹其真面目吧。

二　列一四五六號王梵志詩殘卷補校

六九　我今一身内,修營等一國。管□□□尸[1],隨我債衣食。

外相去三尸[2]，□（内）思除六賊。貪望出累身，□□入浄域。

　　〔1〕管□□□尸。原注：“孟可（列）夫第（等）編目此句校作：‘管（禹）□□力。’”楚按，此句應作“管屬八萬户”。孟目“禹”當作“屬”，字之殘也。孟目“力”、陳本“尸”，皆爲“户”字形誤。此上兩缺文當作“八萬”。“八萬户”指八萬户蟲，佛教不浄觀認爲有八萬户蟲寄生於人身。《大寶積經》卷五五：“初出胎時，經於七日，八萬户蟲，從身而生，縱横食噉。”《佛説未生冤經》：“身八萬户，户有數百種蟲，擾吾腹中，血肉消盡，壽命且窮矣。”《王梵志詩校輯》（以下省稱《校輯》）第二五五首亦云：“身是五陰城，周迴無里數。上下九穴門，膿流皆臭瘀。湛然膿血間，安置八萬户。”立意與此首略似。此云“管屬八萬户”者，即以八萬户蟲喻爲“一國”（即人身）所管屬之民户也。

　　〔2〕外相去三尸。“相”當作“想”，敦煌寫本“相”、“想”往往相混。此處“外想”與下句“内思”爲對，皆指佛教不浄觀法門之“九想觀”，謂觀見自身及他身種種穢惡不堪，以斷除欲念。慧思《諸法無諍三昧法門》卷上：“外想三四塊，身器二六城，中含十二穢，九孔惡露盈，癰疽蟲血雜，膨脹臭爛膿，骨鎖分離斷，六欲失姿容，九想觀成時，六賊漸已除。”

七〇　生亦只物生，死亦只物□（死）。□□□相知[1]，苦樂何處是？唯見生人悲，未聞啼哭鬼。以此好□（思）量，未必生勝死。

　　〔1〕□□□相知。缺文可補“來去不”。按此首大意與《校輯》第二五首略同，該首云：“生即巧風吹，死須業道過。來去不相知，展脚陽坡卧。只見生人悲，不聞鬼唱禍。仔細審三思，慈母莫生我。”第三句正作“來去不相知”，可據以擬補此首缺文。按“來去”即指上文之“生”與“死”，《列子·天瑞》：“故生不知死，死不知生；來不知去，去不知來。”陶淵明《五月旦作和戴主簿》：“既來孰不去？人理固有終。”

七一　世間不信我，言我□造惡。不能爲俗情，和光心自各。財色終不染，妻子不戀著。共□（你）□□（同）塵[1]，至理求不錯。智惠（慧）渾一愚，我心常離縛。君自不識真，余身桓□（坦）樂[2]。

　　[1]共□（你）□□（同）塵。按陳校"你"字、"同"字可疑，不如仍缺俟考。

　　[2]余身桓□（坦）樂。原文"桓"字爲"恒"字形誤。缺字陳校作"坦"，非是；應是"快"字，《校輯》第六首有"吾貧極快樂"，第六四首有"清貧常快樂"之語。

七二　王二語梵志：俗間无我師，心中不了義，聞者盡不知。我今得開悟，先身已受持。尋經醒無我，披老悟無爲[1]。君身自寂滅[2]，君身若死屍。神身一分解，六識自開披。萬事都無著，怜然无所之[3]。漏盡無煩惱，神澄自靡斯。心高鵠共駕，一低舉出天池。

　　[1]披老悟無爲。原文"老"字爲"卷"字形誤，"披卷"與上句"尋經"爲對，皆指閲讀經書。《高僧傳》卷六《釋慧遠傳》："又請以蜜和水爲漿，乃命律師，令披卷尋文，得飲與不？"

　　[2]君身自寂滅。原文"身"字應是"神"字誤書。此數句言神、身關係，"君神自寂滅"正與下句"君身若死屍"相對照。按神（或云性、命、識）身（或云形）之辨，乃是佛教的傳統命題，如《法句經》卷下《泥洹品》："神以形爲廬，形壞神不亡。"《弘明集》卷五慧遠《明報應論》："夫四大之體，即地水火風耳，結而成身，以爲神宅。"《景德傳燈録》卷二八《南陽慧忠國師》："我此身中有一神性，此性能知痛癢，身壞之時，神則出去。"宋王日休《龍舒增廣浄土文》卷三："以神之來而託於此，其形由是而長，故謂之生；以神之去而離於此，其形由是而壞，故謂之死。是神者我也，形者我所舍也。"《校輯》第六三首："身如内架堂，命似堂中燭。風急吹燭滅，

即是空堂屋。"本卷八九首亦云："欲見神身分别,思此即在眼前。"
而梵志此首中數句正言神身關係,故知"君身自寂滅"當作"君神
自寂滅"也。

〔3〕怜然無所之。原文"怜"當作"泠","泠然"爲輕舉無礙貌。
《莊子·逍遥游》："夫列子御風而行,泠然善也。"

七三　梵志與王生,蜜敦膠柒(漆)友[1]。共喜□(歌)□(一)樂,
同欣詠五柳。適意叙詩書,清談盃淥[2]。莫恠頻追逐,只爲相
□(知)久。

〔1〕蜜敦膠漆友。"蜜"當作"密"。

〔2〕清談盃淥。此句缺一字。孟目附原卷尾端照片重抄此
首,此句作"□□盃淥酒",應據補"酒"字。"淥酒"是美酒名,李群
玉《中秋夜南樓寄友人》："朗吟無淥酒,賤價買清秋。"敦煌卷子伯
二五五五載江州刺史劉長卿《高興歌》："淥酒長令能漲海,黃金不
用積如山。"

七四　俗人道我癡,我道俗人□(騃);兩兩相排撥,嘍囉不可
能[1]。世人重榮華,我今心已罷;惟有如意珠,撩渠不肯買[2]。
躭(耽)浮□(五)欲樂,幾許難開解。嗟世俗難有,爲住煩惱處,
塵危三業障。心造恒遊生死因,不覺四蛇六賊藏身内,貪癡五欲
競相催。

〔1〕嘍囉不可能。原卷尾端照片重抄此首,"能"作"解",當
據改。

〔2〕撩渠不肯買。"買"當作"賣",敦煌寫本中,"買"、"賣"二
字每多相混,如《校輯》第五二首："他買抑遣賤,自賣即高擎。"校
記："賣,諸本作'買',據文義改。"楚按,上句"買"亦應作"賣",即
"買"、"賣"相混之例。梵志此首上句之"如意珠",譬喻一切衆生
皆具之佛性,典出《妙法蓮華經·五百弟子受記品》,又《楞嚴經》

卷四亦云："譬如有人，於自衣中，繫如意珠，不自覺知，窮露他方，乞食馳走，雖實貧窮，珠不曾失。忽有智者，指示其珠，所願從心，致大饒富，方悟神珠，非從外得。"此云"撩渠不肯賣"者，即禪宗珍視清净自性之意。

又按，此首後半自"嗟世俗難有"以下，疑有脱誤。

王梵志迴波樂

七五　迴波來時大賊[1]，不如持心斷惑，縱使誦經千卷，眼裏見經不識；不解佛法大意，徒勞排文數黑。頭陀蘭若精進，希望後世功德；持心即是大患，聖道何由可尅？若悟生死之夢，一切求心皆息。

〔1〕迴波來時大賊。"來"應作"爾"，蓋《迴波樂》辭定例，首句必以"迴波爾時"起，此首既標明爲王梵志《迴波樂》，自不應例外，當由"爾"字與草書"來"字形近而誤也。

又按，此首雖標明爲"王梵志《迴波樂》"，實爲删改梁寶誌和尚《大乘讚》而成，參看本文《後記》。

七六　法性大海如如，風吹波浪溝渠；我今不生不滅，於中不覺愚夫。增（憎）惡若爲是惡[1]，無始流浪三塗；迷人失路但坐，不見六道清虚。

〔1〕增（憎）惡若爲是惡。陳校"增"爲"憎"，不必。原文"增"字不誤，"增惡"謂增長惡業也。

七七　心本無雙無佞[1]，深難到底淵洪，無來無去不住，猶（猶）如法性虚空。復能出生諸法，不遲不疾容容。幸願諸人思恃[2]，自然法性通同。

〔1〕心本無雙無佞。原注："'佞'，原抄作'使'。本詩原卷如

下點斷：‘心本無雙無佞。深難到底。淵洪無來無去。不住猶如。法性虛空。復能生出諸法。不遲不疾容容。幸願諸人思恃。自然法性通同。”楚按，陳本斷句是正確的，但校改原抄“使”作“佞”，則大可疑，此字應是“隻”字。

〔2〕幸願諸人思恃。“恃”字爲“忖”字形誤。

七八　但令但貪但呼，波（般）若法水不沽[1]；醉時安眠大道，誰能向我停居？八苦變成甘露，解脱更欲何須；萬法歸依一相[2]，安然獨坐四衢。

〔1〕波（般）若法水不沽。“沽”當作“枯”，“不枯”謂不竭也。按“般若法水”本喻佛法，如《無量義經·説法品》：“法譬如水，能洗垢穢。……其法水者，亦復如是，能洗衆生諸煩惱垢。”而禪僧則以“般若湯”、“法水”等稱酒，如盧仝《寄贈含曦上人》：“麴米本無愆，酒成是法水。”《東坡志林》卷二《僧文輦食名》：“僧謂酒爲般若湯，謂魚爲水梭花，雞爲鑽籬菜，竟無所益，但自欺而已。”因而亦有僧徒以“般若酒”等稱佛法者，如拾得詩：“般若酒泠泠，飲多人易醒。”梵志此詩即以“般若法水”稱酒，然而又以痛飲般若法水（酒）之事，比喻陶醉於佛法真如之中。原文若作“不沽”，則有失作者沉醉酣暢之本意矣。

〔2〕萬法歸依一相。“依”當作“於”，唐五代西北方音，“依”、“於”音近，故敦煌寫本每多相混，如《敦煌變文集》載《前漢劉家太子傳》“其子於父言教”，即“依父言教”也。

七九　凡夫有喜有慮，少樂終日懷愁[1]？一朝不報明冥，常作千歲遮頭。財色△（只）緣不足，晝夜栖捐規求；如水流向東海，不知何時可休？

〔1〕少樂終日懷愁。此句爲肯定語氣，句後的問號應改逗號或句號。

八〇　不語諦觀如來，逍遥獨脱塵埃；合眼任心樹下，跏趺端坐花臺。不懼前後二際，豈著水火三灾；〔只〕勸遣榮樂靖（静）坐[1]，莫戀妻子錢財。稱體寶衣三事，等身錫杖一枚；常持智惠（慧）刀劍，逢者眼目即開。

　　〔1〕〔只〕勸遣榮樂靖（静）坐。“樂”字應是“華”字形誤，此句作“勸遣榮華静坐”。

八一　法性本來常存，茫茫無有邊畔。安身取捨之中，被他二境迴換。斂（斂）念定想坐禪，攝意安心覺觀。木人機關修道，何時可到彼岸？忽悟諸法體空，欲似熱病得汗。無智人前莫説，打破君頭万段。

　　楚按，此首雖被録爲王梵志詩，其實是抄録梁寶誌和尚《大乘讚》，只有少許改動，參看本文《後記》。

八二　隱去來，尋空有，空有必（畢）竟兩無名，二境安心欲何守？不長不短鑒空心，若見空心還是有，空有俱遣法無依，智者融心自安偶。隱去來，勿浪波波起[1]。

　　〔1〕勿浪波波起。“起”字出韻，應是“走”字誤書。“波波走”即辛苦奔波之義，此類語句禪宗語録習見。《敦煌雜録·了性勾》：“世間學道甚□難，隨意逐想度歲寒，終日波波向外走，不知佛惠在心源。”《景德傳燈録》卷一五《澧州夾山善會禪師》：“上根之人，言下明道；中下根器，波波浪走。”《大慧普覺禪師語録》卷一二《悟本禪人求讚》：“未嘗寂寂入禪定，終日波波廊下走。”

八三　隱去來，隱去遊朝市。不離煩惱原，無希真妙理。對境息貪癡，何假求高士？是非不二見，法界同昆季。隱去來，大樂無基心[1]。

　　〔1〕大樂無基心。“心”字出韻，應是“止”字草書之誤。

八四　教君有男女，但令遣出家。如山覆一壜[1]，似草始正牙（芽）[2]。剃頭並去髮，脱俗服袈裟。聞鐘即禮拜，見佛獻香花。不思五等貴，寧貪駟馬車？此即菩提道，何處覓佛家？

〔1〕如山覆一壜。"壜"字爲"壏"字形誤。劉昭《後漢書注補志序》："曾臺雲構，所缺過乎榱桷；爲山霞高，不終逾乎一壏。"按"壏"同"簣"。《書·旅獒》："爲山九仞，功虧一簣。"孔傳："八尺曰仞，喻向成也。未成一簣，猶不爲山，故曰功虧一簣。"此處"如山覆一簣"，典出《論語·子罕》："譬如爲山，未成一簣，止，吾止也。譬如平地，雖覆一簣，進，吾往也。"何晏《集解》引包曰："簣，土籠也。此勸人進於道德，爲山者其功雖已多，未成一籠而中道止者，我不以其前功多而善之，見其志不遂，故不與也。"引馬曰："平地者將進加功，雖始覆一簣，我不以其功少而薄之，據其欲進而與之。"

〔2〕似草始正牙（芽）。按"牙"通"芽"，"正牙"疑當作"生牙"，即發芽。釋典每以"生牙"爲發菩提善心之喻，如《大乘理趣六波羅蜜多經》卷九："智慧爲根本，能生善法芽。"《大智度論》卷三："説實相法，雨弟子心，令生善牙。"

八五　危身不自在，猶如脆風壞。命盡體歸土，形移更受胎。猶如空盡月，凡數幾千迴。換皮不識面，知作阿誰來？

八六　若個達苦空？世間無有一。不見己身非，唯都他家失[1]。貪兒覓長命，論時熟癡漢；終歸不免死，受苦無崖畔；非但少衣食，王役偏差唤。不如早殀（殯）地，愁苦一時散。

〔1〕唯都他家失。"都"當作"覩"。

八七　世間何物親？妻子貴於珍；一朝身命謝，萬事不由人。財錢任他用，眷屬不隨身；何須人哭我，終是一聚塵。

八八　可惜千金身，從來不懼罪。見善不肯爲，值惡便當憙；煞豬請恩福，寧知自損己？所以有貧富，良田（由）先業起。

八九　夢遊萬里自然，覺罷百事憂煎。欲見神身分別，思此即在眼前。聖人無夢無想，達士无我无緣；且寄身爲庵屋，就裏養出神仙。

九〇　多緣饒煩惱，省事得心安[1]；若能絶妄想，果成堅固林。捨耶歸六趣[2]，畢竟去貪嗔；無塵復無垢，何慮不成真？

〔1〕省事得心安。“安”字出韻，應置在“心”前作“安心”。

〔2〕捨耶歸六趣。“耶”通作“邪”。

九一　不愁天堂遠，非愁地獄虛，心中一種懼，唯怕土菴廬。迥靜紅（洪）荒外，寂寂遠村墟；泉門一閉後，開日定知無。

九二　自有無用身，觀他有用體，子〔細〕細好推尋，論時幾許駃。佛性五蔭中，眼看心不解，終日求有爲，屈屈向他禮。

九三　壯年凡幾日？死去入土菴，論情即今漢，各各悉癡怈[1]。唯緣二升米，是處即生貪。禮佛遥言之，彼角仍圖攤。貪錢險不避，逐法易成難。即今不如此，寧隨體上寒。乍可無餘仗[2]，願得一身安。無爲日日悟，解脱朝朝喰（餐）。死去天〔堂〕堂上，遣你斫額看。

〔1〕各各悉癡怈。按《集韻》下平聲二三談：“怈，沽三切，心伏也，通作甘。”與詩意不合。此處應是“憨”的俗字。

〔2〕乍可無餘仗。“仗”字爲“伏”字形誤，而“伏”字又是“服”字音誤，如《敦煌變文集》載《歡喜國王緣》：“念食天厨飯，思衣寶伏（服）香。”即其例也。“餘服”指一身所穿之外可供替换的衣服。

九四　若能無著即如來，身中寶藏自然開；一切生死皆消滅，判不更畏受胞胎。悮（悟）時刹那不移慮，父子相見付珍財；衆魔外道皆賓仗[1]，諸天空中唱善哉。

〔1〕衆魔外道皆賓仗。"仗"當作"伏","賓伏"即"賓服",謂臣服、歸順。《禮記·樂記》:"暴民不作,諸侯賓服。"

九五　世人重金玉,余希衣内珍;細細辭名利,潮漸遠囂塵[1]。貪癡日日滅,智境朝朝新;語你世上漢,阿都是良田[2]。

〔1〕潮漸遠囂塵。"潮"字爲"漸"字形誤,"漸漸"與上句"細細"疊字爲對。

〔2〕阿都是良田。"都"當作"堵","阿堵"乃六朝習語,猶云這個。"堵"讀爲"者",《說文》:"者,別事詞也。"唐人亦有用"阿堵"者,如寒山詩:"若無阿堵物,不啻冷如霜。"

九六　王二與世人,俱來就梵志;非爲貪與賞,與你論愚智。凡夫累劫中,不解思量事;見善不肯爲,見惡喜無睡;昏昏似夢人,未飲恒如醉。

九七　榮利皆悉爭,畏死復貪生,心神爲俗綱(網),蠢蠢暗中行。寄言虛妄者,何日出迷坑?

九八　他見見我見,我見見他見,二見亦自見,不見喜中面。手把車釧鏡,終日向外看;唯見他長短,不肯自洮練[1]。竟竟口合合[2],猶如冶排扇。逢人即作動,心舌常交戰,不肯自看看,身身善不善[3]?如此癡冥人,只是可惡賤。勸君學修道,含食但自哩,且拔己飢渴,五邪邪毒箭。獲得身中病,應時乃一現,安住解脫中,無礙未別見。住是分別有,任用法界遍。縱起六十二,非由無罪殿[4]。所以得如斯,有大善方便。

〔1〕不肯自洮練。"練"字爲"揀"字形誤,揀擇、區別之義,亦作"洮簡"、"淘簡"等,蓋"洮"與"淘"通,"揀"與"簡"通也。《續高僧傳》卷八《釋慧遠傳》:"便就大隱律師聽《四分律》,流離請誨,五夏席端淘簡精麁,差分軌轍。"又卷一一《釋吉藏傳》:"在昔陳隋廢興,江陰陵亂,道俗波迸,各棄城邑。乃率其所屬,往諸寺中,但是

文疏，並皆收聚，置于三間堂内，及平定後，方洮簡之。故目學之
長，勿過於藏，注引弘廣，咸由此焉。”

〔2〕竟竟口合合。“竟竟”當作“競競”，争强鬥勝之貌，蓋“競”
字别體作“竸”，因誤爲“竟”也。《廣雅·釋訓》：“競競，武也。”王
念孫疏證：“《爾雅》：‘競，彊也。’彊、勍、競古並同聲，重言之則曰
勍勍、競競也。”原卷下文一〇五首亦云：“念箇癡人學道，終日竟
竟忩忩。”“竟竟”亦應作“競競”。按“忩忩”即争勝之貌，《敦煌變
文集》載《茶酒論》：“阿你兩箇，何用忩忩？阿誰許你，各擬論功！”
梵志詩“競競”與“忩忩”連文，其義可知也。

〔3〕不肯自看看，身身善不善。此二句當作“不肯自看身，看
身善不善”，蓋敦煌卷子通例，凡數字連文須要重複，即分别在各
字下加重複記號“ㄟ”，此處原卷應是“看ㄟ身ㄟ”，即“看身看身”，
校者不明其例，遂録作“看看身身”也。

〔4〕非由無罪殿。“罪”字爲“最”字音誤。“最殿”猶云優劣，
古代官吏考績之法，優等爲“最”，劣等爲“殿”。《春秋繁露》卷七
《考功名》：“考試之法……爲弟九分，三三列之，亦有上中下，以一
爲最，五爲中，九爲殿。”《漢書·宣帝紀》：“其令郡國歲上繫囚以
掠笞若瘐死者所坐名、縣、爵、里，丞相御史課殿最以聞。”顏師古
注：“凡言殿最者，殿，後也，課居後也；最，凡要之首也，課居
先也。”

九九　人生一世裏，能得幾時活？迴己審思量，何忍相劫奪？自
命惜求死，煞他不記活。布施覓聲名，不肯救飢渴。口道願生
天，不免地獄撮。禮佛至頂盡，終歸被愴割。一往陷三塗，窮劫
不得脱。寄語世間人，可可浪夸闊[1]？各願尋其本，努力棄劫
末[2]；迴心一念頃，萬事即解脱。

〔1〕可可浪夸闊。此句費解，第一個“可”字應是“不”字，行書
形近而誤，《敦煌變文集》載句道興《搜神記》管輅條：“朝來飲他酒

脯，豈可能活取此人？”“可”亦應作“不”，與此處相同。“夸闊”是侈大貌。《古文苑》卷六李尤《函谷關賦》：“迺周覽以汎觀兮，歷衆關以遊目；惟夸闊之宏麗兮，羌莫盛於函谷。”此句作“不可浪夸闊”，句後問號改句號。

〔2〕努力棄劫末。“劫”當作“却”，形近而誤。這個“却”是用在動詞後的助詞。

一〇〇　　我不畏惡名，惡名不須畏；四大亦無主，信你痛謗誹。你自之於我，於我何所費？不辭應對你，至到無氣味[1]。一百

〔1〕至到無氣味。“到”當作“對”，蓋因“對”字別體作“莿”，如《敦煌變文集》載《秋吟》：“珊瑚窗下，莿（對）鳳凰而悞繡鴛鴦。”以形近而誤作“到”也。此處之“對”指上句之“應對”，即回嘴、對罵之義，如寒山詩：“有人來罵我，分明了了知。雖然不應對，却是得便宜。”梵志詩“至對無氣味”，意謂最高的“應對”便是沉默，與寒山詩立意略同。按“至對無氣味”之類句式古書習見，如《禮記‧禮器》：“至敬不壇，埽地而祭。”又：“至敬無文，父黨無容。”盧仝《哭玉碑子》：“至文反無文。”孟郊《上張徐州》：“至樂無宮徵，至聲遺謳歌。”又《擢第後東歸書懷獻座主呂侍御》：“至運本遺功，輕生各自立。”

一〇一　　可笑世間人，爲言恒不死。貪□（惔）不知休，相憎不解止。背地道他非，對面伊不是；埋著黄蒿中，猶成蒲媚鬼[1]。

〔1〕猶成蒲媚鬼。“蒲”字爲“薄”字形誤，“薄媚”此處爲輕薄、無賴之義，如張鷟《遊仙窟》：“誰知可憎病鵲，夜半驚人；薄媚狂雞，三更唱曉。”《敦煌變文集》載《燕子賦》：“薄媚黄頭鳥，便漫説緣由，急手還他窟，不得更勾留。”

一〇二　　一旦遊塵境，念俗愛榮華；不覺三塗苦，八難更來遮；飄流生死海，託受在毛家；食葟（芻）無厭足，頭上著繩麻。

一〇三　縱使千乘君,終齊一箇死;縱令萬品食,終同一種屎。釋迦窮八字,老君守一理;若欲離死生,當須急思此。百□(三)

一〇四　夜夢與晝遊,本不相知爾;夢惡便生懊,夢好覺便喜。你信齋戒身,本自不識你;欲驗死更生,方斯以類此。

一〇五　你今意況大聰,不語修道有功,亦無二邊不著,亦復不住太空。衆生不解執有,只爲心裏不通;迷人已南作北[1],又亦不辯(辨)西東;念箇癡人學道,終日竟竟忿忿[2];只都小兒無智[3],何異世諦盲聾?

　　　〔1〕迷人已南作北。“已”通作“以”。
　　　〔2〕終日竟竟忿忿。“竟竟”當作“競競”,説見九八首補校。
　　　〔3〕只都小兒無智。“都”當作“覩”。

一〇六　大丈夫,遊蕩出三途,榮名何足捨,妻子士(有)如無[1]。法忍先將三毒共,佛性〔一〕常與六情俱。但信研心性妙寶[2],何煩衣外覓明珠?

　　　〔1〕妻子士(有)如無。陳校“士”作“有”,非是。此字即“士”之俗字,敦煌卷子書“土”、“士”等字,多加一點。此處“士”字又是“視”字的音誤,謂視妻子如不存在也,蘇軾《鶴嘆》亦有“投以餅餌視若無”之語。
　　　〔2〕但信研心性妙寶。原注:“末二句原卷作如下點斷:‘但信研心性。妙寶何煩。衣外覓明珠。’”楚按,此句原文有誤,或應將“信”字置“性”字下,作“但研心性信妙寶”。

一〇七　大丈夫,性識本清虛,無心妨世事,觸物任情居。

一〇八　學問莫倚聰明,打卻我慢貢高,出家解脱無年[1],永離三界逍遥。坐禪解空無相,皆皆實覓□□,○○○○○○,○○○○□□。法界以爲家舍,任從自在傃(條)條[2],形□□□□□□□□□□。

〔1〕出家解脱無年。此句字面雖似可通，但"解脱無年"爲永難解脱之意，與詩意大相悖，原文必有訛誤。今按，"年"字應是"事"字草書之誤，"無事"乃是禪僧之生活態度，如寒山詩："無爲無事人，逍遥實快樂。"貫休《桐江閑居作十二首》之五："因知無事貴，言外更無言。"《景德傳燈録》卷二九龍牙和尚居遁《頌十八首》之一六："一朝大悟俱消却，方得名爲無事人。"《五燈會元》卷二《司空本净禪師》："道本無事，强生多事。"

〔2〕任從自在傃（條）條。陳校"傃"作"條"，楚按，此處"條"字又爲"倐"字形誤。"倐倐"爲自在無心之貌，常加情貌助詞"然"作"倐倐然"。柳宗元《送文郁師序》："背笈篋，懷筆牘，挾海泝江，獨行山林間，倐倐然模狀物態，搜伺隱隟。"通常亦作"倐然"。《莊子·大宗師》："倐然而往，倐然而來而已矣。"成玄英疏："倐然，無係貌也。倐然獨化，任理遨遊，雖復死往生來，曾無意戀之者也。"

一〇九　慎事罪不生，忍嗔必有〇，〇〇〇〇〇〇〇〇〇〇〇部[1]，捉此用爲心，高▭。

〔1〕〇〇〇部。今檢視原卷尾端照片，"部"下尚有"宰"字，應據補。

一一〇　衆生發大願，〇〇〇〇〇，〇〇在前亡，論時依大道。病得子孫扶，〇〇〇〇〇，〇〇〇〇〇〇，▭▭更懊惱。

一一一　〇〇〇〇〇，〇〇〇〇錯，終歸一聚塵，何用深棺槨？土下螻蟻湌，但〇〇〇[1]，〇〇〇□，平章自埋却。

〔1〕但〇〇〇。"但"下原作缺七字，此二句句四字，與本首五言體制不符。按原卷每行字數頗不一律，此處應缺九字，録作："但〇〇〇〇，〇〇〇〇□，平章自埋却。"

一一二　〇〇〇〇〇，兒大君須死，天使遣如然，兩俱不得止。愚夫無所知，欲得□〇〇，〇〇〇〇〇，〇〇〇〇〇。兒子有亦好[1]，無亦甚其精,有時愁○○,○○○○不愁你,亦是一種大星星[2]。

〔1〕兒子有亦好。按自“兒子有亦好”以下,另起一意,押韻亦與上半不同。今檢視原卷尾端照片,此句之上留有五字空白,“兒”字上並加分首記號“·”,則“兒子有亦好”以下顯應另作一首,序號一一三。

〔2〕○○○○不愁你,亦是一種大星星。此處陳本點斷爲七言二句,則“兒子有亦好”以下一首共存五言三句、七言二句,顯然不符合中國詩歌的傳統格式。其實此首應有五言六句,其中缺字爲七字。陳本斷作七言二句者,應改作五言三句:“○○○○○,不愁你亦是,一種大星星。”“不愁你亦是”者,乃倒裝句法,順説應是“你不愁亦是”,謂你之不愁,亦自有道理也。“星星”通作“惺惺”,清虚寂静之義,《校輯》第二八六首亦云:“閇門無呼喚,耳裹揬(極)星星。”

一一三　○○○□□,並是天斞(斟)酌;貯積擬孫兒,論時幾許錯。死活並由天,貧富○○○,○(已)餓畏兒飢,從頭少一杓。

按此首序號應改爲一一四。

大曆六年五月　日抄王梵志詩一百一十首,沙門法忍寫之記。我忍法光馬説。

三　後記

法忍抄本王梵志詩卷題記明云“抄王梵志詩一百一十首”,可知全卷録詩之數。斯四二七七號殘卷和列一四五六號殘卷都是該卷斷裂後的殘存部分,其中用小字標注了“六十”、“八十”、“一百”等字樣,看來原卷是每隔二〇首加以標注的。根據這些標注,朱鳳玉先生和陳慶浩先生分別爲兩個殘卷的存詩加了序號,斯四二七七號自四六首至六八首,列一四五六號自六九首至一一三首,拙文則將陳本第一一二首析爲兩首,至一一四首爲止。無論一一三首或一一四首,皆溢出原卷題記"一百一十首"之數。爲什麽會有這種"溢出"呢?陳本一〇〇首下面原卷亦有"一百"的標注,兩兩吻合,因此"溢出"的原因應該從一〇一首之後尋找。一種可能是,原卷實抄一一四首,法忍舉其略數,故云"一百一十首"。另一種可能是,原卷實抄一百一十首,但這個數字不包括重抄之數,我們已經發現陳本一〇九首下面,重抄了第七四、七三兩首,那麽也有可能在一〇一首之後,還另外重抄了別的四首詩,由於這四首詩原來是在朱本第四六首以前的,我們已經無法看到和判斷,因而重複計數,這樣便"溢出"四首了。

　　無論屬於哪種情況,我們目前所見到的這兩種法忍抄本王梵志詩卷斷片,存詩合計已有六十九首之多,占全卷原有詩歌總數的一半以上,應可大致顯示原卷的面貌與傾向。這個原有"一百一十首"的王梵志詩卷,是和已知三卷本王梵志詩集、一卷本王梵志詩集不同的又一種王梵志詩集。從内容看,它基本上是一部佛教詩集,三卷本王梵志詩集中濃厚的現實色彩,被淡化到幾乎看不到踪迹了。因此,從反映現實的角度看,它是不能和三卷本王梵志詩集相比的。其中有許多作品,明顯地表現出禪宗南宗的思想,因此必然産生於禪宗南宗盛行之後。同時,它們又必然産生於法忍抄寫這個詩卷的大曆六年(七七一年)以前若干年。因此,我認爲這個原有一百一十首的王梵志詩集,其主要部分應該是盛唐時期的産物。

　　自從孟列夫等編《目錄》問世,透露列一四五六號王梵志詩卷中有"王梵志迴波樂"的著名標目以後,曾引起研究敦煌曲及詞曲史的學者們的很大興趣及種種猜測。任半塘先生説:"蘇聯藏敦煌寫本王梵志詩集内,有《迴波樂》辭,作於初唐,寫於中唐,乃一珍材。"①如今我們

---

① 見任半塘《唐聲詩》下册二九〇頁。

可以看到這一首"王梵志迴波樂"（見前七五首）了，照我看來，它既非創作於初唐，也不是一首真正的《迴波樂》歌辭，實際上，它是删改寶誌和尚《大乘讚》中的一首而成的。現在我把它們並引於下，以供比較。

王梵志《迴波樂》

迴波來時大賊，不如持心斷惑。縱使誦經千卷，眼裏見經不識。不解佛法大意，徒勞排文數黑。頭陀蘭若精進，希望後世功德。持心即是大患，聖道何由可尅？若悟生死之夢，一切求心皆息。

梁寶誌和尚《大乘讚十首》之九

聲聞心心斷惑，能斷之心是賊。賊賊遞相除遣，何時了本語默。口内誦經千卷，體上問經不識。不解佛法圓通，徒勞尋行數墨。頭陀阿練苦行，希望後身功德。希望即是隔聖，大道何由可得。譬如夢裏度河，船師度過河北。忽覺牀上安眠，失却度船軌則。船師及彼度人，兩箇本不相識。衆生迷倒羈絆，往來三界疲極。覺悟生死如夢，一切求心自息。①

兩相比較，不難看出，二者不同之處在於：一、王梵志《迴波樂》將《大乘讚》前四句改爲"迴波來（爾）時大賊"等兩句，其目的大概是爲了嵌入"迴波爾時"的字面，使它看起來像是一首《迴波樂》。二、王梵志《迴波樂》删去了《大乘讚》後半"譬如夢裏度河"一段八句。不過《大乘讚》這八句本是爲了鋪墊結尾處"覺悟生死如夢"的必不可少之筆，王梵志《迴波樂》删去這八句後，結尾處的"若悟生死之夢"便顯得比《大乘讚》突兀了。我們知道，唐代《迴波樂》歌辭的定格是六言四句②，而王梵志《迴波樂》却有六言一二句，是否《迴波樂》歌辭另有六言一二句的一

①原載《景德傳燈録》卷二九。
②參看任半塘《唐聲詩》下册《迴波樂》。

格，爲人們以前所不知呢？我認爲不是的。王梵志《迴波樂》只不過是《大乘讚》的改作，《迴波樂》的名稱是改作者附會上去的（因爲同是六言句式），它並不是爲了入樂歌唱而創作的，因而實際上它並不是一首真正的《迴波樂》。也有學者懷疑："此卷接下第七十六首至第八十一首詩，都是六言，或八句或十二句，是否爲《迴波樂》，亦有待進一步研究。"①我想，研究的結果，大概亦只能是否定的。事實上，第八一首也是照抄《大乘讚》的，它顯然不可能是一首《迴波樂》。現在我也把它們並引於下，以供比較。

梵志詩（第八一首）

法性本來常存，茫茫無有邊畔。安身取捨之中，被他二境迴換。斂念定想坐禪，攝意安心覺觀。木人機關修道，何時可到彼岸？忽悟諸法體空，欲似熱病得汗。無智人前莫説，打破君頭万段。

梁寶誌和尚《大乘讚十首》之三

法性本來常寂，蕩蕩無有邊畔。安心取捨之間，被他二境迴換。斂容入定坐禪，攝境安心覺觀。機關木人修道，何時得達彼岸？諸法本空無著，境似浮雲會散。忽悟本性元空，恰似熱病得汗。無智人前莫説，打你色身星散。②

你看，除了梵志詩漏抄了"諸法本空無著，境似浮雲會散"兩句以外，它們不是幾乎完全一樣嗎？我曾經發現，王梵志詩"前死未長別"一首，其實是北周釋亡名《五盛陰》的改作③；現在又發現，法忍抄本王梵志詩中也有兩首寶誌和尚《大乘讚》的改作；我還願意大膽地進一步推

---

① 見陳慶浩《沙忍抄本殘卷王梵志詩初校》，《敦煌學》第十二輯九三頁。
② 原載《景德傳燈錄》卷二九。
③ 見拙文《〈王梵志詩校輯〉匡補》，《中華文史論叢》一九八五年第一輯一三二頁。

測,這個抄本中所收寶誌作品的改作,大概不止以上所引的兩首,極可能還有別的改寫作品,只是尚未得到證實而已。我們只要讀過這個詩卷,不難發現它的一個特點:其中佛教内容的六言詩,除了第七五至八一首以外,還有第八九首、一○五首、一○八首,共有十首之多。它們彼此的思想、形式乃至語言,都是十分的酷似,已知改寫寶誌《大乘讚》的兩首作品,就在這十首之中。如果我們再把這十首六言詩和《景德傳燈録》卷二九所載寶誌的《大乘讚十首》及《十四科頌》(包括六言詩一四首)加以比較,就會發現它們彼此之間,在思想、形式乃至語言上,同樣是十分相似的。《景德傳燈録》卷二七《寶誌禪師》章説:“又制《大乘讚》二十四首,盛行於世。”原注:“餘諸辭句,與夫禪宗旨趣冥會。略録十首,及師制《十二時頌》,編於别卷。”故知寶誌和尚《大乘讚》原來共有二十四首,《傳燈録》只選録了其中的十首,這十首中就有兩首被改頭換面地寫進了法忍抄本王梵志詩卷。至於另外十四首《大乘讚》,如今我們只能在禪宗語録中讀到個别逸句,如裴休所集希運禪師語録《筠州黄檗山斷際禪師傳心法要》引誌公云:“不逢出世明師,枉服大乘法藥。”又《黄檗斷際禪師宛陵録》引誌公云:“本體是自心作,那得文字中求?”這些六言文句,應該就是寶誌《大乘讚》的逸句。如果我們有幸能讀到那另外的一四首《大乘讚》,我相信一定會發現,還有别的作品被改頭換面地寫進了這個詩卷。

　　寶誌和尚是南朝著名的“神僧”,活動在宋、齊、梁三代,梁慧皎《高僧傳》、《景德傳燈録》卷二七有他的傳記。此外如《廣弘明集》卷一九蕭子顯《御講摩訶般若經序》、卷二九上梁武帝《净業賦》、《梁書·何敬容傳》、《陳書·徐陵傳》,唐道宣《續高僧傳》卷五《釋法雲傳》、《釋智藏傳》,卷六《釋慧約傳》,卷七《釋法朗傳》等等,也都記載了他的神異事迹。直到唐代,他仍然被看作是神奇的預言大師,如《朝野僉載》卷六記他預言了侯景之亂,《劉賓客嘉話録》甚至説他預言了數百年後的安史之亂。顯然,他的事迹多半是一些傳説,不足憑信的。但《景德傳燈録》卷二九所載寶誌的作品,包括《大乘讚》十首、《十二時頌》十二首、

《十四科頌》十四首,却是内容與形式結合得很好的佛教作品,並没有絲毫神異色彩。四十年前,周一良先生曾與王重民先生通信討論過寶誌作品的真偽,他説:

> 《洛陽伽藍記》卷二崇真寺條:閻羅王云:"講經者心懷彼我,以驕凌物,比丘中第一粗行,今唯試坐禪誦經,不問講經。"又云:"沙門之體,必須攝心守道,志在禪誦。"似乎六朝時,已有一派佛教不主講論,專重禪誦。然此處所謂禪仍是安世高以來之小乘禪觀,與唐以來禪宗之不著文字以心傳心者,實不相同。《傳燈録》所載誌公之《大乘讚》、《十二時頌》、《十四科頌》三篇,内容大致不異,乃是唐以後之禪宗思想。《十二時頌》之"只守玄,没文字",以及《大乘讚》之非難"尋行數墨",《十四科頌》真俗不二篇之譏刺講經,看來雖似與《伽藍記》崇真寺條相符合,而實非一事。要之:一良頗疑此三篇之思想爲六代時所不能有,至少亦不能發揮如此盡致。①

我很贊成一良先生的見解,寶誌作品不但與《伽藍記》崇真寺條實非一事,而且簡直就是批判後者的。即如被抄入王梵志詩卷的《大乘讚》第三首,其中説:"斂容入定坐禪,攝境安心覺觀,機關木人修道,何時得達彼岸?"把"坐禪"視爲徒勞無功之舉,這是慧能以後的禪宗思想,如《景德傳燈録》卷五《南岳懷讓禪師》記載:

> 開元中,有沙門道一(即馬祖大師也),住傳法院,常日坐禪。師知是法器,往問曰:"大德坐禪,圖什麼?"一曰:"圖作佛。"師乃取一塼於彼庵前石上磨。一曰:"磨塼作麼?"師曰:"磨作鏡。"一

---

①見王重民《敦煌遺書論文集》附録《討論誌公〈十二時頌〉的兩封信》(周一良撰),原載上海《申報·文史》十二期(一九四八年十二月二八日)。

曰：“磨塼豈得成鏡邪？”師曰：“磨塼既不成鏡，坐禪豈得成佛邪？”一曰：“如何即是？”師曰：“如牛駕車車不行，打車即是？打牛即是？”一無對。師又曰：“汝爲學坐禪？爲學坐佛？若學坐禪，禪非坐卧。若學坐佛，佛非定相，於無住法，不應取捨。汝若坐佛，即是殺佛。若執坐相，非達其理。”一聞示誨，如飲醍醐。

這則禪宗史上的著名故事，和《大乘讚》第三首的思想是完全一致的。所以我認爲，寶誌作品大約也是盛唐時期某位禪僧的依託之作，這位禪僧在宗教修養和文字功夫上都達到了相當不錯的水平。法忍抄本王梵志詩卷中既然有寶誌作品的改作，這些改寫之作自然較寶誌作品晚出。因而“王梵志迴波樂”既不可能作於梁代，亦不可能作於初唐，它也應該是盛唐時期的作品。以上這些情況，似乎使“王梵志詩”的作者問題變得更加撲朔迷離了。然而，我相信它進一步證實了我以前提出的論斷：全部“王梵志詩”，決不是一人之作，也不是一時之作，而是在相當長的時期內，許多無名白話詩人作品的結集。

（原載《中華文史論叢》一九八九年第一期）

《維摩詰經講經文》新校

　　敦煌變文的發現迄今已近一個世紀了。最早匯集大量變文材料成書的是周紹良編《敦煌變文匯録》（一九五四年），而影響最大的是王重民等編《敦煌變文集》（一九五七年）。潘重規評論説："王編根據一百八十七個寫本，過録之後，經過互校，編成七十八種。每一種，篇中有旁注，篇末有校記。就資料供應，披閲便利方面看來，已被國際學者公認是所有變文輯本中最豐富的一部。王重民先生自己也稱：'這可以説是最後最大的一次整理。'因此，自公元一九五七年出版以來，海内外研究變文的學人，無不憑藉此書爲立説的根據。無疑的，《敦煌變文集》在國際學術界中已建立了崇高卓越的地位。"（《敦煌變文集新書引言》）《敦煌變文集》的問世極大地推動了敦煌變文的研究，這是有目共睹的。不僅如此，它還提供了極其豐富的唐五代口語文獻資料，促成了蔣禮鴻《敦煌變文字義通釋》等若干名著産生。在近代漢語研究熱潮的背景下，出現了數以百計的校正《變文集》文字錯誤的論文。其實《變文集》代表了當時變文研究所達到的水平，由此招來許多補正的論文，正表明《變文集》促進學術進步的作用。

　　不過，《敦煌變文集》並不是"最後最大的一次整理"。一九八四年潘重規《敦煌變文集新書》在臺北出版，這是第二代的變文集。編者是國學大師黃季剛先生的學術傳人，學識淵博，而且目驗了巴黎、倫敦和臺北所藏的全部變文原卷，因此《新書》在吸收《敦煌變文集》全部内容的基礎上，糾正了《變文集》的大量錯誤，並且補充了新的内容，"後出轉精"的讚譽當之無愧。由於臺灣海峽兩岸當時處於隔絶狀態，大陸

地區的許多相關論文《新書》的編者無從寓目，因而也留下了一些
遺憾。

　　一九九七年張涌泉、黃征《敦煌變文校注》出版，這是第三代的變
文集。校注者充分吸取了第一代、第二代變文集的優點，同時對數量
巨大的相關論著的成果兼收併蓄，因而是集大成的著作。校注者對敦
煌俗字和俗語詞研究有素，因而去取精當，立說有據，是迄今錄文最可
靠、內容最豐富的變文全輯本。正因爲如此，讀者更希望它達到“毫髮
無遺憾”的境地。下面僅就其中的幾篇《維摩詰經講經文》提出點滴的
補校意見，供作者參考。

維摩詰經講經文（一）

信心識內不堅勞（牢），生死河中定晚出。（七五二頁）

　　　　校注：心識，即心，佛教以“識”爲“心”之別名。《文選》顏延年
《五君咏》詩李善注：“識，心之別名，湛然不動謂之心，分別是非謂
之識。”本篇下文：“是故經中廣讚揚，萬般一切由心識。”“心識”義
同。袁賓以“信心識內”不辭，疑“識內”爲“設若”之音假，不可從。
定，原錄作缺文。楊雄據原卷殘形和文意考定爲“定”字，甚是，茲
據補。

　　　　楚按：此段文字有兩處可議。一、上句“信心”連讀，而非“心
識”連讀。按此二句乃承接上文“經內信心爲首，人間生死爲河”
兩句而下，彼處以“信心”與“生死”爲對，此處亦應以“信心”與“生
死”爲對也。校注釋“識”爲“心”之別名，可從，“識內”猶言“心
中”，並非“設若”之音假。二、下句所缺之字應非“定”字，而是
“早”字。“早晚”即何時之義，胡曾《下第》：“翰苑何時休嫁女？文
昌早晚罷生兒？”正以“早晚”與“何時”同義對舉。本篇“生死河中

早晚出”乃反詰語氣，意謂永無出頭之日。若作“定晚出”，則仍有
出頭之日，不過時間較晚而已，作者原意不如此也。

佛向大圓鏡上後德智中，觀阿難而久已根熟。（七五五頁）

　　楚按：“德”當作“得”，“後得智”乃佛教術語。《攝大乘論釋》
（玄奘譯本）卷八：“如人正閉目，是無分別智，即彼復開目，後得智
亦爾。應知如虛空，是無分別智，於中現色像，後得智亦爾。”

時阿難既聞佛語，遂即發心，雖諦受已歸依，乞世尊之三願。（七
五五頁）

　　校注：雖，原録作“錐（離或羅）”，而與“諦”字屬上“遂即發心”
爲讀。按：“雖”原卷本作“䧙”，即“雖”的俗字。下文“經中雖道於
我聞”，“雖”字原卷作“䧙”，是其比。原文當於“發心”後句絶，“雖
諦”二字屬下讀。

　　楚按：“雖諦受已歸依”不可通，原録此字校作“離或羅”，按作
“離”是，“心離諦”連讀，義同“離諦”、“出離諦”，《瑜伽師地論》卷
四六所舉“七諦”，其第三即“出離諦”，謂出離生死輪迴。又“已”
字爲“三”字形誤，這却類似校勘學史上的一個經典錯誤，《吕氏春
秋·察傳》：“子夏之晋，過衛，有讀史記者曰：‘晋師三豕涉河。’子
夏曰：‘非也，是己亥也。夫己與三相近，豕與亥相似。’至於晋而
問之，則曰‘晋師己亥涉河’也。”據上所説，則此二句應作“遂即發
心離諦，受三歸依”。

和平令苑（宛）順，除蕩劫貪嗔。（七五六頁）

　　楚按：“劫”字應是“却”字形誤，“却”亦除義。

助釋迦之視現身形，位娑婆而化諸群品。（七五八頁）

　　楚按：“位”字應是“莅”字形誤。

風前月下綴新詩，水畔花間翻惡令。（七六二頁）

　　　楚按:《維摩詰經講經文》(二)亦云:"日落窗前翻惡令,月高樓畔學吹笙。"(八一一頁)校注:"惡令,周校作'耍令'。潘校、郭在貽校皆引斯四五七一《維摩詰經講經文》:'風前月下掇新詩,水畔花間翻惡令。'謂'惡'字不誤。按:'令'指酒令。"楚按,周校是正確的,兩處"惡"字皆應作"耍"字,蓋"惡"字俗體作"悪",與"耍"字形近,二字遂易相混也。"耍令"爲唐代酒令之一種,後世亦有流行。《雲溪友議》卷下載李宣古數陪游宴,有詩云:"爭奈夜深抛耍令,舞來按去使人勞。"《水滸》二〇回:"他那閻公平昔是個好唱的人,自小教得他那女兒婆惜也會唱諸般耍令。"

咸持花果,也捧珠珍。(七六四頁)

　　　楚按:"也"字當作"皆"字,蓋"皆"字草書作"𡿨",與"也"字草書"乜"筆勢相近,因而致誤。

維摩詰經講經文(二)

當日擬將諸取衆,毗耶城內駕三車。(八〇七頁)

　　　楚按:上句"取"字當作"聖"字,字之殘也。此二句下接"幾多賢聖盡陪隨","聖衆"即指下文之"幾多賢聖"也。

取接梨(藜)杖於簾前,裁(戴)烏沙(紗)巾於鐃(鏡)畔。(八一〇頁)

　　　楚按:原文"接梨"應作"椰栗","椰栗杖"與"烏紗巾"爲對。賈島《送空公往金州》:"七百里山水,手中椰栗粗。""椰栗"即指以椰栗木所制之杖。

而又紅樓醉後,香散歸時。(八一〇頁)

楚按："散"當作"繖",即傘蓋。

有弱滿輪明月,讓光於星鬭(斗)之前;萬刃青山,辭峭拔丘陵之下。(八一二頁)

楚按："光於"與下文"峭拔"爲對,"於"字不應是虛字,蓋"相"字之誤,二字草書形近相混,敦煌寫本習見。"光相"這裏即指明月之光輪。

維摩詰經講經文(三)

若有不諂不詐,心無所曲,衆生即生菩薩净土中。(八二五頁)

楚按："不諂不詐"、"心無所曲"是"衆生"的定語,不能隔斷,"曲"下的逗號移到"生"字下。

所貴裏心生了悟,輒然方放近花臺。(八二七頁)

校注:放,原録作"敢",兹據原卷正。"放"爲教、使之義。《廬山遠公話》:"於是相公與夫人令善慶西院内香湯沐浴,重换衣裝,放善慶且歸房中歇息。""放"字義同。

楚按:上句"裏心"當作"衷心",下頁"裏心常有此疑猜","裏心"亦應作"衷心","裏"、"衷"二字形近而誤。下句"放"字原録作"敢",符合文意。蓋上文云"爾時舍利弗承佛之威神,又不敢發問",至此因爲"衷心生了悟",增加了自信,故而"方敢近花臺"也。這是舍利弗主動的動作,若作"放"字,則是被動的動作,與文意不合。

大聖呵呵添幸色,與他説喻唱將來。(八二七頁)

楚按："幸色"費解,"幸"字蓋"喜"字之誤。

莫更恨他日月闇,自緣幻目不曾開。(八二八頁)

　　　校注:幻,原卷作"纫",原校作"幼",潘校則云当作"眇"。按:據字形及文意斷之,當作"幻"。"幻"字俗書或作"纫",與"幼"字相亂。斯四五七一《維摩詰經講經文》"令知纫質之非堅"、"吾此身軀纫化成"。"纫"皆爲"幻"字俗書。"纫"即"纫"手寫之小變也。

　　　楚按:原卷"纫"字既非"幼"字,亦非"幻"字,亦非"眇"字,乃是"纫"字。"纫"即縫義,"纫目"謂縫合兩眼,以喻閉目不開也。

空不支那有,多應在五天。(八三二頁)

　　　楚按:上句費解,"空"字爲"恐"字音誤,"恐不"與"多應"皆爲揣測語氣。

深貴汝,倍憂懷,我此身形自嘆裁。(八三三頁)

　　　楚按:"嘆"字是"剸"字音誤,"剸裁"爲主張、安排之義,如《維摩詰經講經文》(一):"總是經中説,殊非謬剸裁。"(七五六頁)本篇下文"無常事,掩泉臺,虛幻身軀自搏才。"(八三五頁)校注云:"搏才,通作'剸裁'。"此處之"身形自剸裁",即是下文之"身軀自剸裁"也。

休愛美,莫疑猜,却要分明自搏才。(八三四頁)

　　　校注:美,原卷作"羡",即"美"的俗字。慧琳《一切經音義》卷一〇:"美,《説文》從羊從大,經從父作羡,非也。"盡管慧琳以"美"字從父爲非,但這種寫法在當時却頗爲流行(例多不贅舉)。原録作"羡",蓋誤。

　　　楚按:校注論"羡"字是"美"的俗字,甚是。但原卷的"羡"字却是"羡"字的形誤,原録作"羡",從文義上説是正確的。"愛羡"即羡慕,本篇下文云:"自還知,自要見,休苦貪求添愛羡。"(八三六頁）正有"愛羨"之語。

譬如大地，得河爲主。（八三五頁）

　　楚按："河"當作"何"。原文此段乃是發揮經文"是身無主爲如地"之義，故云"得何爲主"，乃反詰句，意謂無有主也。若作"得河爲主"，則是以河爲大地之主，適與原意相反。故此二句之下接云："高山鎮壓，深海橫截，枕木聚（叢）林，悉生生（其）上，穢濁盈溢，淹浸於中，鑿穿劚掘，有何主相。"謂大地雖有高山鎮壓、深河橫截等等，畢竟"有何主相"，亦即無有主相，正與"得何爲主"意同。

曾終十善重佛僧，敬莫交（教）身沉六趣。（八三六頁）

　　校注："終"字於義無取，疑當讀作"種"。"種"有修種之義。《廬山遠公話》："生男養女，分頭自求，前生不種，累劫不修。欲得世上榮，須是今生修福。"伯二三〇五《妙法蓮華經講經文》："如此富貴多般，早是累生修種。"前例"種""修"對文同義，後例"修種"同義連文。又《金剛般若波羅蜜經講經文》："有漏福，受榮花，何似持經種善芽？""修種"之"種"即由"種善芽"之"種"演變而來。敬，當讀作"竟"，最終，畢竟。伯二一二二《維摩詰經講經文》："終朝敬日死王摧。"蔣禮鴻校"敬日"爲"竟日"，是其比。

　　楚按：以上兩説皆可商榷。上句"終"字並非"種"字音誤，而是"修"字形誤，蓋因"終"、"修"二字右部相似，因而致誤。"修""種"二字雖意義相通，"曾修十善"的説法實較"曾種十善"更符合語言實際。下句的"敬"字亦不宜讀作"竟"，而應讀作"更"，如此始文意通暢。《維摩詰經講經文》（四）："深深擬證無爲，念念堅修功德。敬要何爲？復起菩提之心，正證七大之果。"（八六七頁）校記："敬，疑讀作'更'，同音通用。"楚按與此條文字相印證，"敬"讀作"更"可以無疑。

業莊癡心莫可當，不悟年秋身有病。（八三六頁）

　　楚按："莊"字爲"障"字音誤。

維摩詰經講經文（四）

言直心真，現嬰童之純禮。（八六一頁）

　　楚按："禮"字爲"體"字形誤。

寶冠亞而風颯苻枝，瓔珞搖而霞飛錦樹。（八六一頁）

　　校注：劉凱鳴校："'苻枝'難與'錦樹'爲對。'苻'當作'玗'。《集韻》下平聲十八尤韻房尤切：'玗，美玉名。'"按："苻"疑爲"符"字俗書，"符"有符瑞義，文義可通。

　　楚按：二家之説皆未切合文意，這個"苻"字其實只是"花"字誤書，"風颯花枝"謂風搖花枝，"花枝"正與"錦樹"爲對。《維摩詰經講經文》（五）："徐行時若風颯芙蓉，緩步處似水搖蓮亞。"（八八四頁）"風颯芙蓉"的説法與"風颯花枝"相同。按"花枝"或指寶冠上的枝形裝飾，唐代婦女飾有"花釵"，《新唐書·車服志》："（命婦）一品翟九等，花釵九樹。二品翟八等，花釵八樹。三品翟七等，花釵七樹。四品翟六等，花釵六樹。五品翟五等，花釵五樹。寶鈿視花樹之數。"所云"花樹"，與此處"花枝"類似。

六根磨煉三祇劫，一語苞（包）藏萬法通。（八六四頁）

　　楚按："苞藏"即包藏，不必改字。韓愈《和侯協律咏筍》："外恨苞藏密，中仍節目繁。"

慈悲隔事相提挈，未委何方是道場。（八六六頁）

　　校注：隔事，下文又有"隔事莫辭子細説"之語，袁賓讀作"居士”，未知確否，存疑待考。

楚按：此處及下文“隔事莫辭子細説”之“隔事”，同“隔是”、“格是”。《容齋隨筆》卷二《隔是》：“樂天詩云：‘江州去日聽箏夜，白髮新生不願聞。如今格是頭成雪，彈到天明亦任君。’元微之詩云：‘隔是身如夢，頻來不爲名。憐君近南住，時得到山行。’格與隔二字義同，‘格是’猶言已是也。”楚按，唐詩中多見“隔是”、“格是”之語，隨文意可釋爲“已是”或“既然”，蓋“已是”與“既然”意義實相關聯。變文中的“隔是”或“隔事”，多半是“既然”之義，如《李陵變文》：“隔是虜庭須決命，相殺無過死即休。”（一二九頁）《大目乾連冥間救母變文》：“隔是不能相救濟，兒亦隨孃孃身死獄門前。”（一〇三四頁）本篇的“慈悲隔事相提挈”，謂既然慈悲相提挈；“隔事莫辭子細説”，謂既然願意仔細説，“隔事”也是既然之義。

有直心，要豈造，地傍傍生長不到。（八六八頁）

校注：豈，原校作“登”，潘校則疑應爲“起”。按：敦煌寫本每見“豈”、“起”通用之例，潘校近是。

楚按：原文“豈”字不誤，“要”字則當作“惡”，蓋因“要”字與“惡”字俗書“惡”字形近而誤也。“惡豈造”即不造惡之意。

目慢心士不曾爲，君能行得偏爲好。（八六八頁）

校注：“心士”費解，“士”疑爲“工”字之訛，“工”通作“憣”。《集韻·送韻》：“憣，心動也。一曰自高。”“憣”亦作“貢”。慧琳《一切經音義》卷二五：“憍慢貢高，今依《玉篇》，自恣爲憍，凌他曰慢，慢前爲貢，心舉曰高也。”本篇下文：“貢高我慢比天長，折挫應交虛見傷。”“貢高我慢”、“目慢心憣”相當，皆指傲慢自大而言。

楚按：原文“目慢”當作“自謾”，形近而誤；原文“士”當作“事”，音同而誤。此作“自謾心事不曾爲”，謂不曾作欺心之事。

"自謾"之語亦見寒山詩（九六首）："棄金却擔草，謾他亦自謾。"
"謾心"之語亦見《雙恩記》："苟事謾心，以强欺弱。"（九三〇頁）

維摩詰經講經文（六）

辯似懸河偃不住，言如劈竹抉無推。（九〇三頁）

　　　校注：偃，原卷作"偓"，即"偃"字俗書（《干禄字書》："偓偃：上
通下正。"）趙録作"擇"，潘録作"偓"，皆未確。"偃"爲停止之義，
合於文意。

　　　楚按：此字識作"偃"是正確的，這個"偃"字通作"堰"字，這裏
用作動詞，築堤堵水之義。盧照鄰《行路難》："誰家能駐西山日，
誰家能堰東流水。""堰"字用法相同。下句"抉"字乃是"快"字形
誤，"言如劈竹快無推"者，謂談鋒所向，快如劈竹，無須推力，自能
迎刃而解也。

如善德者，學昧雕龍，智虧剔馬。（九〇四頁）

　　　校注：《集韻·薛韻》："剔，言析理也。"蓋即"別"的後起分化
字。"別馬"猶言相馬。

　　　楚按："剔"字既是"言析理"之義，則"剔馬"應與以言析理有
關，恐非"相馬"，而是指戰國名家"白馬非馬"的命題，見《公孫龍
子》卷上《白馬論》，如云"馬者所以命形也，白者所以命色也，命色
者非命形也，故曰白馬非馬"云云，顯示了古人思辨智慧的發展
水平。

質不惆，性不悆，佐佛弘揚非是器。（九〇四頁）

　　　楚按：此處言善德自謙不任問疾，故自云"佐佛弘揚非是器"。
然而"質不惆，性不悆"並非自謙之語，因疑此處兩個"不"字皆是

“又”字誤書。

上上人，大居士，言似懸河諸不滯。（九○四頁）

校注：諸，當讀作“堵”。

楚按：這個“諸”字其實是“注”字音誤。《世説新語·賞譽》：“郭子玄語議如懸河寫水，注而不竭。”正是“言似懸河注不滯”之意。

（原載《四川大學學報》二○○五年第四期）

關於《大目乾連冥間救母變文》一段唱詞的校釋

　　日前讀到劉瑞明同志評論拙著的大文《〈敦煌變文選注〉評析》①，其中提出的許多問題，都是我感興趣的。我因爲出訪在即，來不及全面討論，所以只就《大目乾連冥間救母變文》中一段唱詞的校釋問題略陳己意。這是因爲，在這一段不太長的唱詞中，劉同志指出拙著“失校”和“誤校”之處達二十七條之多，因此討論這一段唱詞，可以在有限的篇幅內集中研究較多的問題。同時也因爲對這一段唱詞的校釋具有某種代表性，可以由此進而一般性地討論對於敦煌文獻所應采取的態度問題——我認爲這是比討論某一部著作本身的得失更有意義的。

　　現在我就引錄劉同志大文中有關的一段文字：

　　　　再看下面一段唱詞，其中失校之處由筆者編號，以便申説：
　　　　目連執錫向前聽，爲念阿鼻（一）意轉盈。
　　　　一切獄中皆有息（二），此個阿鼻不見停（三）。
　　　　恒沙之衆同時入，共變其身作一刑（形）。
　　　　忽若無人（四）獨自入，其身（五）亦滿（六）鐵圍城（七）。
　　　　案案難、難振鐵（八），
　　　　吸（炭）炭雲空（九），轟轟鏘鏘栝（括）地雄。

---

① 劉瑞明《〈敦煌變文選注〉評析》，載《中國敦煌吐魯番學會研究通訊》一九九一年第一期（總第二〇期）。

長蛇皎皎（一〇）三曾黑（一一），大鳥崖柴兩翅青。

萬道紅爐扇廣炭（一二），千重赤炎迸流星。

東西鐵鑽劓胸觔（肋）（一四），左右銅鉸（骹）（一五）石（射）（一六）眼睛。

金鏘亂下如風雨，鐵汁空中似灌傾。

哀哉苦難可忍，更交（教）腹背下長釘。

目連見已唱奇哉，專心念佛幾千回。

風吹毒氣遙呼吸（一六），看着身（一七）爲一聚灰。

一振黑城關鎖落，再振明門（一八）兩扇開。

目連那邊伇來（仍未）喚（一九），獄卒擎叉便出來。

“和尚欲覓阿誰消息（二〇）？

其城廣闊萬由旬，卒倉（倉卒）没人關閉得（二一）。

刀劍皛光阿點點（二二），受罪之人愁懺懺（二三）。

大火終（沖）融滿地明（二四），烟霧滿滿悵（張）天黑（二五）。

忽見闍梨於此立，又復從來不相識。

縱（踪）由（二六）算當（二七）更無人，應是三寶慈悲力。”

這段共有三層意思：先叙母所在的阿鼻地獄不可停住，虧得目連以佛借給的錫杖打開地獄門。中叙打開地獄門的經過，火滅霧消，罪人愁容頓釋。後叙獄卒估量必是目連打開地獄之門。項書失校或誤校的二十七處，申明如下。

（一）句應言目連惦念母親，“阿鼻”必是“阿娘”之誤。（二）（三）當校爲“皆可息”、“不可停”。“可”誤爲形近的“有”和“見”。（四）目連就是一人獨自入獄，必不會言“忽若無人獨自入”，“無人”必是“無物”之誤，言如果没有佛的錫杖。（五）（六）（七）必應校爲“某身亦難開鐵城”。相應的正誤字各是：某其、難滿、開圍。項書有注：“鐵圍城：圍繞地獄的鐵城。”但避言是誰同目連入地獄，避言“難滿鐵城”爲何意，實際上是不成意。又避言此句要説明什麽問題。對於（八）項書注：“此處有脱誤，俟再校。”於（九）注

"岌岌"爲高聳義。但此處不當有四字句。此兩句實爲一句,應校爲"暗暗振錫大雲空",與"轟轟"句是上下句。因爲變文没有三個單句組成一韻的章法,都是上下句爲一韻。"案"、"難"都是"暗"字音誤,"鐵"是"錫"之誤,"吸"、"岌"都是"火"之誤。(一〇)(一一)處,陳治文同志早已指出,"皎皎"應爲"皎聊"或"聊皎",邪視義,與下句"崖柴"非疊音對偶。"三曾"應爲"三嚕"即鼻咽、口咽、喉咽三部。不知項書何以不從此善議,或爲翻檢未及。(一二)之"廣炭"不辭,必爲"塵灰"致誤。(一三)言鐵鑽專向肋子鑽,似無特殊意義,宜校爲"胸脅",泛言胸腹部,較爲平實。(一四)所校議的"骹"爲響箭,但變文前未言地獄有此,而此處所寫各種刑設却都是前文已言明的,所以此校不確,當據前文所言的"銅嘴鳥"而定校爲"銅鳥"。鳥可啄眼,"啄"形誤爲"豕",再音誤爲(一五)"石"。目連不會自己去"吸"毒氣,(一六)必應是"吹"字形近成誤。"呼吹"是同義復説。吹去毒氣即破除毒氣,故(一七)應校爲"其(按即毒氣)爲一聚灰"不當言目連"身爲一聚灰",理至明。(一八)之"門",是地獄之門,即"冥門",原"明"字音誤。(一九)處如言目連"仍未喚",有兩礙:前文無"未喚"的交代,"仍"便無從説起。目連此時必是急忙喚獄卒問母親所在,絶不會不喚。當是"急來喚","急"音誤爲"伋"。"來"字則不誤。由於没有三個單句成一韻的章法,(二〇)處必脱失一個韻脚下句,内容當即後文獄主所問的"和尚緣何事開地獄門","何事"爲何物義,問用什麼開了地獄門?(二一)"關閉得"應校爲"得開闢"。"得"字失韻,"闢"字合韻。被打開的地獄門無人再關住,既不合事理,也無涉文意。令獄卒驚奇的是從來無人可開地獄門,現在被打開了,故有此嘆言。開與關,閉與闢,繁體近似而誤。

地獄既已打開,一切刀劍之類應失去作用,或不再如以前嚇人,罪人有出獄的希望,憂愁消失。故(二二)當校"阿點點"爲"何默默"。《莊子·在宥》:"至道之精,窈窈冥冥;至道之極,昏昏默默。”“默默”爲昏闇不明義,恰適句意,而原文“阿點點”不成意。繁體“點”字與“默”字形體極近似。(二三)之“懺懺”應爲“戢戢”之誤。字形字音易混。《説文》:“戢,藏兵也。”引伸爲止息義,句即言“愁戢戢”。(二四)(二五)應是“滿地滅”、“長天息”,言火滅煙息。明與滅,反義致誤;息與黑,字形有相近處。“張”字之校非是。(二六)(二七)處應校爲“縱目看當更無人”,言初不相信是目連打開地獄,但縱目望並無別人。“縱”字不誤,“由”是“目”字致誤,“看”誤爲“算”。

下面我就逐條討論劉同志提出的這二十七處意見。

在例(一)中,原文明明寫的是“阿鼻”,劉同志憑什麽肯定“必是‘阿娘’之誤”? 其實,“爲念阿鼻意轉盈”是引起下文的帽子,以下六句(至“鐵圍城”)便是目連想象阿鼻地獄情形的話,而和“阿娘”毫無關係。對於“阿鼻地獄”,或許不熟悉佛教的讀者感到陌生,所以我在拙著六四九頁注〔一五〕曾加注釋:

> 阿鼻地獄:地獄中之最深重者,義譯“無間地獄”。《地藏菩薩本願經》卷上:“又五事業感,故稱無間。何等爲五? 一者日夜受罪,以至劫數,無時間絶,故稱無間。二者一人亦滿,多人亦滿,故稱無間。三者罪器叉棒,鷹蛇狼犬,碓磨鋸鑿,銼斫鑊湯,鐵網鐵繩,鐵驢鐵馬,生革絡首,熱鐵澆身,飢吞鐵丸,渴飲鐵汁,從年盡劫,數那由他,苦楚相連,更無間斷,故稱無間。四者不問男子女人,羌胡夷狄,老幼貴賤,或龍或神,或天或鬼,罪行業感,悉同受之,故稱無間。五者若墮此獄,從初入時,至百千劫,一日一夜,萬死萬生,求一念間暫住不得,除非業盡,方得受生,以此連綿,故稱無間。”

“阿鼻”在《大目乾連冥間救母變文》中是出現頻率較高的詞,因爲我在“阿鼻”第一次出現時作了如上的注釋,因而在下文中便不再重複,以免詞費，按理說讀者也不會再有疑問。真没想到在這一段唱詞中，劉同志由於對"阿鼻"地獄仍不熟悉，因而又導致了例（二）～（五）的錯誤。

在例（二）和（三）中，劉同志斷言原文"皆有息"應是"皆可息"，"不見停"應是"不可停"。我起初百思不得其解，爲什麽一定要這樣改竄原文呢？直至讀到下文，劉同志概括這段唱詞共有三層意思時，説是"先叙母所在的阿鼻地獄不可停住"云云，這才恍然大悟，劉同志改原文"不見停"爲"不可停"，是爲了曲從他所理解的"不可停住"。可是原文"停"的意思，並不是劉同志所理解的"停住"的意思，而是"止息"的意思。上引《地藏菩薩本願經》卷上，解釋"無間"（音譯阿鼻）的五種意義中，"一者日夜受罪，以至劫數，無時間絶，故曰無間"，而變文原文"一切獄中皆有息，此個阿鼻不見停"，正是以阿鼻地獄中受苦"不見停"，而和其他地獄中受苦"皆有息"相對比，以突出阿鼻地獄的極端殘酷。

在例（四）中，劉同志斷言原文"'無人'必是'無物'之誤，言如果没有佛的錫杖"，並説"目連就是一人獨自入獄"云云。可是原文並没有提到目連，劉同志何以知道這裏説的是目連入獄之事呢？其實這句話和目連本人毫無關係，自然更扯不上佛的錫杖，因而也不存在"無物"的問題。原文"無人"極是，請參看下條。

在例（五）（六）（七）中，劉同志斷言原文"其身亦滿鐵圍城"必應校爲"某身亦難開鐵城"，相應的正誤字是：某其、難滿、開圍。在形、音、義三方面很少相似之處的三組字中，劉同志居然發現了它們的正誤關係。又對拙著提出三點質問："避言是誰同目連入地獄，避言'難（楚按原文是'亦'）滿鐵城'爲何意，實際上是不成意。又避言此句要説明什麽問題。"對於第一個問題，我確實無從回答，因爲這是劉同志臆造出來的問題，原文根本不存在誰同目連入地獄的問題。對於第二、三個問題我在拙著中没有對原文加注，是因爲我認爲勿須再作解釋，因爲我在前面對"阿鼻地獄"的注釋，已經可以解答這些問題。可是劉同志還是不懂，因此我不妨再作一番解釋。按照佛教的説法，"阿鼻"（無間)有一個意義是,哪怕廣袤的阿鼻地獄中只有一個罪人,這個罪人的身體也會立刻充滿整個阿鼻地獄,以便同時承受阿鼻地獄中一切酷刑的折磨。這就是前引拙著注釋中《地藏菩薩本願經》卷上所説:"二者一人亦滿,多人亦滿,故稱無間。"因此變文原文"忽若無人獨自入,其身亦滿鐵圍城"是説,即使阿鼻獄中没有其他罪人,而只有一個罪人獨自進入,這個罪人的身體也會立即充滿整個鐵圍城。這哪裏存在"誰同目連入地獄"的問題,又怎能説是"實際上不成意"呢? 這樣兩句簡單明白的原文,卻招惹來劉同志的四條改竄意見和三點質問,真是不可思議。

在例(八)(九)中,劉同志把原文"案案難難振鐵吸炭雲空"十字,校改爲"暗暗振錫火雲空"七言一句,拙著由於没有這樣改竄原文,便被指爲"失校"。我不知道是否有人會相信劉同志的校改,我是絶難相信的。敦煌文獻是珍貴的文化遺產,假如凡遇其中有窒礙難通之處,便由今人隨意改寫(而且非得如此改寫不可,否則便是"失校"),雖然也許看似通順了,可是這種"贗品古董"還有什麼價值呢? 何況唱詞下文明明説到"萬道紅爐扇廣炭,千重赤炎迸流星",則地獄烈火熊熊如故,那麼上文改寫成的"暗暗振錫火雲空"又從何談起呢? 可見劉同志"改寫"的原文,連表面的"看似通順"也做不到了。

在例(一〇)(一一)中,劉同志認爲原文"長蛇皎皎三曾黑",應據陳治文同志的意見,將"皎皎"校爲"胶聊",邪視義,與下句"崖柴"非疊音對偶。將"三曾"校爲"三噲",即鼻咽、口咽、喉咽三部。按,陳説可備一説,但還不是公認的"定論"。劉同志主張采用陳説,自然是可以的;拙著不采用陳説,也是可以的,指爲"失校",豈非專橫? 實際上,我確實寧願保存原文,以期待更有説服力的校説出現。

在例(一二)中,劉同志斷定原文"廣炭"不辭,必爲"塵灰"之誤。可是我把"廣炭"與"塵灰"對比,卻更加嘆服原作者的文筆,實較今人大大高明。"廣炭"好比説無邊的炭火,"萬道紅爐扇廣炭"渲染出地獄之中烈火熊熊的浩瀚氣勢。設若改成"萬道紅爐扇塵灰",則不但塵灰彌漫，原文的氣勢也索然都盡，令人深有"點金成鐵"之嘆。

在例（一三）（劉文引文作一四）中，原文"胸勮"，拙著校爲"胸肋"，劉同志改校"胸脇"。按就文義論，"胸肋"、"胸脇"皆無不可；若就字形論，則"勮"之與"肋"，實較"勮"之與"脇"更爲接近，劉同志有什麼根據斷言"誤校"者一定是"胸肋"，而不會是"胸脇"呢？

在例（一四）（劉文引文作一五）中，拙著校"鉸"爲"骹"，即響箭，其實"鉸"也可以看作是"骹"的異體字，因爲説的是"銅鉸"，所改換義符"骨"爲"金"。變文前文有"銅箭傍飛射眼精（睛）"之語（《變文集》七二七頁），正和此句"左右銅鉸石（射）眼精"明顯相似，因爲"銅鉸"只不過是會發聲的"銅箭"而已。劉同志改"銅鉸"爲"銅鳥"，可是"鳥"字何以偏偏會寫作"鉸"，却又説不出道理來，因而無法使人相信。

與此相關，在例（一五）（劉文引文作一六）中，劉同志校"石"作"啄"，其根據是"啄"形誤作"豕"，再音誤作"石"，姑不論其説迂曲難通，即就例（一四）所論，劉同志改"銅鉸"爲"銅鳥"既不可信，又此處"啄"字之校也失去了依託。拙著校"石"爲"射"，既是根據文意，也是根據"銅箭傍飛射眼精"的相似語例。《顔氏家訓·音辭》："其謬失輕微者，則南人以錢爲涎，以石爲射，以賤爲羡，以是爲舐。"可知以"石"爲"射"，並非僅僅變文如此，古人早有其例了。

在例（一六）中，原文是"風吹毒氣遥呼吸"，劉同志説："目連不會自己去'吸'毒氣，（一六）必應是'吹'字形近成誤。"目連當然不會自己主動去"吸"毒氣，可是原文既説"風吹毒氣"，即風把毒氣吹來；又説"遥呼吸"，即目連哪怕隔得很遠，也難免呼吸到毒氣，由此才引出了下句來。若是按照劉同志的高見，改此句爲"風吹毒氣遥呼吹"，一句之中兩個"吹"字吹來吹去，成何文理？縱然劉同志認爲無礙，想來原文作者還不至於如此才思拙劣吧。

在例（一七）中，劉同志承接上條"吹"字誤校，又説原文此句應校爲"其（按即指毒氣）爲一聚灰"，不當言目連"身爲一聚灰"，理至明。其實是全無道理。原文説的並不是目連"身爲一聚灰"，而是"看着身爲一聚灰”，這是不同的兩個意思。劉同志的錯誤在於不懂“看着”的意思。這個“看着”也許可以校作“看看”，不過我寧願取慎重的態度，仍保留“看着”。無論説“看看”，或者單説“看”，都是“眼看、轉眼”的意思，表示行將發生，可以參看《詩詞曲語辭匯釋》卷六“看看”條，以及拙著六一五頁注〔一二〕。因爲上文説“風吹毒氣遥呼吸”，目連難免呼吸到毒氣，所以説“看着身爲一聚灰”，眼看目連生命難保，並不是説目連已經化爲灰燼。在這個危急關頭，再接上“一振黑城關鎖落，再振明門兩扇開”，於是柳暗花明，佛的錫杖發揮了威力。變文作者很善於制造戲劇性的情節來緊扣人心。像這樣好端端的兩句原文，劉同志由於讀不懂，便人爲地生出一些矛盾來；爲了彌縫這些矛盾，又對原文加以改竄，以致成爲和原意大不相同的兩句話，却又反過來指責保持原文是什麽“失校”，可謂怪也。

在例（一八）中，劉同志校原文“明門”爲“冥門”，可以依從。但這並非劉同志的發明，而是早經郭在貽等提出，見《敦煌變文集校議》三八八頁。

在例（一九）中，原文“目連那邊伋來唤”，拙著校作“仍未唤”，其實在原卷中，“來”字正寫作“未”，已由郭在貽等檢核證實（《敦煌變文集校議》三八六頁）。至於“伋”字，只是“仍”字隨手加一筆而已。劉同志指爲誤校，理由之一是“前文無‘未唤’的交代，‘仍’便無從説起”，此論可謂瞻前而不顧後。原文“仍”字並不需要前文的交代，而是和下句的“便”字呼應，“仍……便”是一組關聯詞。原文是説，雖然目連那邊還沒有來得及呼唤，而獄卒這邊已經匆忙擎叉出來。這和劉同志設想的如下情景正好相反：“目連此時必是急忙唤獄卒問母親所在，而絶不會不唤。”我們是相信劉同志設想的情形（儘管是用了“必是”、“絶不會”等語）呢，還是相信原文實際描寫的情形呢？自然是後者。至於劉同志説“急”音誤作“伋”，即使我們姑且依從（其實可能性極小），可是原卷“來”字實寫作“未”字，已如上説，則“急未唤”又和劉同志設想的“必是急忙唤獄卒”相矛盾了。因此“誤校”是確實存在的，可是誰任其咎呢？

　　至於例（二〇），原文"和尚欲覓阿誰消息"，劉同志斷定"必脱失一個韻脚下句"。實際上，將問話或提示語用單句的方式插入唱詞之中，以引起下文，在《大目乾連冥間救母變文》中屢見不鮮，並非只有這一處。如《變文集》七一七頁的"啓言長者相識否"單句，七一九頁的"諸人答言啓和尚"單句等等都是，並不一定非要配上一句"韻脚下句"不可。

　　在例（二一）中，原文"卒倉（倉卒）没人關閉得"，劉同志校"關閉得"爲"得開闢"，不但顛倒詞序，又改"關"爲"開"、改"閉"爲"闢"。理由之一是："得"字失韻，"闢"字合韻。可是實際上，"得"字與下文韻脚字"黑"同屬德韻（中間隔的"懺"字韻脚待校），這個"黑"字雖然又被劉同志改爲"息"，但這是劉同志的問題，不是原文的問題。劉同志理由之二是："被打開的地獄門無人再關住，既不合事理，也無涉文意。"可是事理和文意並非由劉同志一人規定。原文的意思是説，地獄門被目連以法力打開後，守門的獄卒急欲重加關閉，可是倉卒之間難以辦到。這正是情理中的事。哪一點不合事理、無涉文意呢？其實原文作者在創作之時，自然已經考慮過事理和文意，哪裏會需要劉同志在千年以後去替他修改文章呢？

　　在例（二二）中，原文"阿點點"有疑待校，劉同志改爲"何默默"，並釋"默默"爲昏闇不明義，那麼"刀劍晶光何默默"是説刀劍昏闇不明了，這和作者的原意相反。在例（二三）中，原文"愁懺懺"失韻待校，劉同志改作"愁戡戡"，又釋"戡"引申爲止息義，那麼"受罪之人愁戡戡"是説地獄罪人憂愁止息了，這又和作者的原意相反。這兩點下文還會提到。

　　關於例（二四）（二五），原文"大火終（冲）融滿地明，烟塵滿滿悵（張）天黑"，本來是描寫大火熊熊、濃煙滾滾的情景，却被劉同志將"滿地明"改爲"滿地滅"，"悵（張）天黑"改爲"長天息"，"言火滅煙息"。如何解釋"明"、"滅"之別呢？劉同志只用一句"反義致誤"，便把責任推給了原文。如何解釋"黑"、"息"之別呢？劉同志只説一句"字形有相近處”,這難道是充分的理由嗎？至於拙著校“悵天”爲“張天”,劉同志也用一句“‘張’字之校非是”抹殺,可是讀者只要參看拙著二四一頁注〔一六〕和六九五頁注〔三八〕,自會得出結論。

回顧例(二一)～(二五),不免令人感到驚詫:劉同志似乎有意要與原文對着幹。原文説“關閉得”,劉同志偏要改成“得開闢”。原文説“滿地明”,劉同志偏要改成“滿地滅”。原文説“悵(張)天黑”,劉同志偏要改成“長天息”。也就是説,劉同志偏要用反義詞去改竄原文,使原文表達的意思與本來的意思相反。實際上,原文這一段的意思是説,地獄之門既已打開,其中的苦難和恐怖的景象便展現出來。可是劉同志却理解爲“地獄既已打開,一切刀劍之類應失去作用,或不再如以前嚇人,罪人有出獄的希望,憂愁消失”。這在原文中找不到任何根據,而且明顯與作者原意相反。解救地獄苦難,並使一切刀劍之類失去作用,這是《目連救母變文》中激動人心的高潮,作者是留待後文中,如來親率徒衆駕臨地獄時,才極力加以渲染鋪陳的。(參看《變文集》七三八頁)劉同志以自己的臆想去審視原文,自然會發現原文與自己的臆想對立。可是劉同志不是因此而對自己的主觀臆想進行反思,而是不惜揮舞改竄的板斧,强行扭轉原文的方向以適應己説,以致與原文“對着幹”。劉同志對例(二二)(二三)的校改,也是循着這一錯誤方向,力圖證明他的主觀臆想,自然也是違背作者原意的。

在例(二六)(二七)中,原文“縱(蹤)由算當更無人”,劉同志又要改成“縱目看當更無人”。其實把“蹤由”寫作“縱由”,在《目連救母變文》中是習見的,如《變文集》七二一頁有“追放縱由天地邊”,七二九頁又有“追放縱由天地遍”,這兩處的“追放縱由”,拙著都校爲“追訪蹤由”,不知劉同志有無異議? 本段唱詞的“蹤由”,指的是打開地獄大門的事,“蹤由算當更無人”是説,算起來再無他人能夠打開地獄之門,所以下接“應是三寶慈悲力”,而歸功於佛的慈悲願力。依劉同志之説,則需改“由”爲“目”,改“算”爲“看”。原文書手是否果真會犯這等錯誤,姑且不論;像這樣改字立説,本已牽强犯忌,反説別人“失校”。

　　討論了以上二十七條被劉同志稱爲"難度很大而失校、誤校之例"，我不禁陷入了深深的迷惘：校勘、整理、研究敦煌文獻，究竟要達到什麼目標呢？難道是把敦煌文獻改竄得面目全非嗎？倘若如此，那真是古人之大不幸，"敦煌學"亦可以休矣。

　　敦煌文獻是祖先留給我們的一筆寶貴的文化遺産，是中華文化（不限於中華文化）的一大幸運。多年來海内外敦煌學的研究，已使中國和世界的許多學術門類有了長足的進展，而更大的進展則是可以預期的。作爲這筆文化遺産的現代繼承人，我們應該對它懷有十分尊重的態度、十分珍惜的心情，努力去恢復它的原貌，闡釋它的真義，使它在今天繼續爲人類文明的發展作出貢獻，而萬萬不可去傷害它。我曾看見過考古工作者清理出土文物的情景：那樣仔細地剔除粘連在外的泥土，使古物煥發光華；那樣小心翼翼地舉手投足，唯恐給古物造成任何新的損傷。我們研究敦煌文獻，雖然不一定接觸原卷實物，可是對於文獻的内容，也應該抱着十分嚴肅認真的態度。每改一字，每立一説，都要力求做到證據確鑿。雖然我們無法保證不犯錯誤（拙著也是一樣），可是在主觀上應該向這個方向努力，決不能愈校勘愈失真，愈解説愈走樣。這就需要以沉潛的功夫和艱苦的努力，去充分地占有材料。因爲我們的立説要以正確理解的材料爲根據，最終地要由材料來驗證，而不是離開材料，光説幾聲"必是"如何如何，便會如何如何的。在敦煌文獻的研究中，應堅持科學嚴謹、實事求是的態度，甚至可以説，這是我們對敦煌文獻應該承擔的一種義務。

（原載《敦煌研究》一九九二年第四期）

敦煌本《醜婦賦》校注商榷

敦煌本《醜婦賦》現存兩個寫本,甲卷:伯三七一六號,全篇完整,首尾皆題《趙洽醜婦賦一首》。乙卷:斯五七五二號,首尾皆殘,存一三行,起"結束則",止"書上趁",無前後題,據內容判定爲《醜婦賦》殘卷。本篇的校錄本有三種,分別載於潘重規《敦煌賦校錄》(載《華崗文科學報》第十一期,一九七八年十一月出版)、張錫厚《敦煌賦彙》(江蘇古籍出版社二〇〇三年七月出版)、伏俊連《敦煌賦校注》(甘肅人民出版社一九九四年五月出版)。其中張本錯訛較多,潘本錄文最精,故伏本即以潘本錄文爲底本,而伏本後出居上,校注最爲詳盡,作者鍥而不捨,在"後記"中對正文內容再加補充和改正,並且又發表《〈敦煌賦校注〉補正》一文(載《敦煌學》第二十二輯),再次對《校注》內容提出補正意見二十二條。《醜婦賦》篇幅短小,全文三百餘字,語言通俗,描寫生動,是敦煌俗賦的代表作品之一,受到研究者的重視和讀者的喜愛。然而正因爲語言通俗,反而增加了今天釋讀的困難。下面就對各家校注提出若干商榷意見,依照潘本文字逐條寫出。

畜眼已來醜數

伏注:畜眼,同"蓄眼",謂映入眼中。

楚按:"畜眼"一語,釋者有不同的讀音,不同的釋義。《漢語大詞典》"畜眼"條:"對自己眼睛的謙稱。唐杜甫《遭田父泥飲美嚴中丞》詩:'酒酣誇新尹,畜眼未見有。'"而對類似的"畜耳",《大詞典》也解釋爲:"對自己耳朵的謙稱。宋陳師道《次韻蘇公觀月聽琴》：‘殫精有後悟，畜耳無前聞。’”這是把“畜”字理解爲名詞，“牲畜”之義，把“畜眼”、“畜耳”作爲對自己眼睛、耳朵的謙稱，頗有太史公自稱“牛馬走”的意味。但這確實過於自我貶低了，今人不易接受。伏注稱“畜眼”同“蓄眼”，是完全正確的，但説“畜眼……謂映入眼中”，卻又不確了。這個“畜”（同“蓄”）是動詞，保有之義，“蓄眼”就是長有眼睛，“畜耳”就是長有耳朵，前舉各例皆應如此理解。伯三二一一號王梵志詩：“雖然畜兩眼，終是一雙盲。”是説雖然長了兩眼，仍是雙眼瞎，這個“畜兩眼”不可能理解爲對自己兩眼的謙稱，也不能理解爲映入兩眼。

幧飛蓬兮成鬢

這個“幧”字，張本録作“操”，校記稱原作“懆”。潘本録作“幧”，校記：“甲卷‘幧’作‘懆’，敦煌卷子‘巾’往往作‘忄’，疑當作‘幧’字，廣韻六豪：幧，同條，編絲繩也。言編飛蓬成鬢，鬢如飛蓬也。”伏本亦録作“幧”，有説曰：“按：‘懆’字即‘幡’字，敦煌寫本常移動字的結構，此將右下角之‘田’移至右方中間，幡，通‘翻’。《列子・周穆王》：‘老成子歸，用尹文先生之言深思三月，遂能存亡自在，幡校四時，冬起雷，夏造冰。’殷敬順釋文：‘幡音翻。校音絞，顧野王讀作“翻交四時”。’幡飛蓬兮成鬢，謂鬢翻飛蓬也。然甲、乙卷相較，乙卷作‘幧’義勝。”

楚按：乙卷此段原文缺失，所謂“乙卷作‘幧’義勝”之説乃空谷來風，沒有根據。甲卷此字右上部模糊難辨，似是書作“懆”，並非“幧”字。竊謂此字即是“幧”字。《方言》卷四：“絡頭，帞頭也。……自河以北，趙魏之間曰幧頭。”按《玉篇・巾部》：“幧，七消切。幧頭也，斂髮也。”因知“幧”即斂髮之義，斂髮之巾則曰幧頭。此字文獻中亦作“幓”、“帩”、“綃”、“襓”等多種形體，如樂府古辭《陌上桑》：“少年見羅敷，脱帽著帩頭。”《醜婦賦》“幧飛蓬兮成鬢”，言醜婦首如飛蓬，而以幧頭束之始能成鬢也。

無分利之伎量

伏注:潘本校記:"分利,猶犀利。"張本校記:"分疑爲'分'之形誤。"按:潘校"犀利"是。……犀利伎量:指用尖鋭的言詞駁倒對手的能力。

楚按:"犀利"的本義是堅固、鋭利,本來用於武器、工具等實物,引申而擴大應用範圍,則語言、目光等非實物之鋭利也可稱爲"犀利"。伏注"犀利伎量:指用尖鋭的言詞駁倒對手的能力",其實是從"言詞犀利"的用法聯想而來,並不符合作者的原意。原文"犀利伎量(倆)"是泛稱屬害的本領,並非專指言詞而言。

披掩則藏頭出屑

伏注:"屑"疑爲"齒"字之誤。"藏頭出齒"寫醜女青面獠牙之狀,作"屑"既意不工,又不叶韻。

楚按:伏注指出"作'屑'既意不工,又不叶韻",是正確的,疑爲"齒"字之誤,則並不恰當。原文"結束則前蹇後跨,披掩則藏頭出屑","結束"、"披掩"皆指衣裝穿著而言,並非形容容貌。所以我懷疑這個"屑"字是"尾"字之誤,"藏頭出尾"正是形容穿著之"前蹇後跨"、顧此失彼。其實"藏頭出尾"本是俗語,後世則多作"藏頭露尾",如元王曄《桃花女》雜劇二折:"不争我藏頭露尾,可甚的知恩報恩。"孔文卿《東窗事犯》雜劇二折〔鬭鵪鶉〕:"據着你這所爲,來這裏諕神瞞鬼,做的個藏頭露尾。"

以犢速兮爲行

伏注:疑"犢速"同"觳觫",皆屋部字;"以犢速兮爲行",指醜婦行動時象哆嗦發抖的老牛。

楚按:"犢速"是摇擺、摇晃的意思,亦作"獨速"。孟郊《送淡公》第三首:"儂是拍浪兒,飲則拜浪婆,脚踏小船頭,獨速舞短簑。""獨速"正是形容船頭作舞時的摇晃之狀。亦作"獨束",皎然《詩式·跌宕格二品·駁俗》："盧照鄰勞作詩：城狐尾獨束，山鬼面參覃。"按"犢"與"獨"同音，古書中常混用，如《吳越春秋·勾踐入臣外傳》："越王服犢鼻、著樵頭。"《太平御覽》卷六八八引作"王衣獨鼻慘（原注：音取遥反）頭"，即"犢"誤作"獨"之例。其實"獨速"、"獨束"、"犢速"都是口語記音的詞，並無區別，《醜婦賦》的"以犢速兮爲行"是描寫醜婦走路時左右搖擺的鴨行之狀。

聞人行兮撼戰

伏注：撼戰：挑起事物。《宋史·劉昺傳論》："亦使攘臂恣睢，撼戰無忌。"攘臂恣睢，正可借以描寫醜女撼戰之狀也。

楚按：《醜婦賦》的"撼戰"就是戰抖、顫抖，《破魔變文》："大者霧中覓走，少者雲中撼戰。"原文"聞人行兮撼戰，見客過兮自捶"是描寫醜婦對外界事物的反應過度而誇張，是一種心理疾患的表現。

罷故莊眉

伏注：罷，疑爲"擺"字缺泐；故，疑爲誤識"敷"字草書而誤者。"擺敷"蓋貼花黄之類。

楚按：原文"罷故"並没有錯，"罷"即廢棄、停罷之義，"故"即陳舊、過時之義，"罷故莊眉"就是廢棄舊粧。原文"何忍更塗香相貌，罷故莊眉"，是説無法忍受醜婦不斷地塗脂抹粉，更換舊粧，花樣翻新。清翟灝《通俗編》卷二二《婦女·脂粉加醜面》："《唐子》引諺曰：脂粉雖多，醜面徒加；膏澤雖光，不可潤草。"可作爲《醜婦賦》此二句之注脚。

人家有此恈疢

張本録作"怪疢"，校記："怪疢，原作'恈疢'，即'怪疢'之俗寫。"伏注：怪疢，怪病。這裏指醜婦。

楚按：據字形讀"恈疢"作"怪疢"雖然不錯，但這個"疢"字其

實是個錯字,應作"沴"。"沴"即灾害不祥之氣。《廣韻》去聲十二
霽:"沴,妖氣。"《莊子‧大宗師》:"陰陽之氣有沴。"成玄英疏:"陰
陽二氣陵亂不調,遂使一身遭斯疾篤。"唐佚名《虯蜉傳》:"竊見雲
物頻興,沴怪屢作。""沴怪"就是"怪沴"的同義倒文。《醜婦賦》的
"怪沴"猶云妖怪,是對醜婦極端厭惡的説法。

則須糠火發遣

伏注:發遣,發送。古代民間用米糠和水,用手粘麻杆,曬乾,
長數尺,插架上或木牌上,燃之,光與燭等,可作爲照明之燭炬,亦
可用來驅散鬼怪,此謂之"糠火發遣"。

楚按:中國古代雖有"糠燈"等物作爲照明之用,但未聞有"驅散
鬼怪"之説。承蒙張小艷女史見告,在敦煌《發病書》中也有用"糠
火"遣送令人生病的作祟之鬼的用例。下面引録伯二八五六《發病
書》中的兩例。其一:

未日病者小厄。未者小吉,天上商女,主將人,故知病者困厄
不死。賽(寒)熱,腰背痛,心中恍惚,狂言,大小便難,令人吐逆,
好食生吟(冷)。祟在水神、司命、丈人、土公、遣星死鬼、客死鬼
【爲祟】。男輕女重,鬼字阿公,亦字神公、仲和,在人舍東辰地,去
舍五十步,糠火,米人代送。亥日小差,丑日大差,忌卯。

又:

戌日病者大重,戌者天魁,天上北斗長史,主收人命,故知病
大【重】。頭目、腰背、胸協滿脹,咽喉不利,短氣吐逆,四支重,乍
寒乍熱,祟在天神、北君、家親、丈人、遣星死鬼、斷後鬼爲祟。鬼
字叔止、女山,在人舍南九十(十九)步或九十步,以脂餅十番、水
二杯,糠火送之。寅日小差,辰日大差,生死忌午。男差女劇。

所以張小艷説:"'糠火送',似指以糠水及其他供物遣送那些
令人生病的'作祟之鬼'。"《醜婦賦》既稱醜婦爲"怪沴",又云"則
須糠火發遣,不得稽遲",蓋比醜婦爲作祟致病之鬼物,應該盡快

休罷，大有"送瘟神"的意味。

所有男女總收取

伏注：總，原卷作"惣"。按：疑"惣"是"憑"之形誤，與下文
"任"字互文。男女：兒女。這句説發遣醜婦時讓她把所有兒女都
領走。

楚按："惣"字是"總"字異體，全都的意思，並非"憑"字形誤。
"所有男女總收取"是説發遣醜婦時把所有兒女都留下，而非讓醜
婦都領走，"收取"的主語是男方，而非醜婦。按中國古代宗法制
度，把子嗣看作家族血脉的承續，離婚時必須留下，不存在讓女方
領走的可能。在文學作品中，蔡琰《悲憤詩》中描寫"己得自解免，
當復棄兒子"一段，便是離異時母子告別的感人場景。

好去好住

潘校："住"原作"柱"，似當作"住"。

伏校：按：當作"往"，作"住"則義不通暢。

楚按：作"住"是。"好去"、"好住"是唐人送別時的祝願之語，
留者對行者稱"好去"，如杜甫《送張十二參軍赴蜀州因呈楊五侍
御》："好去張公子，通家別恨添。"白居易《送春歸》："好去今年江
上春，明年未死還相見。"行者對留者稱"好住"，如戎昱《送李參
軍》："好住好住王司户，珍重珍重李參軍。"《伍子胥變文》："子胥
別姊稱好住，不須啼哭淚千行。"《醜婦賦》的"好去好住"是發遣醜
婦之時雙方的告別之語。

信任依

潘校："信任依"，似脱一字。

張本録作"〔任〕信任依"，校記：任信，原脱"任"字，從潘本。

伏校：按"任"字疑爲"住"字形誤，此句當作"信住信依"，謂隨
你嫁給任何人。

楚按：各家校説不同，其實原文並無脱文，但"依"字是"伊"字的同音字，指醜婦，"信任"是任隨之義，"信任伊"應和上文連讀作"好去好住信任伊"一句，謂雙方離異之後，醜婦的去向全由自己，與男方再無關涉。

（原載《2013 敦煌吐魯番國際學術研討會論文集》，
成功大學中國文學系 2014 年 12 月出版）

讀變隨劄

金槍之難

《廬山遠公話》中有如下一段文字：

> 不見道孔丘雖聖，著久迷對曰之言。大覺世尊，上（尚）有金
> 槍之難。維摩居士，由（猶）遭光嚴童子喝責。忍辱先人，被歌利
> 王割截身體。①

這段話中連續引用了四個典故。第一個典故"孔丘雖聖，著久迷
對曰之言"，"著"當作"者"，屬上；"曰"當作"日"。"孔丘雖聖者，久迷
對日之言"用兩小兒辯鬥事，見《列子·湯問》：

> 孔子東遊，見兩小兒辯鬥。問其故。一兒曰："我以日始初出
> 時去人近，而日中時遠也。"一兒以日初出遠，而日中時近也。
> 一兒曰："日初出大如車蓋，及日中則如盤盂，此不爲遠者小而
> 近者大乎？"一兒曰："日初出滄滄涼涼，及其日中如探湯，此不爲

① 王重民等《敦煌變文集》，北京，人民文學出版社，一九五七，一八六頁。

近者熱而遠者涼乎?"孔子不能決也。兩小兒笑曰:"孰爲汝多知乎?"①

　　第三個典故"維摩居士,由遭光嚴童子喝責","由"通作"猶",事見《維摩詰經·菩薩品》:

　　　佛告光嚴童子:"汝行詣維摩詰問疾。"光嚴白佛言:"世尊,我不堪任詣彼問疾。所以者何? 憶念我昔出毗耶離大城,時維摩詰方入城,我即爲作禮,而問言:'居士從何所來?'答我言:'吾從道場來。'我問:'道場者何所是?'答曰:'直心是道場,無虛假故。發行是道場,能辦事故。深心是道場,增益功德故。菩提心是道場,無錯謬故。布施是道場,不望報故。持戒是道場,得願具故。忍辱是道場,於諸衆生心無礙故。精進是道場,不懈退故。禪定是道場,心調柔故。智慧是道場,現見諸法故。慈是道場,等衆生故。悲是道場,忍疲苦故。喜是道場,悦樂法故。捨是道場,憎愛斷故。神通是道場,成就六通故。解脱是道場,能背捨故。方便是道場,教化衆生故。四攝是道場,攝衆生故。多聞是道場,如聞行故。伏心是道場,正觀諸法故。三十七品是道場,捨有爲法故。四諦是道場,不誑世間故。緣起是道場,無明乃至老死皆無盡故。諸煩惱是道場,知如實故。衆生是道場,知無我故。一切法是道場,知諸法空故。降摩(魔)是道場,不傾動故。三界是道場,無所趣故。師子吼是道場,無所畏故。力無畏不共法是道場,無諸過故。三明是道場,無餘礙故。一念知一切法是道場,成就一切智故。如是善男子,菩薩若應諸波羅蜜教化衆生,諸有所作,舉足下足,當知皆從道場來,住於佛法矣。'説是法時,五百天人皆發阿耨

①楊伯峻《列子集釋》,北京,中華書局,一九九六,一八六頁。

多羅三藐三菩提心。故我不任詣彼問疾。"①

　　據以上經文所云，完全不是維摩居士遭光嚴童子喝責，而是維摩居士教化光嚴童子，《廬山遠公話》從根本上顛倒了經文的原意。這種顛倒完全是故意的，以便證明"下賤"也可以向聖人挑戰。從這裏也可以看到變文作者在創作上有很大的自由發揮的餘地。

　　第四個典故"忍辱先人，被歌利王割截身體"，"先"影本實作"仙"。"忍辱仙"是釋迦牟尼前生。《金剛經》："如我昔爲歌利王割截身體，我於爾時無我相，無人相，無眾生相，無壽者相。"②"忍辱仙"亦譯"羼提波梨"等，"歌利王"亦譯"迦梨王"等，此事見《賢愚經》卷二《羼提婆利品》：

　　　　此閻浮提，有一大國，名波羅㮈，當時國王名爲迦梨。爾時國中有一大仙士，名羼提波梨，與五百弟子處於山林，修行忍辱，於時國王與諸群臣夫人婇女，入山遊觀。……見諸女輩坐仙人前，尋即問曰："汝於四空定，爲悉得未？"答言"未得"。又復問曰："四無量心汝復得未？"答言"未得"。王又問曰："於四禪事，汝爲得未？"猶答"未得"。王即怒曰："於爾所功德皆言未有，汝是凡夫，獨與諸女在此屛處，云何可信？"又復問曰："汝常在此，爲是何人？修設何事？"仙人答曰："修行忍辱。"王即拔劍，而語之言："若當忍辱，我欲試汝，知能忍不？"即割其兩手，而問仙人，猶言"忍辱"。復斷其兩腳，復問之言，故言"忍辱"。次截其耳鼻，顏色不變，猶稱"忍辱"。……王乃驚愕，復更問言："汝云忍辱，以何爲證？"仙人答曰："我若實忍，至誠不虛，血當爲乳，身當還復。"其言已訖，血尋成乳，平完如故。……佛告比丘："欲知爾時羼提波梨者，則

──────────

①《大正藏》一四卷五四二頁下至五四三頁上。
②《大正藏》八卷七五〇頁中。

我身是。”①

至於第二個典故“大覺世尊，尚有金槍之難”的出處，注家皆未覓得，《大藏經》中也找不到“金槍之難”的説法。其實此事屢見佛典記載，只不過不作“金槍”罷了。《興起行經》載此事作“木槍”，卷上《佛説木槍刺腳因緣經第六》：

> 見此里中，有破剛木者，有一片木長尺二，逬在一邊，於佛前立，佛便心念：此是宿緣，我自作是，自當受之。衆人聞見，皆共聚觀。大衆見之，驚愕失聲。佛復心念：今當現償宿緣，使衆人見，信解殃對，不敢造惡。佛便踊在虛空，去地一刄，木槍逐佛，亦高一刄，於佛前立。佛復上二刄三刄四刄，乃至七刄，槍亦隨上七刄。世尊復上高一多羅，槍亦高一多羅。佛復上乃至七多羅，槍亦隨上，立於佛前。佛復上高七里。槍亦高七里。佛復上高十里，槍亦如是。佛復上高一由延，槍亦隨之。佛復上七由延，槍亦上隨之。佛於空中化作青石，厚六由延，縱廣十二由延，佛於上立，槍便穿石出，在佛前立。佛復於空中化作水，縱廣十二由延，深六由延，於水上立，槍復過水，於佛前立。佛復於空中化作大火，縱廣十二由延，高六由延，於焰上立，槍亦過焰，至佛前立。佛復於空中化作旋風，縱廣十二由延，高六由延，於風上立，槍從傍邊斜來，趣佛前立。佛復上至四天王宮殿中住，槍亦來上，在佛前立。佛復上至三十三天上壁方一由延琉璃石，佛於上立，槍亦來上，在佛前立。……佛便心念：是緣我宿自造，必當償之。即取大衣，四疊襞之，還坐本座。佛便展右足，木槍便從足跌上下入，徹過入地。……佛被刺已，苦痛辛痛疼痛斷氣痛。……佛語此等比

---

① 《大正藏》四卷三五九頁下至三六〇頁中。

丘："且止莫涕，我乃先世自造此緣，要當受之，無可逃避處。"①

這段經文寫佛遭木槍之難，是爲了"現償宿緣"，可是"宿緣"是怎麼回事，却没有説。《慧上菩薩問大善權經》卷下回答了這個問題，"木槍"作"鐵釴"：

> 今於此地，當有鐵釴，自然來出，入佛右足大指。語未竟，釴在佛前。目連白佛："今拔鐵釴，著異世界。"佛言："不然。"時大目揵連以精進力欲拔鐵釴，是三千大千世界爲大震動，不能搖釴如毛髮也。於是世尊則往梵天，釴輒隨之。如來還坐，釴則住前。是時如來右手取釴，以足蹈上。目連白佛："如來本罪，而獲釴殃？"佛時告曰："昔與五百賈人共入大海，時有一人心懷惡意，吾時害之，是其餘殃。"②

原來佛在前世中，曾經加害過一個"心懷惡意"的賈人，本屬自衛性質，却因此受其餘殃，遭鐵釴之報。那麼"釴"又是什麼東西呢？按《爾雅·釋器》："（鼎）附耳外謂之釴。"郭璞注："鼎耳在表。"郝懿行義疏："附耳外者，言近於耳而在外之處謂之釴，釴猶翼也。"③因此"釴"是附耳在外的鼎，這樣的"釴"是無法用來刺入佛的右足大指的。別本"釴"作"杙"，"杙"的本義是短而尖的木樁，經文的"鐵杙"和變文的"金槍"是同一類事物。

《大寶積經》卷一〇八也記載此事，"鐵杙"作"佉違羅刺"。經文首先敘述了佛的前世，與五百賈人入海，其中有一惡人，欲殺五百賈人，劫其珍寶。於是佛爲護此五百賈人故，害此惡人。在詳敘這一佛本生因緣後，接下寫道：

---

① 《大正藏》四卷一六八頁。
② 《大正藏》一二卷一六四頁上。
③ 郝懿行《爾雅郭注義疏》中之二，北京，中國書店，一九八二，一五頁。

　　善男子，如來爲一切衆生故，而作是方便，示現佉違羅刺。善男子，爾時佉違羅刺刺如來足，善男子，佛神力故，令刺入足。何以故？如來金剛之身無能壞者。善男子，昔舍衛城中有二十人，皆是最後邊身。彼二十人更有怨家二十人，各各思惟：我當爲作親友，而至其舍，奪其命根，不向人説。善男子，彼時二十最後身者，及二十怨家人，以佛神力故，共至佛所。善男子，如來爾時爲調伏是四十人故，於大衆中告大目犍連言："今此地中出佉違羅刺，欲刺吾右足。"未至足之間，此佉違羅即從地出，長一肘。當出之時，目連白佛言："世尊，我今當取此刺擲著他方世界。"佛告目連："非汝所能。此佉違羅刺今在此地，汝不能拔。"爾時目連以大神力前拔此刺，於時三千大千世界皆大震動，一切世界隨刺而舉，不能動刺乃至一毛。善男子，爾時如來以神通力上四天王，彼佉違羅刺亦隨佛去。爾時如來復至三十三天、夜摩天、兜術天、化樂天、他化自在天，刺亦隨去，乃至梵天亦復如是。爾時如來從梵天還至閻浮提舍衛城中本所坐處，刺亦逐還，至此地中，竪向如來。爾時如來即以右手捉佉違羅刺，左手安地，右腳踏之。爾時三千大千世界皆大震動，時尊者阿難即從坐起，偏袒右臂，爲佛作禮，合掌向佛，而作是言："世尊，往昔作何等業，得如是報？"佛告阿難："我過去世入大海中，持鐅刺人，斷其命根，阿難，以此業緣得如是報，善男子，我説是業緣已。"彼時二十怨賊欲害二十人者作是思惟：如來法王尚得如是惡業之報，況我等輩不受此報。是二十人即從座起，頭面禮佛，作如是言："我等今日向佛悔過，不敢覆藏。世尊，我先惡心欲害彼人，今重悔過，不敢覆藏。"爾時世尊爲彼人故，説作業緣及盡業緣。時二十人聞是法已，即得正解，及四萬人亦得正解。是故如來示佉違羅刺刺足，是名如來方便。①

---

①《大正藏》一一卷六〇五頁上、中。

經文中的“佉違羅”是一種樹木，質地堅硬。“佉違羅刺”和《佛説木槍刺腳因緣經》中的“木槍”，亦即“破剛木”，也是同類的事物。

吼　石

《秋吟》是僧徒爲化募寒衣而表演吟誦的説唱辭，文字較其他敦煌通俗唱文典雅，也使用了一些典故，算不算是“變文”，學者們還有不同意見，這裏且不討論。其中有一段文字説：

> （赤）髭論伯，亭（停）飛吼石之關，白足高僧，住演摧峯（鋒）□□。①

其中的“赤髭論伯”即佛陀耶舍。《高僧傳》卷二《佛陀耶舍》：

> 佛陀耶舍，此云覺明，罽賓人也，婆羅門種。……舍爲人赤髭，善解《毗婆沙》，時人號曰“赤髭毗婆沙”。②

因此後人亦以“赤髭”稱高僧。而“白足高僧”則是曇始。《高僧傳》卷一〇《釋曇始》：

> 始足白於面，雖跣涉泥水，未嘗沾涅，天下咸稱“白足和上”。時長安人王胡，其叔死數年，忽見形還，將胡遍遊地獄，示諸果報。胡辭還，叔謂胡曰：“既已知因果，但當奉事白足阿練。”胡遍訪衆

①王重民等《敦煌變文集》，北京，人民文學出版社，一九五七，八一〇頁。
②《大正藏》五〇卷三三三頁下至三三四頁中。

僧，唯見始足白於面，因而事之。①

因此後人亦以“白足”泛稱高僧。以上兩個典故出自《高僧傳》，不難檢尋。但上引《秋吟》文字的第二句“停飛吼石之關”，顯然也用了典故，却並非如此容易檢尋，在現有的檢索工具中，查不到“吼石”的詞條，這就只有到“腹笥”中去檢尋了。搜索枯腸，終於記起了一條用例，見於王勃《釋迦如來成道記》：

> 或提婆鑿眸而作器，陳那吼石以飛聲。②

顯然，“停飛吼石之關”和“陳那吼石以飛聲”用的是同一典故。從後一句可以知道，這個典故和“陳那”有關。陳那是何許人呢？他是天竺佛教史上的著名人物，佛學和因明學的大師。《大唐西域記》卷一〇《案達羅國》：

> 陳那菩薩者，佛去世後，承風染衣，智願廣大，慧力深固，愍世無依，思弘聖教。……於是覃思沈研，廣因明論，猶恐學者懼其文微辭約也，乃舉其大義，綜其微言，作《因明論》，以導後進。③

湛然《止觀輔行傳弘決》卷一〇之一，提到了陳那裂石的傳說：

> 言三仙者，第一迦毗羅，此翻黃頭，頭如金色，又云頭面俱如金色，因以爲名。恐身死，往自在天問。天令往頻陀山取餘甘子食，可延壽。食已，於林中化爲石，如床大。有不逮者，書偈問石。

---

①《大正藏》五〇卷三九二頁中。
②《四部備要》六八册《初唐四傑文集》卷六，北京，中華書局，一九八九，四七頁。
③《大正藏》五一卷九三〇頁中、下。

後爲陳那菩薩斥之，其書偈石裂。①

　　"其書偈石裂"和《秋吟》的"吼石"應該就是一回事，但在字面上還不能完全貼合，仍然給人留下了疑問。在智周《成唯識論演秘》卷一末中詳細地記載了這個傳説：

　　　　又相傳云：劫初之時，有一外道，舊百論等，名伽毗羅，此人修道，得五通仙，造略數論已，知世無常，身不久住，恐他於後破所造論，遂欲留身久住，與他論難。往自在天所，請延壽法。自在天云：汝可往林，食餘甘子，即可久住。其餘甘子，未熟之時，其色乃青；若已熟者，其色黄白，此即仙藥。此藥初食，酸苦少味；食已若飲冷水，口中甘味猶如食蜜，因以名焉。仙獲此藥，乃恐無常，更往天所，復請延年。天云：斷爲一物，最得長壽。天遂變仙爲一方石，可一丈餘，在頻陀山餘甘子林。陳那菩薩造《因明論》成，以宗因喻破其數論。彼仙門徒莫能通者，將陳那難辭書之於石，石尋書答。陳那知已，與仙門屬共往石所，書難在石，同對記之。明旦來看，尋書解訖。如是復書，日日往看，至二三日，方始能解。陳那復書，七日方解。如是復書，更不能釋，其石流汗，大吼振碎，迸在空中。於是天神掌捧陳那，住在空中，説頌讚歎。時衆既覩，於是陳那所造諸論盛行於世。②

　　引文中的"其石流汗，大吼振碎，迸在空中"便是《秋吟》的"吼石"，應無異義。因此"吼石"是形容辯難的無堅不摧。《秋吟》的"赤髭論伯，停飛吼石之關，白足高僧，住演摧鋒□□"幾句，其實只是化募寒衣的僧徒説自己停止了日常的宗教活動，以便外出化緣而已。不過《秋

①《大正藏》四六卷四三四頁中。
②《大正藏》四三卷八二五頁下至八二六頁上。

吟》的整體寫作水平，顯示作者具備了較高的佛學素養和文學功底，並不是下層的僧人。而外出的吟唱《秋吟》以化募寒衣的僧人們，大概只是利用了現成的《秋吟》作爲底本四處化緣，並不是《秋吟》的作者。《秋吟》的開頭部分有"蓋以某官德風□□，□露遐彰"之類的話，這個"某官"並没有確定是什麽官，而化緣的僧人在每次化緣時，便用化緣對象的具體官銜來取代這個"某官"。

旁　箕

《敦煌變文集》收入《无常經講經文》一種，校記云：

> 本卷編號爲伯二三〇五，標題原缺，啓功云：據文内引及《无常經》云"上生非想處"等句，内容上均闡述无常之義，故擬定今題。①

但周紹良先生認爲據其内容，應是七首解座文的彙集。張涌泉、黄征《敦煌變文校注》收入此篇，即定名爲《解座文匯抄》，内容包含解座文八則。按周先生認定此卷爲解座文彙抄，完全正確。但此卷彙抄的解座文，應是八首，而非七首。

在第四首解座文的最後有一段話：

> 更擬説，日西垂，坐下門徒各要歸，忽然逢着故醋擔，五十茄子兩旁箕。②

---

① 王重民等《敦煌變文集》，北京，人民文學出版社，一九五七，六七〇頁。
② 王重民等《敦煌變文集》，北京，人民文學出版社，一九五七，六六一頁。

最後一句之下,《敦煌變文校注》有注云:

> 此聯不詳何意,存疑俟考。任半塘校"旁箕"爲"蟛蜞",近是。①

今檢任半塘《敦煌歌辭總編》卷四【爲大患】(調名本意),附見此段文字,録文作"五十茄子兩蟛蜞"②,是徑改"旁箕"爲"蟛蜞"了。

那麼"蟛蜞"又是什麼東西呢?《漢語大詞典》對"蟛蜞"的解釋是:

> 即蟛蚏。王毓岱《乙卯自述一百四十韻》:"爭原消鷸蚌,文敢詡蟛蜞。"③

按"蟛蜞"是一種小蟹,多産於海畔等地。劉恂《嶺表録異》卷中:

> 竭朴,乃大蟛蜞也。殼有黑斑,雙螯一大一小,常以大螯捉食,小螯分自食。④
>
> 招潮子,亦蟛蜞之屬,殼帶白色。海畔多潮,潮欲來,皆出坎,舉螯如望,故俗呼招潮也。⑤

可知"蟛蜞"與"竭朴"、"招潮"同是海邊的蟹類。而伯二三〇五號解座文集是敦煌藏經洞所出寫卷,是俗講藝人向聽衆演講的底本。"更擬説,日西垂,坐下門徒各要歸,忽然逢着故醋擔,五十茄子兩旁箕"幾句,是散座時打趣的話,既幽默風趣,又貼近生活,才能使聽講的下層民衆一笑而歸。假如其中夾雜着西陲民衆既不熟悉,又和他們生

---

①張涌泉、黃征《敦煌變文校注》,北京,中華書局,一九九五,一一八二頁。

②任半塘《敦煌歌辭總編》,上海古籍出版社,一九八七,一一一四頁。

③《漢語大詞典》第八卷,上海,漢語大詞典出版社,一九九一,九四八頁。

④《影印文淵閣四庫全書》,臺灣商務印書館,五八九册九一頁。

⑤《影印文淵閣四庫全書》,臺灣商務印書館,五八九册九二頁。

活毫無關係的某種海邊的蟹類，又怎能贏得他們會心的微笑，博得個滿堂彩呢？

因此我認爲原卷的"旁箕"不可能是"螃蜞"之誤，那麼"旁箕"是什麼呢？我認爲原文"箕"字不錯，"旁"則應作"篣"，"篣箕"是竹編盛物器。《全唐詩》卷五六七鄭嵎《津陽門詩》："大開內府恣供給，玉缶金筐銀簸箕。"句下有原注云：

　　　　　至於篣筐簸箕釜缶之具，咸金銀爲之。①

原注中的"篣"字，也應與下"筐簸箕"同例從竹，作"篣"字。解座文的"篣箕"即是《津陽門詩》原注中"篣筐簸箕"之屬。按《方言》卷五："箕，陳魏宋楚之間謂之籮。"②又卷一三："籠，南楚江沔之間謂之篣，或謂之笯。"郭璞注："今零陵人呼籠爲篣。""笯"下注："亦呼籃。"③可知"篣箕"就是籠、籮、籃之類的盛物器具。解座文中的"忽然逢着故醋擔，五十茄子兩篣箕"，説的似乎只是柴米油鹽之類的瑣事，然而對於普通的民衆來説，柴米油鹽便是他們的真實生活。"五十茄子兩篣箕"的意思，大概是説五十文錢便可買得茄子兩篣箕之多，這應該不是正常的價格，而是天色已晚時菜販急於拋售時的低廉價格。當日色西垂，俗講散場時，俗講藝人調侃聽衆説"忽然逢着故醋擔，五十茄子兩篣箕"，説不定回家的路上還能買到臨時降價的商品呢。而聽衆們不管是否真的想趕上買便宜貨，都會在哄笑聲中帶着愉快的心情回家。

（原載《新世紀敦煌學論集》，

巴蜀書社，二〇〇三年三月）

---

① 《全唐詩》，北京，中華書局，一九七九，六五六四頁。
② 錢繹《方言箋疏》，上海古籍出版社，一九八四，三二二頁。
③ 錢繹《方言箋疏》，七九八頁。

從印度走進中國

——敦煌變文中的帝釋

帝釋,又稱帝釋天、天帝釋等,音譯釋迦提桓因陀羅,略稱釋提桓因,是佛經中的忉利天主。《大智度論》卷五六:

> 昔摩伽陀國中有婆羅門,名摩伽,姓憍尸迦,有福德大智慧。知友三十三人,共修福德,命終皆生須彌山頂第二天上。摩伽婆羅門爲天主,三十二人爲輔臣。以此三十三人故,名爲三十三天。喚其本姓,故言憍尸迦,或言天主,或言千眼等。

這裏説的就是帝釋。帝釋在佛經中的出現頻率很高,在《敦煌變文集》所收的敦煌變文中,帝釋也在那些佛教題材作品中頻頻亮相,這是很自然的事情。不過我們也意外地發現,在有些中土題材的敦煌變文中,帝釋卻從印度走進了中國,成爲了中國民眾信奉的神祇,在中國民眾的生活中扮演了超自然力量的角色。

董永賣身葬父、天女助織的故事,在中國流傳了兩千年,可謂家喻户曉。《董永變文》描寫董永與天女相遇,天女對他説:

> 郎君如今行孝儀,見君行孝感天堂。數内一人歸下界,暫到濁惡至他鄉。帝釋宮中親處分,便遣汝等共田常(填償)。不棄人微同千載,便與相逐事阿郎。

這裏說的是帝釋在天宮被董永行孝所感動，遂派遣天女到下界與董永結爲夫婦，共償債務。試比較最早記載董永故事的劉向《孝子傳》（《法苑珠林》卷六二引）：

> 道逢一女，呼與語云：“願爲君妻。”遂俱至富公。富公曰：“女爲誰？”答曰：“永妻，欲助償債。”公曰：“汝織三百疋，遣汝。”一旬乃畢。女出門謂永曰：“我天女也，天令我助子償人債耳。”語畢，忽然不知所在。

再比較干寶《搜神記》卷一董永條：

> 女出門，謂永曰：“我，天之織女也。緣君至孝，天帝令我助君償債耳。”語畢，凌空而去，不知所在。

變文中的“帝釋宮中親處分，便遣汝等共田常（填償）”，便是《孝子傳》中的“天令我助子償人債耳”和《搜神記》中的“天帝令我助君償債耳”，這個帝釋便相當於中土的“天”或“天帝”，也就是上帝。《董永變文》雖然說的是中土孝感故事，其中也顯露了佛教思想的痕迹，如天女說的“暫到濁惡至他鄉”，“濁惡”便是佛教用語，即“五濁惡世”，這裏用指人世間。下文說到“阿耨池邊澡浴來”，“阿耨池”即阿耨達池，是佛經中的衆水之源。至於變文開篇說的“好事惡事皆抄錄，善惡童子每抄將”，也是佛教的思想。正是在佛教思想的影響下，來自佛經的“帝釋”取代了中土的“天”和“天帝”。

《舜子變》寫的是舜子即位前的家庭矛盾故事。後阿娘三次設計謀害舜子，其中有兩次，帝釋化身解救了舜子。第一次後阿娘誣陷舜子，挑唆舜父瞽叟毒打舜子：

> 瞽叟打舜子，感得百鳥自鳴，慈烏灑血不止。舜子是孝順之

男，上界帝釋知委，化一老人，便往下界來至，方便與舜，猶如不打相似。

第三次後阿娘設計，教舜子淘井，挑唆瞽叟以大石填塞井口：

> 阿耶不聽，拽手埋井。帝釋變作一黄龍，引舜通穴往東家井出。

其實在舜的時代，佛教還没有在印度産生。而在中國的民間故事中，帝釋却作爲濟危解困的救世主，在舜子最危急的時候出現，在他身上，寄託了民衆祈盼正義獲勝的美好願望。同樣，在《廬山遠公話》中，遠公爲償還前生的宿債，必須賣身給崔相公爲奴，就在這時，帝釋出現了：

> 須臾之間，敢（感）得帝釋化身下來，作一箇崔相公使下，直至口馬行頭，高聲便唤口馬牙人："此箇量口，並不得諸處貨賣，當朝宰相崔相公宅内，只消得此人。若是别人家，買他此人不得。"牙人聞語，盡言實有此是（事），遂領遠公來至崔相宅。

帝釋的化身出現，助成了遠公償還宿債計劃的實現。而在《葉净能詩》中，帝釋又摇身一變，變成爲道教的最高神祇：

> 書云：净能年幼，專心道門，感得天（大）羅宫帝釋，差一神人，送此符本一卷與净能，令净能志心懃而學，勿遣人知也。得成，無所不遂，尊師匆（忽）宏（要）昇天，須去即去，須來便來。推五岳即須臾，喝太陽（大洋）海水，時向逆流。通幽洞微，制約宇宙，造化之内，無人可皆（偕）。若不志道法之玄心，都被符所損。天上天下，一切靈祇名字，留在此符本之中，吾亦不能言，忠（患）人知天

文。辭尊師去後,於大羅天中,爲期相見。

"大羅天"本是道教最高神祇的治所,法琳《辯正論·九箴篇》:

> 道士《大霄隱書》、《無上真書》等云:無上大道君,治在五十五
> 重無極大羅天中,玉京之上,七寶玄臺,金牀玉几,仙童玉女之所
> 侍衛,住在三十三天三界之外。

《雲笈七籤》卷三《道教三洞宗元》:

> 最上一天名曰大羅,在玄都玉京之上,紫微金闕,七寶騫樹麒
> 麟師子化生其中,三世天尊治在其內。

《葉净能詩》中的帝釋作爲大羅天主,遣神人送符本一卷與净能,此符
本"通幽洞微,制約宇宙,造化之內,無人可皆(偕)",這顯然是道教符
籙派的神通。而在《不知名變文》中,來自佛教的帝釋又成爲中國民間
巫術的神祇,居然得到佛教徒的認可:

> 更有師師謾語一段,脱空下□燒香呵,出來頃去。逡巡呼亂
> 説詞。弟一且道上頭底,弟二東頭底,弟三更道西頭底。華北太
> 山,天帝釋,北君神,白華樹神,可暹迴鎮靈公,河伯將軍,獵射壬
> 子,利市將軍,水草道路,金頭龍王,可汗大王,如此配當,終不道
> 著老師闍梨。

這段文字的內容不是十分明白,大意批判在爲病人解除病厄時的"師
師謾語"。"師師"指的是巫師,"謾語"就是謊話。巫師在爲病人作法
時念説了一大堆民間信仰的俗神,其中就有"天帝釋"在內,却"終不道
著老師闍梨"。"老師闍梨"指的是僧徒和尚。變文作者顯然是以佛教

信徒的身份,批判巫師的胡亂説詞,可是他却把"天帝釋"也包括在那一大堆巫術的神祇之中,這也證明了"帝釋"已經成爲民間巫術信仰神祇中的一員了。

來自印度的佛教神祇帝釋,爲什麽能够走進中國民衆的世俗生活,變成中國民衆信奉的本土化神祇呢?我們不妨先從帝釋的名稱説起。帝釋本名釋提桓因,漢文佛經亦譯作帝釋天、天帝釋等。宋錢易《南部新書》己:

> 釋提桓因者,忉利天王之號也,即帝釋二字,華梵雙彰。帝是華言,即王主義;釋乃梵字,此字譯云能。今言釋提桓因者,梵呼訛略,具正合云釋伽婆因達羅,此云能天主。餘如《智度論》釋。

錢易認爲"帝"是華言,即王主義。這個"帝"在華言中也可以指稱天帝,如《離騒》"我令帝閽開關兮",王逸章句:"帝謂天帝。"而"帝釋天"的"天",在佛經中指天界或天界的生類,在華言中也可以指稱天帝,如前引劉向《孝子傳》中的"天令我助子償人債耳"。其實,帝釋的梵文名稱本身就具有天帝的意義,慧琳《一切經音義》卷二七"釋提桓因"條:

> 釋迦提婆因達羅。釋迦,刹帝利姓,此云能也;提婆,天也;因達羅,帝也。即釋中天帝也。

因爲帝釋的名稱本身就有天帝的意思,因此有些漢譯佛典就用"天帝"來稱呼帝釋,如吳支謙譯《太子瑞應本起經》卷下:

> 天帝知佛意即下,以手指地,水出成池,令佛得用。……佛言:吾朝得卿飯於此,食已,念欲澡漱,天帝釋指地,令有水出,汝當名此爲指地池。

前云"天帝"，後云"天帝釋"，知"天帝"即"天帝釋"。也是支謙所譯《維摩詰經》卷下：

> 於是天帝釋白佛言：多福哉世尊，得近如來。……佛言：善哉善哉，天帝，吾代汝喜。

前云"天帝釋"，後云"天帝"，知"天帝釋"也就是"天帝"。《經律異相》卷二《帝釋從野干受戒法》（出《未曾有經》上卷），載昔比摩國徙陀山有一野干，爲師子所逐，墮一丘野井，已經三日，開心分死。下云：

> 帝釋聞之，與八萬諸天追尋所在，飛到井側，曰："不聞聖教久，幽冥無導師。向説非凡語，願爲宣法教。"答曰："天帝無教訓，大不識時宜。法師在下，自處其上，初不修敬，而問法要。"帝釋垂天衣，接取野干，叩頭懺悔。天帝言曰："憶念我昔曾見世人欲聞正法，先敷高坐，莊飾清净，後請法師。"諸天即各脱天寶衣，積爲高座。

"帝釋"與"天帝"雜出，"帝釋"也就是"天帝"。在中土的佛教故事中，也有把"帝釋"稱爲"天帝"的。《太平廣記》卷九五《洪昉禪師》（出《紀聞》）：

> 昉晨方漱，有夜叉至其前，左肩頭負五色毯而言曰："帝釋天王請師講《大涅槃經》。"……禪師既到天堂，天光眩目，開不能得。天帝曰："師念彌勒佛。"昉遽念之，於是目開不眩，而人身卑小，仰視天形，不見其際。天帝又曰："禪師又念彌勒佛，身形當大。"如言念之，三念而身三長，遂與天等。

而在中土，"天帝"就是上天的主宰者，亦即上帝。《荀子·正論》："居

如大神,動如天帝。"《戰國策·楚一》:

> 虎求百獸而食之,得狐,狐曰:"子無敢食我也。天帝使我長
> 百獸,今子食我,是逆天帝命也。"

佛經中"天帝釋"的名稱中包括了"天"和"帝",乃至被徑稱爲"天帝",這和中土對上天最高神祇的稱謂是一致的,因而"帝釋"被中國民間理解爲中土的"天帝"就是可能的。《董永變文》中的"帝釋宮中親處分,便遣汝等共田常(填償)",這個"帝釋"便取代了劉向《孝子傳》中的"天"和《搜神記》中的"天帝",來自印度的"帝釋"就這樣走進了中國,成爲中國民間信奉的神祇。

帝釋要爲中國的民衆所接受,首先要讓中國的民衆熟悉他。自唐代開始,帝釋也確實對中國的社會政治生活產生了廣泛的影響。唐代把正月、五月、九月稱爲"三長月",有種種的禁忌,這就和帝釋有關。宋吳曾《能改齋漫録》卷二《正五九月不上任》:

> 本朝士大夫,相傳正月五月九月不上任,以火德王天下,正五
> 九月皆火德生壯老之位,其説無稽也。其後見寶苹《唐書音訓》,
> 其注《高祖紀》"正五九三月不行死刑",引釋氏《智度論》曰:天帝
> 釋以大寶鏡照四大神洲,每月一移,察人善惡。正月五月九月照
> 南贍部洲,故以此月省刑修善。予以是知正五九所以不上任者,
> 政以此耳。蓋士大夫初到官,必施刑責。今之州郡所以爲供給
> 者,此三月不支羊肉錢,蓋沿唐故事。但歷時久遠,無有能討其源
> 流者耳。

吳曾的説法獲得普遍的認同。但也有人提出不同的意見。宋戴埴《鼠璞》卷上《正五九三長月》:

今俗人食三長月素，按釋氏《智論》，天帝釋以大寶鏡照四大神州，每月一移，察人善惡，正五九月照南贍部洲。唐人於此三月不行死刑，曰三長月。節鎮因戒屠宰，不上官。是以天帝釋爲可欺也，妄誕可笑。然《月令》於"孟春"言無傷胎卵，毋聚大衆，不可稱兵。於"仲夏"言君子齋戒，必掩身毋躁，薄滋味，節嗜慾，靜事毋刑。於"季秋"言命衆百官無不務内，以會天地之藏，無有宣出。豈時令當然耶？

戴埴認爲"三長月"食素、戒屠宰、不上官等等的根據，與天帝釋無關，並引《禮記·月令》來説明可能是"時令當然"。然而宋趙與時《賓退録》卷三：

今人以月一日、八日、十四日、十五日、十八日、二十三日、二十四日、二十八日、二十九日、三十日，不食肉，謂之十齋，釋氏之教也。余按《唐會要》武德二年正月二十四日詔：自今已後，每年正月、九月及每月十齋日，並不得行刑，所在公私，宜斷屠釣，永爲常式。

其實，在《大智度論》中並没有關於"三長月"的説法。姑不論"三長月"出自《大智度論》、"十齋日"出自"釋氏之教"之類的説法是否科學，而在古代民間是普遍地把"三長月"與帝釋聯繫在一起的，這當然增加了帝釋的知名度和介入民衆生活的程度。

至於戴埴説："唐人於此三月不行死刑，曰三長月。節鎮因戒屠宰，不上官。是以天帝釋爲可欺也，妄誕可笑。"其實，善意地欺騙一下天帝釋，正是顯示了中國民衆的那一點小聰明。因爲要弄一點小聰明來糊弄一下神祇，以達到揚善隱惡的效果，正是中國民間的傳統。例如道教有"三尸"之説，《雲笈七籤》卷八一引《太上三尸中經》曰：

　　人之生也，皆寄形於父母胞胎，飽味於五穀精氣，是以人之腹中，各有三尸九蟲，爲人大害。常以庚申之日，上告天帝，以記人之造罪，分毫錄奏，欲絶人生籍，減人禄命，令人速死。死後魂昇於天，魄入於地，唯三尸遊走，名之曰鬼。四時八節，企其祭祀。祭祀既不精，即爲禍患，萬病競作，伐人性命。

"三尸"又稱"三彭"。張讀《宣室志》卷一：

　　夫彭者，三尸之姓，常居人身中，伺察功罪，每至庚申日，籍於上帝。

然而中國民衆自有對付三尸（三彭）的辦法。《僧史略》卷下《結社法集》：

　　近聞周鄭之地，邑社多結守庚申會。初集鳴鐃鈸，唱佛歌讚，衆人念佛行道，或動絲竹，一夕不睡，以避三彭奏上帝，免注罪奪算也。

在三彭奏報上帝之夕，做一些功德善事，有效地避免了三彭向上帝"告密"。同樣向上帝"告密"的還有竈神。《太平御覽》卷一八六引《（淮南）萬畢術》："竈神晦日歸天，白人罪。""竈神"也稱"竈君"。宋范成大《祭竈詞》：

　　古傳臘月二十四，竈君朝天欲言事。雲車風馬小留連，家有盃盤豐典祀。猪頭爛熟雙魚鮮，豆沙甘鬆粉餌圓。男兒酌獻女兒避，酹酒燒錢竈君喜。婢子鬪爭君莫聞，猫犬觸穢君莫嗔。送君醉飽登天門，杓長杓短勿復云，乞取利市歸來分。

這也是在竈神上奏之日，耍點小聰明，以好酒好肉的豐盛的典祀來賄賂竈神。這和在帝釋寶鏡照察南贍部洲的三長月食素戒殺等等,完全出於同一種心理。也正是在這個過程中,帝釋廣泛地介入了中國民衆的社會生活,拉近了和中國民衆的心理距離,以至於有可能被中國民衆認同爲本土的神祇。

上文提到,在敦煌變文中,帝釋還作爲道教的神祇出現。《叶净能詩》:"感得大羅宮帝釋,差一神人,送此符本一卷與净能。""大羅宮"是道教神仙世界的最高宮府,"大羅宮帝釋"也具有道教最高神祇的地位。所以明代王世貞把帝釋和道教最高神祇玉皇相提並論。《弇州續稿》卷六六《金母記》:

> 世之仙者,凡九品。一九天真王,二三天真皇,三太上真人,四飛天真人,五靈仙,六真人,七靈人,八飛仙,九仙人。當其成也,所謂先木公而後金母。受事訖,乃得朝元始靈寶與玉帝。玉帝者,釋家所稱天帝釋也。

又卷二四《偶成》之十二:

> 長春占斷維摩刹,靈噩平增德士巾。歸睹玉皇稱帝釋,始知元是一家人。

最後一句"始知元是一家人",點明了"玉皇稱帝釋"實際上是佛道融合的結果。

明彭大翼《山堂肆考》卷一七《崑崙五色》:

> 《十洲記》:崑崙號崑崚,在西海之戌地,北海之亥地,去岸十三萬里,又有弱水周迴繞之,山形如偃盆,下狹上廣,故曰崑崙。又釋氏家謂之須彌山,爲帝釋天所居。

《十洲記》相傳是東方朔所著。《山堂肆考》在引用《十洲記》後又説"釋氏家謂之須彌山"，這是把道教的仙山崑崙山和帝釋天所居的須彌山合二而一了。

王世貞《弇州四部稿》卷一七二《宛委餘編十七》：

> 《人鳥山經》云：佛經稱須彌山，即人鳥山，又名玄圃山，或名大地金根山、本無妙玄山、元氣寶洞山、神玄七轉觀天山，綦布三百六十億萬里，自然七寶宮殿，爲元始天尊治。按佛經稱須彌山頂爲帝釋天所居，山頂四面峰挺出，各高七百由旬，金銀琉璃玻璃真珠車渠碼磇之所莊校，然其上復有諸天。道經所稱人鳥山在諸天最尊處，似不同也。

這裏又把道教元始天尊治所的人鳥山與帝釋所居的須彌山合二而一，不過王世貞似乎有一些保留。

《歷世真仙體道通鑑》卷二三《葛仙公》載仙公（葛玄）暫停仙駕，賦五言歌詩三篇，降付鄉朋。其第三篇有云：

> 奚不登名山，誦是洞真經。一諷而一詠，玄音徹太清。太上輝金容，眾仙齊應聲。十方散香花，燔煙栴檀馨。皇娥奏九韶，鸞鳳諧和鳴。龍駕翳空迎，華蓋耀杳冥。翛間劫仞臺，帝釋倏降庭。八王奉丹液，抱漱身騰輕。逍遙有無間，流朗絕形名。

帝釋在這裏又和皇娥、八王等一起，成爲道教的"眾仙"之一了。所以道教《高上玉皇本行集經·玉皇功德品》説：

> 爾時玉虛上帝白天尊言：唯願慈悲，願爲四衆帝釋等及四梵天王、一切諸天、一切諸仙，及未來一切衆生持是經人，説利益事。

這裏來自佛教的帝釋、梵天和一切諸仙一起，都成爲道教天尊的眷屬了。這其實是道經模仿佛經的慣例，但這也是帝釋走進中國的途徑之一。

在中國民間衆多的節日中，包括了帝釋天神誕日，這引起了儒者的不滿。清朱彝尊《經義考》卷一四九評論明馮應京輯《月令廣義》説：

> 按馮公講學，參研於主静窮理之間，乃所輯《月令廣義》冗雜不倫，至采及帝釋天神誕日，是豈儒者之言乎？

然而帝釋既然已經本土化爲中國民間信仰的神祇，則《月令廣義》收入帝釋誕日就是很自然的。而帝釋作爲民間神祇的功能也是多樣化的。求子祈嗣要祀帝釋。《聖宋名賢五百家播芳大全文粹》（一百一十卷本）卷八一史天秩《祈嗣道場疏》：

> 伏惟帝釋天主，道濟洪纖，德包罔極。生殖長養，曲成而不遺；主張維綱，善救而無棄。特回昭鑒，俯納虔誠。……庶幾多子，得以興宗。誓勤陰德之修，用答大鈞之賜。

祭祖也要供帝釋。明謝肇淛《滇略》卷四：

> 民間每月戌日，則祭祖於家。……又謂戌日供帝釋水，則四獸不守地獄門，亡魂得出。故以是日設祭，謂之祓。

《兒女英雄傳》緣起首回：

> 却説這座天，乃是帝釋天尊、悦意夫人所掌；掌的是古往今來忠臣孝子、義夫節婦的後果前因。

這個"帝釋天尊"已經變成道教的神祇,他所掌的"忠臣孝子、義夫節婦"則是儒家倫理綱常的體現,而"後果前因"却又是佛家的觀念。這顯示了儒釋道三教在民間的奇妙的融合。

帝釋從印度走進中國,成爲中國民衆信奉的神祇,這是佛教在中國民間廣泛傳播的背景下實現的,它體現了中國文化接納外來文化的包容性格,敦煌變文中的帝釋形象便集中顯示了這種包容性。在敦煌變文之後,帝釋的信仰雖然仍然在中國民間延續,但始終處於邊緣的地位,並沒有進入中國民間信仰的主流,這又顯示了中國文化本位一以貫之的穩定性。

(原載《四川大學學報》二〇〇八年第一期)

寒山詩校勘札記

　　寒假中圍着火爐閱讀寒山詩，我以日本宮内省藏本《寒山詩集》爲底本，校以日本正中刊本《寒山詩》、四部叢刊本《寒山子詩集》（二次印本）、全唐詩本寒山詩，同時參考入矢義高著《寒山》（選收寒山詩一二六首，以下稱入矢），以及入谷仙介、松村昂著《寒山詩》（以下稱入谷）。於各本文字異同之間，偶有管見，隨手札記，現在抄録數則於下（其中有一則是拾得詩），以求教於高明。

漸滅如殘燭

宮内省本五三首：

　　一向寒山坐，淹留三十年。昨來訪親友，太半入黄泉。漸滅如殘燭，長流似逝川。今朝對孤影，不覺淚雙懸。

　　其中第五句的"滅"字，正中本（四八首）、叢刊本（四九首）皆作"減"，全唐詩本（四九首）作"減"，注"一作滅"。入矢（二八首）、入谷（五三首）亦皆作"滅"。

　　楚按：此字作"滅"作"減"，於義雖皆可通，但我認爲作"減"爲優，"滅"字是"減"字形誤。"漸滅"説的是燭焰逐漸熄滅，這是一個很短的時間過程；"漸減"説的是燭體逐漸縮短，這是一個較長的時間過程。"漸滅"之後,火焰熄滅,過程已經終止;"漸減"之餘,尚有殘燭,過程仍可繼續。從寒山詩的内容看,"淹留三十年"是一個很長的時間過程;而"太半入黄泉"是説多數親友已經亡故,但並非全部死去,因此"漸減"更能精確地傳達作者的意思,"漸滅"則不那麼切合詩意了。我們可以對照以下幾例"漸減"的用法。范攄《雲溪友議》卷中原注:"相公當直之神漸減,韋郎擁從之神日增。"《全唐詩》卷四〇八元稹《月三十韻》:"漸減姮娥面,徐收楚練機。"又卷六三四司空圖《力疾山下吴村看杏花十九首》之十七:"行樂溪邊步轉遲,出山漸減探花期,去年四度今三度,恐到憑人折去時。"按《大乘寶雲經》卷三:"如下旬月,色相光明可愛之貌漸漸損減,乃至月盡不復現相。"其中的"漸漸損減",就是"漸減"的意思。這些"漸減"都是表示一個正在進行中的逐漸消減的過程,和寒山詩的"漸減"相同。《全唐詩》卷五六九李群玉《和吴中丞悼笙妓》:"墮珥尚存芳樹下,餘香漸減玉堂中。""減"字下原注"一作滅"。按此字肯定應是"減"字,"餘香漸減玉堂中"是説笙妓留在玉堂中的香氣雖然逐漸減弱,但仍未完全消泯。一本的"滅"字是"減"字的形誤,這和宫内省本《寒山詩集》"減"誤作"滅"的情形相同。

撑卻鷂子眼

宫内省本二二〇首:

> 我在村中住,衆推無比方。昨日到城下,仍被狗形相。或嫌袴太窄,或説衫少長。撑卻鷂子眼,雀兒舞堂堂。

其中第七句的"撑"字,正中本(二〇三首)、叢刊本(二二三首)皆作"擎",全唐詩本作"擎",注"一作撑"。入矢(八首)作"撑",入谷(二一九首）作“𦂅”。

　　楚按：此字應作“𦂅”。“𦂅”是縫合之義，如《太平廣記》卷三五《馮大亮》（出《仙傳拾遺》）：“道士曰：‘皮角在乎？’曰：‘在。’即取皮𦂅綴如牛形，斫木爲脚，以繩繫其口，驅之遂起，肥健如常。”其中的“𦂅綴如牛形”，是説把皮角縫合聯綴成牛的形狀。又卷三七六《鄭會》（出《廣異記》）：“家人如言，於溝中得其屍，失頭所在。又聞語云：‘頭北行百餘步，桑樹根下者也。到舍，可以穀樹皮作綫𦂅之，我不復來矣。努力勿令參差。’言訖，作鬼嘯而去。家人至舍，依其𦂅湊畢，體漸温。數日乃能視。恒以米飲灌之，百日如常。”説的是用穀樹皮爲綫，把頭顱和屍體縫合的事，“𦂅”也是縫合之義。因此“𦂅卻鷂子眼”是説把鷂子的眼睛縫合。《敦煌變文集》五六七頁《維摩詰經講經文》：“莫更恨他日月闇，自緣紉（幼）目不曾開。”原校“紉”作“幼”，誤；此字應是“紉”字。“紉目”就是縫合眼睛，也就是寒山詩的“𦂅眼”，可見唐人確實有這類説法。寒山詩的“𦂅卻鷂子眼，雀兒舞堂堂”是憤慨之語，比喻没有人能夠認識詩人的真實價值，只有一群以衣帽取人的小人在得意洋洋。此字倘若作“撑”，則“撑眼”正和“𦂅眼”的意思相反，寒山詩的原意恐非如此。

脱體歸山隱

宮内省本二四八首：

　　何以長惆悵，人生似朝菌。那堪數十年，新舊凋零盡。以此思自哀，哀情不可忍。奈何當奈何，脱體歸山隱。

最後一句，正中本（二三一首）亦作“脱體歸山隱”，叢刊本（二五一首）作“託體歸山引”，全唐詩本（二五〇首）作“託體歸山隱”，“託”下注“一作脱"。入矢（一〇首）、入谷（二四首）皆作"脱體歸山隱"。

　　楚按：比較以上各本，"隱"字除叢刊本作"引"外，各本皆同，可以判定作"隱"是正確的。至於"脱"字，叢刊本、全唐詩本作"託"，其餘各本作"脱"。我認爲作"託"是正確的，作"脱"是錯誤的，這一句應是"託體歸山隱"。本來，宮内省本等的"脱體"是禪師的習語，如《月林師觀禪師語録》："前念是凡，後念是聖，脱體無依，因邪打正，便與麽時如何？須彌頂上擊金鐘，七佛如來合掌聽。"又："若人識得心，大地無寸土。脱體絶承當，何處有生死。"《宗門拈古彙集》卷三四《越州鏡清道怤禪師》："曰：'和尚作麽生？'清曰：'洎不迷己。'曰：'洎不迷已意旨如何？'清曰：'出身猶可易，脱體道應難。'"《長靈守卓禪師語録》："去年今日事，今日去年人，脱體全收放，隨流混主賓。"又："鐵牛犇入玉麟隊，自古無雙今一對，脱體堂堂呈似伊，有眼無口如何會。"以上這些"脱體"，是脱離軀體的意思，也近似於"脱胎換骨"的意思，施之於寒山此詩，並不切合。寒山詩的"奈何當奈何，託體歸山隱"，説的並不是歸山隱居的事，而是死後歸葬墳山的事。"奈何"就是出殯途中哭唱的哀聲，關於這一點，我想用拙著《王梵志詩校注》中，對"富者辦棺木，貧窮席裹角，相共唱奈何，送着空塚閣"（〇一一首）所作的一段注釋來説明：

　　唱奈何：周一良曰："唐人報喪或弔喪的書札中，有常用的套語'××奈何，××奈何'。有時前面兩字重複，如'哀痛奈何，哀痛奈何'，'痛當奈何，痛當奈何'。有時頭兩字不相同，如'哀苦奈何，哀痛奈何'，'酷當奈何，痛當奈何'。不但書面上如此寫，口頭上也這樣説。敦煌寫本《搜神記》記李玄對王子珍説：'若（你父）氣已絶，無可救濟，知復奈何，知復奈何！'又《伍子胥變文》云：'子胥控馬籠鞭，就水抱得小兒，拍搦悲啼吊問：汝父沉溺深江，荼毒奈何奈何！'古代書寫時，凡遇全句連續幾字都需重複，往往即在每字之下加點表示，以免重寫，所以《伍子胥變文》當是'荼毒奈何’一句四字之下都有點作爲重複的標記。輾轉鈔寫時,漏去荼毒兩字下的標記,於是祇剩下奈何二字重複了。荼毒、酷罰之類,也是弔喪書信中常見的套語。日僧圓仁《入唐求法巡禮行記》開成四年閏正月九日記:‘適聞知澄大德已靈變(死亡),道門哀喪,當復奈何。’××奈何既是喪事習用以表哀悼的話,大約在送葬時大家口裏也如此唱念,所以詩裏説‘唱奈何’。”(《王梵志詩的幾條補注》,載《北京大學學報》一九八四年四期)

楚按,周説甚是。《朝野僉載》卷五記兵部尚書婁師德鄉人犯贓,都督許欽明欲決殺令衆,“尚書切責之曰:‘汝辭父娘,求覓官職,不能謹潔,知復奈何!’將一楪餶飩與之曰:‘噇却,作箇飽死鬼去!’”蓋與鄉人作死別,故亦云“知復奈何”。《廣記》卷二六二《助喪禮》(出《笑林》):“有人弔喪,并欲齎物助之,問人可與何等物,答曰:‘錢布帛,任君所有爾。’因齎大豆一斛,置孝子前,謂曰:‘無可有,以大豆一斛相助。’孝子哭‘孤窮奈何’。曰:‘造豉。’孝子又哭‘孤窮’。曰:‘適得便窮,更送一石。’”按孝子所哭“孤窮奈何”等語,實具禮儀作用,此人昧於世事,執實理解,遂傳爲笑柄,載入《笑林》。而“孝子哭‘孤窮奈何’”之事,即是梵志詩的“唱奈何”,蓋送葬之時,亦須哭“××奈何”以助哀也。又按,以“奈何”之語表示哀悼,實非始於唐代。《三國志·魏書·毌丘儉傳》裴注引文欽《與郭淮書》:“大將軍昭伯與太傅俱受顧命,登牀把臂,託付天下,此遠近所知。後以勢利,乃絶其祀,及其親黨,皆一時之俊,可爲痛心,奈何奈何!”又《大般涅槃經後分》卷上:“哀哉哀哉,痛苦奈何奈何,莫大愁毒,熱惱亂心,如來化緣周畢,一切人天無能留者,苦哉苦哉,奈何奈何!”雖爲譯經,哀悼用語仍屬中土也。

寒山詩的“奈何當奈何”,也是哀悼用語,“奈何當奈何,託體歸山隱”二句是説歸葬墳山之事。現在請比較陶淵明《挽歌詩三首》的第三首:

　　荒草何茫茫,白楊亦蕭蕭。嚴霜九月中,送我出遠郊。四面無人居,高墳正嶕嶢。馬爲仰天鳴,風爲自蕭條。幽室一已閉,千年不復朝。千年不復朝,賢達無奈何。向來相送人,各自還其家,親戚或餘悲,他人亦已歌。死去何所道,託體同山阿。

寒山詩末句"託體歸山隱",和淵明詩末句"託體同山阿"意思相同,實際上,寒山此句正是從陶詩化出的,"託體"就是沿用陶詩用語,可以肯定是正確的,別本作"脱體"是錯誤的。

三遇聖明君

宮内省本一四首:

　　一爲書劍客,三遇聖明君。東守文不賞,西征武不勳。學文兼學武,學武兼學文。今日既老矣,餘生不足云。

第二句的"三"字,正中本(七首)、叢刊本(七首)皆作"二",全唐詩本(七首)作"二",注"一作三"。入矢(五九首)作"二",入谷(一四首)作"三"。

　　楚按:作"三"是,"三遇聖明君"用的是顏駟的典故(入谷已注出),見《文選》卷一五張衡《思玄賦》李善注引《漢武故事》曰:"顏駟,不知何許人。漢文帝時爲郎。至武帝,嘗輦過郎署,見駟龍眉皓髮,上問曰:'叟何時爲郎?何其老也!'答曰:'臣文帝時爲郎,文帝好文而臣好武,至景帝好美而臣貌醜,陛下即位好少而臣已老,是以三世不遇,故老於郎署。'上感其言,擢拜會稽都尉。"詩中的"三遇聖明君",指的是漢文帝、景帝、武帝,故云"三"也。因此詩中的東守西征、學文學武等等,皆是就顏駟之事發揮,雖然可能包含了詩人自身懷才不遇的感慨在內，但並不是詩人自叙生平。有的研究者誤認此詩爲寒山的自叙詩，因此不論作"二遇"或"三遇"，都導致對寒山身世的嚴重誤解，如云："吾友朱紹白夫子謂：'寒山生於武后末年，大約可成定論。'其'二遇聖明君'，殆爲睿、玄二宗。其'東守文不賞'，蓋即'仕魯蒙幘帛'，可能是做縣令，否則無資格用'守'字。'西征武不動'，或即'叱馭到荆州'，看口氣官不會小於'刺史別駕'，最低是個'長史'，或與這些相當的軍職，否則用'叱馭'一辭便不相稱。"（陳慧劍《寒山子研究》一七九頁）這是采取"二遇聖明君"而誤解的例子。又云："寒山詩有'一爲書劍客，三遇聖明君'（《一爲》）的句子。按寒山生於天授年間，武則天退位中宗繼位時，他是十四五歲，六年後是睿宗執政，兩年後是玄宗當權。此時寒山子二十三四歲，到他三十歲隱居天台，一直是玄宗朝。一個人從十四五歲到三十歲，正是學文習武求取功名爲'書劍客'之時。唐代人一般不把武則天看作李氏天下的繼承人。詩中的'三遇聖明君'當即指中宗、睿宗、玄宗三個皇帝。如果寒山子不是生於天授年間，此句詩就難於解釋了。"（《寒山子與寒山詩版本》，《文學遺產增刊》十六輯一三三頁）這是采取"三遇聖明君"而誤解的例子。在這種誤解寒山詩句的基礎上推論寒山的身世，自然是不可信的。

幾個得泥丸

宮內省本九六首：

　　有人把椿樹，喚作白旃檀。學道多沙數，幾箇得泥丸。棄金却擔草，謾他亦自謾。似聚沙一處，成團也大難。

第四句的"丸"字，正中本（九三首）作"洹"，叢刊本（九六首）、全唐詩本

（九六首）皆作"丸"，入谷（九六首）作"洹"。

　　楚按："泥丸"這個詞，既是佛家語，也是道家語。作爲佛家語，"泥丸"和"泥洹"都是"涅槃"的異譯，本無區別，因此寫作"泥丸"或者"泥洹"都是一樣的。作爲道家語，則"泥丸"只能寫作"泥丸"，而不能寫作"泥洹"。寒山詩的"學道多沙數，幾個得泥丸"，究竟是批判學佛教的人呢，還是批判學道教的人呢？這是決定本詩性質的關鍵問題。我認爲是批判學道教的人。這裏説的"道教"，指的是"仙道"，寒山後期對於求仙學道采取很激烈的否定態度，例如"昨到雲霞觀"（宫内省本二四五首），和本詩的思想傾向是完全一致的。寒山雖然也寫詩批判過佛教中的敗類，如"語你出家輩"（宫内省本二七一首）、"世間一等流"（宫内省本二七九首）等，但從未從根本上否定佛教。因此我認爲這首詩的"泥丸"是道家語，不能改爲佛家語的"泥洹"。

　　作爲佛家語的"泥丸"、"泥洹"和"涅槃"，雖然是同詞異譯，多少帶有一些時代和地域的色彩。僧肇《涅槃無名論》："泥曰、泥洹、涅槃，此三名前後異出，蓋是楚夏不同耳。云涅槃，音正也。"（"泥曰"也是"涅槃"的異譯）"涅槃"之譯雖然晚出，却逐漸代替了其他譯法。到了唐代，"泥洹"之語雖然仍在使用，但頻率較低，普遍流行的是"涅槃"一語。在寒山詩中雖然没有出現這個詞，可是在拾得詩中却有"時陟涅槃山，或翫香林寺"之語（宫内省本五首），並不寫作"泥洹山"。至於"泥丸"一語，在唐代幾乎只用作道家語，例如在《全唐詩》中，"泥丸"一語只出現過兩次，即卷六一〇皮日休《上真觀》："羽客兩三人，石上譚泥丸，謂我或龍胄，粲然與之歡。"又卷八六〇葉法善《留詩》："泥丸空示世，騰舉不爲名。爲報學仙者，知余朝玉京。"這兩處的"泥丸"，顯然都是道家語。寒山詩中的"泥丸"，本來也是道家語，可是因爲"泥丸"同時也是佛家語"泥洹"、"涅槃"的異譯，因而有某個自作聰明的古人將"泥丸"改成了"泥洹"，以致出現了異文，却不知這麼一改，便完全歪曲了寒山的思想傾向了。

冘冘癡肉團

宫内省本二二五首：

　　大海水無邊，魚龍萬萬千。遞互相食噉，冘冘癡肉團。爲心不了絕，妄想起如煙。性月澄澄朗，廓爾照無邊。

　　第四句的"冘冘"，正中本（二〇八首）、叢刊本（二二八首）亦皆作"冘冘"，全唐詩本（二二七首）作"宂宂"。入谷（二二四首）作"冘冘"。

　　楚按："宂宂"和"冘冘"互爲異體字，並無區別。不論作"宂宂"或"冘冘"，都是錯字，這兩字應是"兀兀"。"兀兀"是昏愚無知貌，如寒山詩的"汝謂埋頭癡兀兀，愛向無明羅刹窟"（宫内省本九〇首），拾得詩的"盲人常兀兀，那肯怕災殃"（宫内省本拾得詩三五首），白居易《對酒》："所以劉阮輩，終年醉兀兀。"敦煌本《維摩碎金》："昏昏不醉長如醉，兀兀無憂恰似憂。"因此本詩説"兀兀癡肉團"，因爲"癡肉團"正是昏愚無知之物，用來形容被無明蒙蔽的昏愚衆生，遞相食噉，苦海無邊。假如作"冘冘"或"宂宂"，便不是這個意思了。

　　把"兀兀"誤作"冘冘"，在寒山詩的不同版本中，並非只此一例。例如宫内省本二三〇首："寄語兀兀人，叮嚀再三讀。"這是正確的。但其中的"兀兀"，在正中本（二一三首）、叢刊本（二三三首）便誤作"冘冘"。全唐詩本（二三二首）誤作"宂宂"，但注云"一作兀兀"，保存了正確的異文，尚可供人擇善而從。而在宫内省本二二五首"冘冘癡肉團"一句中，各本皆誤，因此便需要特別加以説明。

此合上天堂

宮内省本拾得詩三九首：

> 我見出家人，總愛喫酒肉。此合上天堂，却沉歸地獄。念得兩卷經，欺他市鄽俗。豈知鄽俗人，大有根性熟。

第三句的"此"字，正中本（拾得詩三九首）、叢刊本（拾得詩三九首）、全唐詩本（拾得詩四〇首），以及入矢（一二一首）、入谷（拾得詩四三首）亦皆作"此"字，没有異文。

楚按：各本的"此"字皆是"比"字形誤。"比"即本來之義，説詳蔣禮鴻《敦煌變文字義通釋》第六篇"比"條。"比合上天堂，却沉歸地獄"二句是説，這些出家人本來應該上天堂；但因爲"總愛喫酒肉"的緣故，却只能再墮地獄。"比"形誤作"此"，在拾得詩的版本中還不止這一處，如宮内省本拾得詩二六首，有云"比來是夜叉，變却成菩薩"，這本來是正確的，正中本（拾得詩一九首）也作"比"，可是叢刊本（拾得詩一九首）却誤作"此"字，全唐詩本（拾得詩一九首）也作"此"，注"一作比"。"比來"也是本來的意思，若作"此來"，便不通了。

（原載《俗語言研究》創刊號，一九九三年十二月）

讀《宋文選》

　　一部優秀的古典文學選注本，不僅會使一般讀者獲益，因而得到普遍好評，而且由於它所體現的識見與學力，也會受到學術界的矚目。我以爲由四川大學中文系古典文學教研室選注的《宋文選》，便是這樣一部好書，它在選目和注釋方面都有一些成功的經驗，值得推薦。

一

　　《宋文選》選錄了宋代作家七十人的一百一十九篇優秀散文作品，在建國後出版的宋代散文選本中，這是規模最宏富的一種。但分量多並不是它的唯一優點，在選人定篇方面，它有着自己的特點。

　　首先，本書入選的作品雖然一般都具有較高的思想性和藝術性，但是選錄者的着眼點並不局限於一篇作品之優劣，而是力求反映宋代散文發展演進的過程，而且事實上也達到了這個目的。這種"史"的觀念對於選錄一代之文章的《宋文選》來説，是極其必要的。因此，當我們翻開目錄，跳入眼簾的一個個作家及其作品，不僅都具有較高的獨立欣賞價值，而且也都是宋代散文發展鎖鏈上的一個個環節，它們共同反映了宋代散文繁榮的全貌。全書在選人定篇比例上給人的一種勻稱感，也得力於這種"史"的觀念。在具體處理上，北宋早期古文運動的先驅者如柳開、穆修等人，他們的作品和後來的大師們比較，不免顯得有些樸拙，但本書也各選錄了一篇，我以爲對於力求反映宋文全貌的《宋文選》來説，也是必要的。

其次，本書在發掘被埋没的作家作品方面，下了很大功夫，取得了不少成績。宋代散文雖然名聲頗大，歷來膾炙人口，但是留在人們腦海中的，仍然主要是北宋六大家，南宋諸名家等少數作家而已。本書除了注意收録他們的名篇佳作之外，還從大量的宋人別集、選本中去搜剔爬羅，博覽約取，這應該説是一種開拓性的工作。披沙簡金，往往見寶，他們的勞動並没有白費。許多不見於通常選本的好文章，由於收入本書而得以和今天的廣大讀者見面了。把這一類優秀作品發掘出來，不僅擴大了人們對宋文的認識和理解，也使本書呈現了新鮮的面貌。

本書選録的作品多數都與宋代社會的現實鬥爭息息相關，這其實並非有意如此，而是因爲宋代散文的發展本身就是與現實鬥爭息息相關的。北宋古文運動對文體的改革要求，是和對政治的改革要求聯繫在一起的，古文家們多數都是政治鬥爭中的積極分子，他們關心現實，有着進步的政治傾向。而南宋的抗金鬥爭與内部的和戰之爭，更是一股巨大的推動力量，激勵着進步作家們寫出了許多可歌可泣的感人篇章。不過本書的選注者特別注重作品的思想意義，這也是事實。因此入選的作品都是言之有物，具有積極的思想傾向。有宋一代的各種社會矛盾，也大致在本書中得到了反映，這就使本書兼有欣賞和認識的雙重價值了。

本書在選文時，注意了體裁、樣式和藝術風格的多樣化。清代桐城派把“古文”的範圍限制得十分狹窄，只要不符合他們那一套“義法”的刻板教條，便被排斥在所謂文章正統之外，因此唐宋散文便只剩下世稱的八大家了。這種觀點到近代逐漸失去了市場，如今已成爲歷史的陳迹。不過要不拘一格地把各種題材、樣式、風格的優秀散文作品都介紹給讀者，却還需要做大量的工作，而《宋文選》正是在這方面做出了努力。舉例説吧，宋代文壇的一個新現象，是筆記文學的勃起。這大量涌現的筆記作品，自然並非全是文學，但其中確有不少優秀的小品散文，往往以很少的筆墨，或寫一人，或記一事，或說一理，筆調活潑，趣味雋永，而它們的文學價值似乎還沒有引起足够的重視。《宋文選》從宋人筆記中選錄的小品，如《蹇材望》刻畫了一個兩面派的醜惡嘴臉，頗具典型意義；《無官御史》論證"清苦"與"鯁亮"的關係，也能發人深省。這類小品實在是宋代散文中極有價值的一個品種。我們讀完本書，掩卷瞑目，自會感到多方面的享受和滿足，這是因爲本書便是宋代散文百花園的一個縮影。

二

《宋文選》的注釋也比較實在，不炫博，不避難，或繁或簡，各得其宜，遇有原文不易理解處，並串講大意，凡是估計一般讀者容易生疑之處，都給予了明白的解釋。這樣的注釋是讀者可以仰賴的好助手。

《宋文選》發掘了許多歷來選本之外的佳作介紹給讀者，這類作品沒有陳陳相因的舊注可資漁獵，注釋的難度自然是頗大的，然而也正是在這裏可以見出一個注本的水平。比如范仲淹《東染院使种君墓誌銘》，記載了一位邊將艱苦抗敵的勞績，乍一看來，文字並無艱澀難懂之處。不過其中叙述邊事十分具體，一人一事，一時一地，要逐一講解落實，却並非淺學者所能勝任。這其中的甘苦，凡從事過同類工作的人應能體會。像這類篇目在全書中並非少數。本書注釋中有不少難題，在解決之後看來，似乎三言兩語也就說清楚了，可是當其解決之初，那是要花大量鈎稽考訂之功的，這却是有些讀者往往忽略了的。比如劉子翬《試梁道士筆》，建國後出版的另一種宋文選本也選錄了此篇，其中"昔人云'京口酒可飲，兵可用'"一句，却沒有注明出處，頗令讀者遺憾。而《宋文選》的注釋正可以彌補這個缺陷："昔人，指桓溫。溫語見《晋書·郗超傳》。"寥寥數語，似乎並不艱深，其實是要花費頗多搜索功夫的。又如岳珂《冰清古琴》，作者探幽發微，揭露了所謂唐代古琴銘文中的漏洞,從而令人信服地斷定它是贋品。其實,真正的冰清古琴早已不在人間,這在北宋已有記載,岳珂沒有見到,《宋文選》的注者卻注意到了這一點,并且注明:"冰清琴在《金石録》卷三十《唐冰清琴銘》條有所著録,並云:'琴藏太常寺協律郎陳沂家,沂死納於壙中云。'"這就使所謂古琴之爲膺品,更加證據確鑿了。可見好的注釋,不僅可以説明和解釋原文,還可以補充和豐富原文。書中個別確實難講之處,注者也沒有采取裝聾作啞的回避態度,而是老老實實地注明"未詳"。這個別語句是否真不可解,容可商議,而這種"知之爲知之,不知爲不知"的實事求是態度卻是值得肯定的。

　　注釋的繁簡詳略,歷來的各種注本有不同的處理。看來《宋文選》是以幫助一般讀者讀懂原文爲主要目的,可簡處則從簡,對於難點也不吝惜筆墨。例如周密《道學》:"其徒有假其名以欺世者,真可以嘘枯吹生。"其中"嘘枯吹生"照字面的意義不易理解,注者先引典故出處《後漢書·鄭太傳》:"清談高論,嘘枯吹生。"又引李賢注:"枯者嘘之使生,生者吹之使枯,言談論有所抑揚也。"再加上自己的説明"這裏援用其下句,形容道學之徒的信口褒貶以欺世盜名",這就使全句的含義豁然明朗。又如宋祁《蠶説》"爾欲利布幅之德",是一個理解上的難點,注者先引《左傳》,再引《正義》(按指孔穎達疏),最後加以自己的解説。這些地方並非繁冗,而是爲讀者理解原文所必需的。全書於典章制度之説明,史實之鉤稽,典故之援引,名物語詞之訓詁,文意之疏通,凡一般讀者不易明了之處,一一皆爲注明,不僅可見注者的功力,也可見處處爲讀者設想的苦心。

　　本書每篇所附題解,也是讀者理解原文之一助。這些題解並無一成不變的模式,而是根據每篇的具體情況,做了不同的處理。例如陳東《上高宗第一書》,本是激於時事而發,不明白當時和戰兩派鬥爭的情勢,便不易理解作者憂憤之深廣,而本篇題解則恰好集中介紹了本文的歷史背景。王安石《遊褒禪山記》,本是借遊山以論治學,題解就抓住治學一點加以闡發,分析了本篇的思想意義,這就抓住了重點,對讀者頗有啓發。王安石的另一篇《讀孟嘗君傳》，題解則着重分析了它的藝術特色："這篇文章的主旨即在擊破'孟嘗君能得士'的傳統説法。從世稱孟嘗君能得士着筆，而以不能得士作結。全文不滿百字，而一波三折，跌宕生姿，字字有力。'嗟乎'句破'能得士'，'不然'句破'卒賴其力以脱於虎豹之秦'，'夫雞鳴狗盜'句破'士以故歸之'。強勁峭拔，很有氣勢。清代沈德潜評這篇文章説'語語轉，句句緊，千秋絶調'，是古來有名的短篇杰作。"這樣的藝術分析是簡煉精到的。岳飛《論馬》一篇，如果真的當作論馬文來讀，那無異於隔靴搔癢，不得要領。題解點明："這篇文章表面好像在論馬，實際是在論人。"接下去就這一點加以闡發説明，這就把理解原文的鑰匙交給了讀者。這種分別情況，有的放矢的題解也是本書的優點之一。

大概是體例所限，本書的作者介紹都較簡略，未曾對作家進行深刻、全面地論述，這裏本可不提。不過我覺得有些介紹雖然簡略，却有重點，往往能騰出筆墨來點出作家的某一件突出的事，或某一個突出的觀點，筆端還常常流露出對作家或推崇、或同情的感情。個別作家介紹還有考證之功，例如對孫因，我本來是毫無所知的，全靠了本書的考證，現在總算略有了解了。

本書對原文底本的抉擇是嚴謹的，凡有木集者悉從本集，在版本上也頗有講究。許多篇用別本校勘，訂正了原文的一些訛誤，因此，本書提供的原文是準確可信的。

三

即使是一部好書，也不是十全十美、無懈可擊。《宋文選》還存在某些缺點，這也是很自然的事。

文學的概念在我國歷史上是一個逐漸演變發展的概念，我們今天選録古代文學作品，當然不能脱離古人對文學概念的理解，同時也要適應現代讀者的文學認識。《宋文選》入選的每一篇作品,都具有較高的思想性,大多數也都具有較爲完美的藝術形式,堪稱佳作。不過從總體上看,我以爲其中文學趣味不那麽濃厚的作品,儘管只占少數,但按比例來看,似乎仍嫌略多了一點。因爲這畢竟是一部文學選集,它應該有較多、較高的審美價值。我相信不少讀者也會與我有同感吧。

《宋文選》的注釋確實有許多成功的經驗,不過失誤之處也没有完全避免。由於注釋涉及一字一句的解釋,繁瑣而具體,所以最易招人議論。這裏不準備詳説,舉幾個例子作爲代表,供本書修訂時參考。

注錯的,如文同《捕魚圖記》“篸而網者二”,“篸”字不見於字書,頗難索解。本書注爲:“《説文》:‘槮,長木貌。’這裏加竹頭,可能作‘竹竿’解。”這却没有猜對。此字並非絶不見於載籍,陸龜蒙《漁具詩》序云:“錯薪於水中曰篸(音槮)。”其《篸》詩則云:“斬木置水中,枝條互相蔽,寒魚遂家此,自以爲生計。春冰忽融冶,盡取無遺裔。所託成禍機,臨川一凝睇。”這首詩,不啻爲此字的詳盡解釋。按《爾雅·釋器》“槮謂之涔”,郭璞注:“今之作槮者,聚積柴木於水中,魚得寒入其裏藏隱,因以簿圍捕取之。”可見“篸”就是“槮”,不過加了竹頭,故生注者之疑了。又如宋祁《録田父語》“揚芟捽屮”,注:“屮,嫩苗。指除去各種雜草。”按“屮”字就是“草”字,似不必曲綫解釋。《漢書·晁錯傳》:“屮木所在,此步兵之地也。”顔師古注:“屮,古草字。”宋祁愛用僻字,故不寫作“草”而寫作“屮”。又如李清照《金石録後序》“趙侯德父所著書也”,洪邁《稼軒記》“濟南辛侯幼安最後至”,注皆謂:“侯:古代對州官的尊稱。”實則“侯”不過是古代對有地位男子的一般性尊稱,不必考究是否原有擔任州官的履歷。杜甫《與李十二白同尋范十隱居》:“李侯有佳句,往往似陰鏗。”李白並未做過州官。又如范成大《峨嵋山行紀》“逡巡,忽雲出巖下傍谷中”,注:“逡巡:徘徊一陣。”實則“逡巡”好比説“頃刻”,這雖然是唐宋口語詞彙,在詩文中却並不少見,如《全唐詩》卷八六〇韓湘《言志》“解造逡巡酒,能開頃刻花”,正以“逡巡”與“頃刻”對舉。又如容齋逸史《方臘》:“然歲奉仇讎之物,初不以侵侮廢也。”

注：“初：本來，一向。”按此處“初”字猶云“完全”，“初不”是“絲毫也不、一點也不”的意思，如《後漢書·彭脩傳》：“受教三日，初不奉行，廢命不忠，豈非過邪？”便是其例。至於應注而失注的情況，本書很少見，但也並非完全沒有。如陳亮《中興論》：“昔人以爲譬拔小兒之齒，必以漸搖撼之。一拔得齒，必且損兒。”這個“昔人”是誰呢？書中沒有解答。按蘇軾《始皇論（上）》：“古之取國者必有數，如取亂齒也必以漸，故齒脫而兒不知。今秦易楚，以爲是亂齒也可拔，遂抉其口，一拔而取之，兒必傷，吾指必嚙。”則這位“昔人”當是蘇軾。

爲難字注音，甚便初學者。不過倘若注音不準，結果却適得其反。這種情況本書中頗有一些，如《金石錄後序》“他長物稱是”，“稱”當讀chèn，誤注爲chèng。其中有些可能是排印誤植，有些則明顯是注者方音影響所致。其實這些字大都收入了新近出版的大中型辭書，只要略加翻檢，錯誤不難避免。倒是還有一些常見字，在今天看來讀音稍有特殊，却被注者忽略了。如《怒蛙説》“呀吾頤”，“呀”讀xiā；《錄二叟語》“尹率掾屬相與祠句芒”，“句”讀gōu；《姚平仲小傳》“平仲獨不與”，“與”讀去聲。這些容易被一般讀者誤讀之處，正是最需要注音處。

對古書加以新式標點，在具體符號的使用上，往往因人而異。本書多用逗號和句號，少用分號和破折號等，我以爲是可取的。至於古書的斷句，那是不容各出心裁的。本書斷句尚有個別可議之處，如《冰清古琴》：“嘉定庚午，余在中都。燕李奉寧坐上客有葉知幾者，官天府，與焉。”注：“燕（yān）：周代國名，其地在今河北省北部一帶。”按這個“燕”字是動詞，讀去聲，同“宴”，“坐”同“座”。此句應在“上”字斷。這段句子的標點應是：“嘉定庚午，余在中都，燕李奉寧坐上。客有葉知幾者，官天府，與焉。”

總之，《宋文選》已經取得了十分可喜的成績。我們希望本書再版時能够錦上添花，精益求精，使它成爲一部有長遠生命力的優秀文學選本。

（原載《四川大學學報》一九八二年第一期）

敦煌文化

這裏介紹的"敦煌文化",主要是指通過敦煌莫高窟而體現出來的中國傳統文化。當然,"敦煌文化"不限於中國文化,它是具有世界意義的,它的基本內容與當今國際顯學"敦煌學"的內容是一致的,主要包括敦煌石窟藝術和敦煌遺書這兩大部分。

敦煌縣在我國甘肅省西部,與新疆接壤。從敦煌縣城驅車向東南行駛約半小時,就可以看到在茫茫的戈壁和起伏的沙漠的黃色背景上,有一片綠洲,那就是莫高窟。在高大的樹林和陡峭的懸崖之間,有一條寬闊的河床,但早已乾涸了,當年叫作宕泉。陡峭的懸崖高約三十米,連綿約十公里,崖壁上像蜂窩般密密麻麻地散布着許許多多的洞窟,這就是莫高窟石窟群。站在懸崖頂上,面向河床,身後的左邊是戈壁灘的一馬平川,右邊是鳴沙山的起伏沙漠,對面的遠處是一道紫色的山脈,山上沒有任何生命,剝離的巖石像刀片一樣鋒利,這就是在《尚書》中提到過的古老山脈——三危山。

莫高窟是由誰最早開鑿的呢?在當地曾出土了武周聖曆元年(六九八年)所立的《大周李君莫高窟佛龕碑》,其中記載了在前秦建元二年(三六六年),有一位樂僔和尚雲遊到此地,忽然看見了萬道金光,其中出現了千佛的形象,於是他便在懸崖上架空鑿巖,開鑿了第一個佛龕。我們今天在夕陽西下時分,站在懸崖頂上遠望三危山,也會看到山後升起萬道金光,但我們看不到千佛的形象,因爲那是樂僔和尚的宗教幻覺。繼樂僔和尚之後,又有一位法良禪師雲遊至此,在旁邊開鑿了第二個洞窟。從那以後,歷代陸續開鑿,直到元代,綿延了一千年左右。據元代碑文記載當時就有窟室一千餘龕，由於天灾和人爲的毁壞，今天所看到的洞窟只有四百九十二個了。

說起莫高窟藝術，人們的心目中立刻會浮現出那些美妙的壁畫和精彩的雕塑。莫高窟現存壁畫約四萬五千平方米，彩塑二千九百多身。假如我們把壁畫按一米的高度延展開來，可以連綿四萬五千多米。假如我們把彩塑排成隊伍，一米一個，可以密密麻麻地排列將近三千米長。莫高窟是當今世界上規模最宏大的藝術畫廊，它的藝術品不但數量多，而且藝術價值極高。一九八七年聯合國教科文組織將莫高窟列爲世界文化遺産。

敦煌壁畫描繪了哪些內容呢？一類是佛和菩薩的畫像，有釋迦牟尼佛和其他佛，有觀音菩薩和其他菩薩，以及天龍八部和其他佛教的神靈。第二類是佛教故事畫。其中有佛傳故事畫，畫了釋迦牟尼的一生，他怎樣從天上乘着六牙白象投胎於摩耶夫人，怎樣從摩耶夫人右脇誕生，才生下來便步步蓮花，一手指天，一手指地，宣稱“天上天下，唯我獨尊”。當他長大後父母怎樣爲他選妃，而他對世俗情愛毫無興趣。在遊歷四門時看到了人生的老苦、病苦、死苦，最後看到一個僧侶非常逍遙自在，從而萌生了出家的想法。在天神的幫助下，他乘着朱鬃白馬，夜半逾城，入雪山修道。他苦行六年，日食一麥一麻，小鳥在他的頭上築巢生子，青草穿過他的膝蓋長了出來。終於在一個有着明星的清晨，他覺悟成佛了。這以後他轉法輪普度衆生，最後在娑羅雙樹下涅槃。還有佛本生故事畫，描繪了釋迦牟尼前生的事迹，因爲釋迦牟尼今生成佛並非偶然，而是他過去無數生所修善行的結果。例如他前生爲薩埵那太子時，爲了解除一群初生幼虎的飢渴，他從山崖投身而下，用自己的血肉之軀餵飼了幼虎。又如一隻鴿子被老鷹追逐，投身到釋迦牟尼前生尸毗王的膝下尋求庇護，尸毗王割下自己的肉放在天平上，他要用等量的肉來換取鴿子的生命。像這樣許許多多的精彩故事，在敦煌壁畫中都有生動的再現。還有佛教史故事畫，描繪了佛教史上的重大事件。例如在敦煌附近的榆林窟中，便描繪了唐僧玄奘取經的故事,其中已經出現了猴行者的形象。第三類是經變畫。集中地描繪了某一部佛經的内容,如《維摩詰經變》、《妙法蓮華經變》、《阿彌陀經變》、《報恩經變》等等。第四類是供養人畫像。他們是現實的人物,是出資營造洞窟的佛教信徒,其中許多是敦煌當地的顯赫人物,他們把自己的形象附在洞窟中以表示虔誠信奉佛教的心願。第五類是圖案畫。在莫高窟洞窟的各種部位散布着許多美妙的裝飾圖案,千變萬化,想象豐富,堪稱圖案裝飾畫的寶庫。此外,敦煌壁畫還有其他豐富的内容,如道教的神話,世俗生活和生產勞動的場景等等。

敦煌壁畫由於時代的不同,也呈現出不同的藝術風貌,但總的説,都表現出高超的藝術技巧和强烈的感染力。根據净土宗經典而描繪的各種净土變,盡情地渲染了佛教對於極樂世界的美好想象,那些金碧輝煌的天上宫闕,成行的寶樹,飛鳴的瑞鳥,碧緑的池沼,陣容龐大的樂隊,翩翩起舞的天女,華麗的色彩和熱烈的氣氛,令世人心馳神往。敦煌的飛天更具有迷人的魅力,其中大多數是女性的形象,伴着優美的舞姿和長長的飄帶,自由地翱翔在空中。或彈奏樂器,或播散天花;或俯衝向下,或迴旋向上;或此呼彼應,或比翼齊飛。雖然它們没有翅膀,但人們從來不會擔心它們從空中墜落下來,這不是比西方藝術家所描繪的長着翅膀的小天使更加高明,更能體現東方藝術的特色嗎?!

敦煌莫高窟的雕塑,我們稱之爲"彩塑",它和龍門、雲岡、大足等地的雕塑不同,不是雕刻巖石而成的。這是由莫高窟的地質情況決定的,因爲莫高窟的巖石是由已經石化了的泥土粘連礫石而成,這種礫巖不適合雕刻。敦煌彩塑是一種泥塑,它的制作方法,是用木棍和當地出產的一種草捆綁成人物的雛形,抹上一層層的細泥,再精雕細刻,然後塗上白色或其他顏色的底色,再加彩繪而成。如果是體積龐大的巨型彩塑,則就巖體鑿成巨大的石胎,再抹上細泥加工而成。這二千九百多尊彩塑中,有些是龐然大物,如著名的"北大像",塑於武則天時期,高三十三米。從遠處眺望莫高窟,可以看見一座樓閣式的建築貼着崖壁修建，那就是"九層樓"，保護着這尊"北大像"。盤旋上升到第九層，就面對着這尊大佛的面部，他是那樣的豐腴、慈祥、肅穆，令人不由自主地產生一種虔敬的感情。敦煌彩塑不論大小，不論是佛、菩薩，或是天王、力士，其中都有許多氣韻生動、個性鮮明的傑作。釋迦牟尼像的兩側，往往塑有陪侍的迦葉、阿難，他們是佛的十大弟子中的兩位。迦葉是一個苦行僧，以"頭陀第一"著稱，佛涅槃後，他發起集合佛的五百弟子，將口口相傳的佛的説教記誦整理，編集爲經典。阿難則是一個風流倜儻的少年和尚，佛經説他面如滿月、目如青蓮，所到之處招惹來世俗少女的追逐。有一部《佛説摩登女經》便記叙了淫女蠱惑阿難的故事，而阿難最終堅持了佛教的戒律。敦煌彩塑中的迦葉和阿難，一個是睿智清苦、老成持重的長者，一個是眉清目秀、風流倜儻的後生，形成了鮮明的對比，而又都傳達出人物內在的精神風貌，個性非常突出。有一次我就近觀察一尊彩塑菩薩，光綫從洞口射入，照在菩薩裸露的背部，那優美的曲綫、微妙的起伏畢顯無遺，使人感到它似乎仍具彈性，仍有體溫。於是我嘆服了，猜想當時的工匠也許是用模特兒的，否則怎能如此栩栩如生呢？這樣高超的彩塑可以和古希臘、羅馬的典範性雕塑媲美。敦煌彩塑確實是我國古代雕塑藝術的高峰。

　　敦煌莫高窟藝術基本上是佛教的藝術，但是它也曲折地表現了現實，反映了歷史。它所描繪的種種奇幻的宗教世界，實際上是比照着現實世界而創作的。而不同時代的敦煌藝術的不同的內容和形式，也傳達出那些時代的不同的社會氣氛。北朝壁畫中的許多佛本生故事，如上面提到過的捨身飼虎、割肉貿鴿等等，氣氛是慘烈悲苦的，這和那個時代的嚴酷的現實是一致的。莫高窟的大型經變畫肇始於隋代，興盛於唐代，像淨土變那樣富麗堂皇的熱烈場面，散發出的是"盛唐氣象"的時代精神。

　　敦煌文化的另外一大內容體現在敦煌遺書之中。在二十世紀剛剛開始的一九〇〇年（也有人説是一八九九年），由於一個偶然的機會，在莫高窟發現了著名的"藏經洞"，其中藏有數以萬計的古代書籍和佛教藝術品。這一發現震動了世界，由此產生了一門世界性的學問——敦煌學。

藏經洞是由王道士發現的，他名叫王圓籙，本是湖北麻城人，年輕時當兵來到甘肅，退伍後成了一名道士，由於能説會道，逐漸成了莫高窟管事的大道士。他自叙發現藏經洞的經過，是在光緒二十六年五月二十六日清晨，忽有天炮響震，山裂一縫，王道士和工人用鋤挖之，於是打開了藏經洞。一般的説法是，那一天工人在洞中清理流沙，偶然察覺一面墙後是空的，因而鑿開，千年密室從此便顯露於天下了。

我國歷史上曾經有過許多次發現古代文書典籍的重要事件，如漢武帝時從孔子住宅墻壁中發現古文經書，晋代發現汲冢竹書，近代以來發現更多，如河南安陽殷墟甲骨，明清内閣大庫檔案，敦煌藏經洞遺書，馬王堆帛書，以及各地發現的漢簡等等，都具有重要的學術價值。其中敦煌遺書最顯突出，引起了世界學術界的轟動。

敦煌遺書總共約有五萬餘號，大部分是古人手書的卷子，也有少量是册子形式。其中有些卷子記載了書寫的年代，最早的是二五六年，最晚的是一〇〇二年，從三國到宋初，綿延了將近八百年。我們知道，現存的宋版書籍已爲數不多，藏書家視爲珍寶。現在突然發現了數以萬計的古人親手書寫的文書，比宋版書的時代更早，其珍貴價值可想而知。敦煌遺書中也有現存世界上最早的刻本書籍，那是咸通九年(八六八年)的刻本《金剛經》卷子，長五米多，卷首有一幅精美的木刻佛説法圖，這自然是世界上最早的木刻版畫了。

敦煌遺書是百科全書式的大寶藏，其中多數是漢文文書，但也有大量文書是用其他文字書寫的，有藏文、梵文，以及古代西域的各種民族文字。敦煌遺書發現於佛教聖地莫高窟，大多數與佛教有關，其中佛經占很大數量，但也有極其豐富的其他内容，涉及古代宗教、歷史、地理、政治、軍事、經濟、語言、文學、藝術、民俗、科學技術、中外交通等等，可以説涉及古代社會生活的各個方面。敦煌遺書的發現提供了大量前所未知的新鮮資料，對它的研究雖然還在逐步深入的過程中，但已極大地推進了各種學術的發展。像敦煌遺書這樣博大的學術海洋，其珍貴價值是難以一一縷述的，下面只舉幾個例子略作介紹。

敦煌漢文宗教文書中，佛教文書爲最大宗，除了其中大多數傳世佛書寫卷外，還有幾類具有特殊價值的珍貴文獻。一類是佚經，即歷代大藏經皆未收錄的久已失傳的佛教典籍，目前已發現二百餘種，這些嶄新的資料爲佛教史的研究提出了新的課題。另一類是“僞經”。佛經本是釋迦牟尼説法的記錄，然而在中國還流傳着一些假託佛的名義，由中國人自己撰寫的假冒的佛經，它們表達的是中國人的思想，目前已發現七十餘種。這類“僞經”決非没有價值。例如在敦煌發現的《佛説父母恩重經》數量達三十餘件，其中宣傳的是中國傳統的孝道。我們在敦煌變文、白話詩、曲子詞中都可以看到它的影響，實際上它是當時民間普遍流行的通俗的道德教科書，對塑造中國老百姓的精神面貌有着不可估量的作用。在敦煌還發現了許多禪宗文獻，對禪宗史的研究更有劃時代的意義。人們都知道在禪宗史上有南北宗之爭，由於南宗占了上風，傳世的禪宗文獻主要是南宗的文獻，據此研究早期禪宗史是不全面的。敦煌發現的許多早期禪宗文獻中，包括不少北宗文獻，此後禪宗史的研究便出現了全新的面貌。

敦煌宗教文獻中也有許多道教文獻，如想爾注《老子道德經》等都是久已失傳的秘籍。還有《老子化胡經》，在歷史上曾經引起佛、道二教的激烈鬥爭，延續了數百年，到元代《化胡經》最後一次被禁毁，從此便失傳了。現在我們終於從敦煌遺書中重睹了它的原貌，雖然歷史上曾流行過許多種《化胡經》，敦煌本《化胡經》才是僅存的真果，因此彌足珍貴。

敦煌遺書中還保存了七種景教的文獻。景教是基督教中的聶斯托利派，貞觀九年該派教士阿羅本來到長安，唐太宗派宰相房玄齡到西郊迎接，從此景教便在中國立寺傳播。敦煌遺書中的《三威蒙度讚》便是景教的頌歌，“三威”指聖父、聖子和聖靈。唐武宗滅佛，景教也隨之消失。後來明代的傳教士把基督教傳入中國，那已經是第二次了。

　　敦煌遺書中還有三種摩尼教的經典。摩尼教是三世紀時波斯人摩尼所創立的宗教,曾經在世界上流行了一千多年。我國宋代的方臘起義,便借用了摩尼教作爲發動階段的組織形式。摩尼教最終在世界上絕迹了,它的經典也蕩然無存,研究摩尼教要從與之對立的基督教和伊斯蘭教的記載中尋找資料。然而在敦煌文獻中還保存了三種摩尼教的經典,它們的珍貴的學術價值是不言而喻的。

　　在敦煌遺書中保存了大量文學作品。其中的各種通俗文學作品,如白話詩、曲子詞、變文和其他通俗講唱文學作品,是過去人們從未見到的。它們的發現,不但爲中國古代文學增添了大量鮮活生動的内容,同時解決了文學史研究中的許多難題。例如過去常説詞爲"艶科",對它的起源也弄不明白。敦煌遺書的發現使我們明白了,最早的詞是唐代民間的曲子詞,而曲子詞具有廣泛的社會内容,決非"艶科"。對於敦煌變文的定義,學術界意見還未統一,不過對於敦煌發現的這類唐五代通俗講唱文學作品的偉大意義,學術界的意見是一致的。鄭振鐸先生一九三八年在《中國俗文學史》中就説過:"在'變文'没有發現以前,我們簡直不知道:'平話'怎麽會突然在宋代產生出來?'諸宫調'的來歷是怎樣的? 盛行於明、清二代的寶卷、彈詞及鼓詞,到底是近代的產物呢? 還是'古已有之'的? 許多文學史上的重要問題,都成爲疑案而難於有確定的回答。但自從三十年前史坦因把敦煌寶庫打開了而發現了變文的一種文體之後,一切的疑問,我們才漸漸的可以得到解決了。我們才在古代文學與近代文學之間得到了一個連鎖,我們才知道宋元話本和六朝小説及唐代傳奇之間並没有什麽因果關係。我們才明白許多千餘年來支配着民間思想的寶卷、鼓詞、彈詞一類的讀物,其來歷原來是這樣的。這個發現使我們對於中國文學史的探討,面目爲之一新。"我們從敦煌遺書中才第一次看到了與李杜詩歌、韓柳散文同時,在民間流行的各種通俗文藝,正是它們逐漸發展、演變成爲中國文學史後半期的波瀾壯闊的主流。

　　以上只提到了敦煌遺書中的宗教文書和俗文學作品。實際上敦煌石窟藝術和敦煌遺書提供了古代社會生活各個方面的幾乎取之不盡的研究資料，由此而產生的"敦煌學"便是無所不包的綜合性學科群。國學大師陳寅恪先生一九三〇年在爲陳垣《敦煌劫餘錄》所寫的序文中説："敦煌學者，今日世界學術之新潮流也。自發見以來，二十餘年間，東起日本，西迄法英，諸國學人，各就其治學範圍，先後咸有所貢獻。"從那以後又過了六十多年，敦煌學早已成爲國際顯學，世界上的主要國家幾乎都開展了敦煌學研究，敦煌學成爲國際學壇盛開的奇葩。然而，在陳寅恪先生的上述序文中，他還沉痛地寫道："敦煌者，吾國學術之傷心史也。"敦煌遺書的流失過程，就是我國學術的一段傷心的歷史。

敦煌藏經洞是在最不合適的時候，由最不合適的人打開的。一九〇〇年正是中國人民苦難深重的年代，八國聯軍在這一年攻入了北京，而王道士又是個愚昧無知之徒，這一切就注定了敦煌遺書的厄運。從那以後帝國主義列強的探險隊紛至沓來，肆意掠奪這座文化寶藏。

最先到來的是斯坦因，他是英國籍的匈牙利人。一九〇七年他在中亞地區第二次探險時，聽到藏經洞的消息，便帶着中國人蔣孝琬和探險隊趕到敦煌。他對王道士施展了種種欺騙與利誘的手段，表示要向王道士捐贈一筆功德錢，又謊稱自己是高僧玄奘的信徒，在冥冥之中受了玄奘的囑託，要把這批經卷帶回印度去。在他和蔣孝琬表演的雙簧欺騙下，王道士抱出了大捆大捆的經卷和藝術品供斯坦因選擇。兩個多月後，斯坦因率領駱駝和馬隊，滿載二十九大箱的寫卷和藝術品離開了敦煌。一九一四年斯坦因再次來到敦煌，又運走了五大箱經卷。他所帶走的敦煌文書有一萬多號，現存英國大不列顛博物館。斯坦因因此而功成名就，英國國王授予他騎士勛位，歐洲學術界稱他爲偉大的學者、探險家、考古學家和地理學家。

繼斯坦因之後而來的是法國的伯希和，他的探險隊還包括一名測量師和一名攝影師。一九〇八年初到達敦煌後，他用同樣的手法欺騙王道士，並得到了比斯坦因更優厚的待遇：他可以直接進入藏經洞去挑選卷子。當他進入藏經洞後，被所看到的數量巨大的古代寫卷驚得呆若木雞，他的攝影師攝下了他現場挑選經卷的照片。伯希和是著名的漢學家，他用了三個星期的時間，以內行的眼光把全部寫卷分成兩部分，其中一部分是不惜任何代價一定要帶走的，另一部分是力爭要帶走的。最後伯希和以五百兩銀子的代價，將他認爲必須帶走的卷子帶走了。這六千六百卷經過伯希和精心篩選的文書是敦煌遺書的精華，現存巴黎國家圖書館。

接踵而來的是日本人。大谷光瑞是日本浄土真宗西本願寺第二十二代長老，他先後組織了三次考察團到我國西北地區考察。參加後兩次考察團的桔瑞超當時不滿二十歲，所到之處任意挖掘，滿地狼藉。一九一二年一月，他在敦煌停留了將近八周，帶着大約六百卷敦煌文書離開了。大谷光瑞組織的三次考察團所帶回的文物，後來分散了。小部分保存在旅順和漢城，大部分保存在日本龍谷大學，稱爲"大谷文書"，有八千多號，除了敦煌文書以外，大部分是吐魯番等地的文書。

沙皇俄國當然也不甘落後，由沙俄科學院院士鄂登堡率領的考察隊於一九一四年來到敦煌，活動了二個月。儘管一九一〇年北京政府曾下令將殘存的敦煌遺書運走，但鄂登堡仍以各種方式在當地獲得了大量文書。現存在彼得堡，總數達一萬多號，其中也有一些在其他地方出土的文書。這部分文書長期以來不爲世人所知，一九五七年中國文化部部長鄭振鐸先生訪問蘇聯，曾瀏覽過少數卷子，已感震驚。次年他因空難去世，來不及公開他的見聞。一九六〇年莫斯科舉行國際東方學會期間，蘇聯宣布了有關敦煌卷子的消息，這部分敦煌遺書才廣爲世人所知，但仍不知具體內容。目前上海古籍出版社正與俄方聯合出版《俄藏敦煌文獻》，最富神秘色彩的這部分敦煌遺書將會陸續面世。

姍姍來遲的是美國人。一九二三年冬哈佛大學的藝術史家華爾納來到敦煌，這時的藏經洞已空無一物，可是精美的壁畫和彩塑却使華爾納目瞪口呆。他用膠水和紗布粘走了十餘方壁畫，並搬走了一尊跪式菩薩彩塑，這些藝術珍品現存哈佛大學福格博物館。一年以後，華爾納經過充分準備，再次來到敦煌，打算大規模剝離敦煌壁畫。而這時的中國人民已經提高了警惕，華爾納最終空手而歸。

一九〇八年伯希和將大批敦煌遺書運走之後，他本人携帶少量文書來到北京，中國學者這才見到了敦煌遺書。羅振玉等學者請求滿清政府將殘存的遺書運回北京。而在此過程中，敦煌遺書再次遭到劫難，不但王道士私自藏匿了一部分，貪官污吏又肆意竊取，他們把較長的卷子截爲若干段，以便湊足八千之數。一九三五年李盛鐸出售給日本人的四百餘卷敦煌遺書，便是那時竊取的。運抵北京的敦煌遺書現藏北京圖書館，加上後來陸續補充收入的，目前已超過一萬號。

那麼，藏經洞的數萬卷遺書，是什麼人、在什麼時候、爲了什麼原因而封藏的呢？八十多年來中外學者紛紛進行探討，提出了許多不同的猜想，比較流行的是“避難説”。藏經洞編號一七窟是一六窟中的一個耳洞。在成爲藏經洞之前，它曾是敦煌著名僧人洪辯的影窟（紀念窟）。唐大中二年（八四八年）張議潮在敦煌起義，趕走吐番統治者，使沙州地區重歸唐朝版圖後，洪辯是沙州地區的佛教領袖。咸通三年（八六二年）洪辯去世後，時人將寺廟的“廩室”（糧食儲藏室）改造成他的影室，供奉着洪辯的彩塑遺像，墙上嵌入洪辯告身敕牒碑。一百多年後的宋仁宗景祐二年（一〇三五年），西夏入侵敦煌時，當地人在逃難之前，將洪辯的遺像搬出影窟，將寺廟的藏經和其他文書、藝術品封存在窟中，並在外墙上畫上壁畫加以掩蓋。時過境遷，藏經洞便被人遺忘了。也有許多學者提出其他各種不同的猜想，藏經洞的封閉至今仍是一個謎。不管當時的情況如何，這麼大量的古代文書被密封在藏經洞，仿佛是裝入了一個巨大的濃縮的文化罐頭，逃避了外界天災人禍的毀壞和時間的無情淘汰。一旦開啓，便以它千年前的原貌呈現在世人面前，這對於真實而全面地認識那個時代的社會面貌和感受那個時代的歷史氛圍，其作用都是無與倫比和不可替代的。

敦煌文化是中國文化的驕傲，而中國文化是把所有的中國人，包括大陸的中國人、臺灣的中國人，以及世界其他地方的中國人，凝聚在一起的偉大的力量。中國人之所以是中國人，除了他們的黃黃的皮膚、黑黑的眼珠以外，還因爲在他們的細胞中存在着中國文化的基因。作爲偉大祖先的後人，我們理應了解和熱愛中國優秀的傳統文化，包括它的驕傲——敦煌文化，並努力發揚光大，使它在建設現代化中國的偉大歷史進程中放出更加奪目的光彩。

（原載《升華與超越》，高等教育
出版社，一九九八年四月）

佛教與中國古代文學的發展（提要）

　　中國古代文學的發展大致呈現出兩個不同的階段。在前期，文學主要是由文人所創作和欣賞，它使用典雅的文言，以傳統的詩文爲主。從唐宋以後，文學的主潮發生了轉移，通俗文學開始崛起，它們的創作者和接受者主要是下層知識分子和普通民衆，它們使用的是口語或接近口語的通俗語言，形式則以小説、戲曲等爲主。佛教的輸入和傳播，對中國古代文學的這一變化起了推波助瀾的作用。

　　佛教的傳播促進了用口語寫作，佛經的翻譯從一開始就用了接近口語的語言，這逐漸成爲一種傳統。中國早期的口語文獻多數是和佛教有關的文獻，唐代白話詩派的代表王梵志詩和寒山詩就曾被人們看作是佛教詩歌，佛教的化俗活動所留下的許多文字也是用口語記錄的。

　　佛教在傳播中創造了新的説唱文學樣式，如像講經文、變文等等，由此而演化成爲後世的各種通俗文學體裁。有些講經文需要連續講唱數十次之多，這就孕育了後世章回體長篇白話小説的萌芽。

　　佛教的故事也大量進入了通俗文學，如像唐僧取經的故事、目連救母的故事，已經家喻户曉。許多佛經故事的情節也經過改造，被中土文學所吸收。這些無疑擴大了通俗文學的題材範圍。

　　佛教的思想也滲入了中國文學，對於通俗文學來説，這主要是民間的佛教信仰，因果報應、天堂地獄、三世輪迴的觀念在通俗文學中屢見不鮮，有時甚至成爲作品的主導思想。

　　中國古代文學要實現由前期向後期的過渡，還需要在更深的文學觀念上有所轉變。佛經所體現的印度人的思維方式，與中國傳統的思維方式有很大的不同。一是印度富幻想，中國重事實。因此中國的歷史學舉世無雙，而佛經的幻想也堪稱獨步，故《後漢書·西域傳論》稱佛教"好大不經，奇譎無已，雖鄒衍談天之辯、莊周蝸角之論，尚未足以概其萬一"。二是中國尚簡，佛經尚繁，故相傳三國牟子《理惑論》就記載了時人的疑惑："聖人制七經之本，不過三萬言，衆事備焉。今佛經卷以萬計，言以億數，非一人之力所能堪也，僕以爲煩而不要矣。"中國古代文學的歷史性轉變，正需要由以記實爲主向以虛構爲主轉變，正需要由錘字煉句向注重人物塑造的生動性、情節安排的曲折性、細節描寫的真實性轉變，佛經的豐富想像和詳盡描寫，無疑對中國文學有着啓發和借鑒的作用。

總之，中國文學的主流由傳統詩文向小説戲曲等通俗文學的轉換，是由中國文學自身的發展規律所決定，但佛教的輸入和傳播，佛教文化在社會上的影響的日益擴展，對這一轉換起了催化和推進作用，並在一定程度上影響了中國文學的面貌。

（原載《人民政協報》一九九八年八月三十一日）

心　祭

——悼念入矢義高先生

我是在去年夏天聽到景仰已久的入矢義高先生仙逝的消息的，當時我的心裏盈滿了悲痛，我希望拜謁先生的願望永無實現的可能了。

我最初聽說先生的大名，是在八十年代之初，那時有好幾位中國著名的前輩學者都對我提到了先生，并且無一例外地都說到先生早年寫的一篇批評鄧之誠先生《東京夢華錄注》的論文。於是我找到這篇論文，拜讀之後，我明白了爲什麼這篇論文會震撼中國學壇。先生對中國文化和典籍的淵博學識令我肅然起敬，佩服至極。同時我也猜想，先生大概是一位很嚴厲的人吧。

那時我已開始研究王梵志詩，一位從日本訪學歸來的中國青年學者告訴我，入矢先生主持的讀書會深入地研讀了全部王梵志詩，同時介紹了許多讀書會的情況。於是我想，假如我也能厠身於讀書會中，如同參加龍華三會那樣，聆聽先生的教導，那有多好！後來《王梵志詩校注》在《敦煌吐魯番文獻研究論集》上發表了，我拜託一起開會的高田時雄先生帶了一本呈送給先生，心裏確實有些忐忑不安：它會不會遭到和《東京夢華錄注》同樣的命運呢？後來我陸續從《中國圖書》上讀到了先生爲《王梵志詩校注》和另外兩種拙作而寫的書評，文字雖很簡短，但鼓勵和贊許的話語令我感動，特別因爲這是出自我認爲很"嚴厲"的先生之手，令我更加珍視。後來我見到兩位旁聽過讀書會的西方學者，他們說先生在學術上確實要求非常嚴格，但平時爲人熱情豪爽，平易近人，酒興很高。我曾託人帶給先生一瓶中國四川出產的名酒，不知是否合乎先生的口味。

　　在我的書架上珍藏着先生送我的幾本書,其中有一本《西域美術展》,我是在先生寄出此書的幾個月之後才收到的,當時書的包封已磨損得破爛不堪,用很多膠紙勉强地粘貼在一起。原來先生忙中出錯,把地址中的"中華人民共和國"寫成了"中華民國",這本書在臺灣海峽兩岸旅行,經過多次檢查,最終竟然能够送到我的手中,可謂來之不易,因此也成爲我最珍惜的藏書之一,每當翻閱摩挲之時,便想起了先生贈書的情意。

　　我這一代的中國學者是在"文化大革命"以後開始學術活動的。在我剛剛開始研究敦煌文獻、口語文獻、佛教文獻的時候,常常感到是在暗中摸索,資料匱乏,良師難求。後來我才發現,幾乎在我涉足的每一個領域,入矢先生早就進行了充分的研究,并且取得了最出色的成績。入矢先生開創並領導了當代漢學研究中的一股新潮流,帶動和指導了一批日本學者投入這個潮流,並且影響了中國學者和其他各國的學者。美國漢學家梅維恒(V. H. Mair)稱入矢先生是這一領域的最大權威,先生是當之無愧的。

　　入矢先生的周年忌日快要到了,我想,天上如果真有净土的話,先生定是上品往生,在極樂國裏,蓮花朵中,繼續從事他心愛的學術研究。佛説香爲佛使,在一衣帶水的彼岸,我敬掬一瓣心香,遥祝先生在天之靈安息。

　　　　　　　　　　(原載《入矢義高先生追悼文集》,石坂叡志
　　　　　　　　二〇〇〇年三月二十六日發行)

沉潛的事業

在《楞嚴經》卷五中記載了一個故事：

在遥遠的過去，遥遠的世界，有一位菩薩叫月光童子。他修習水觀，每當他進入禪定狀態，便觀見自身水性無窮，和無量世界諸香水海一樣，化作了汪汪的清水。

月光童子有一個弟子，有一天經過師父的禪室，隔窗窺視，不見師父，只見滿室汪汪的清水。弟子童稚頑皮，拾起一塊瓦石投入水中，只聽見"咚"一聲，這才離去。

而月光童子這天出定之後，突覺心痛，莫非是修行退失？他找不到原因。這時弟子走來講述了先前發生的事情。於是，月光童子對弟子說：當你下次再看見滿室清水的時候，你開門進來，把瓦塊揀走。

弟子下次經過，果然又看見滿室清水，瓦塊宛在其中，於是他開門揀去了瓦塊。而月光童子出定之後，身心愉悦如初，從此，他的修行也達到了更高的境界。

這個故事說的是修習禪定，需要有一種不受外物干擾的沉潛心境。其實，學術研究也是一種沉潛的事業，也需要有一種沉潛的心境。

錢鍾書先生說："大抵學問是荒江野老屋中二三素心人商量培養之事，朝市之顯學必成俗學。"或許他說的是那個時代的學問，當代人文學者的可貴品質，是對現實的關注和人文的關懷。然而，學問之事，不論古今，都需要有沉潛的心境。

學術創新需要深入思索，提高研究質量亦非一蹴而就，需要忘我的精神投入。而中國社會的物化傾向和功利追求，於今爲烈。在這個浮躁的年代,有太多的干擾和誘惑紛至沓來,仿佛許多投入禪室的瓦塊,擾亂了學者們沉潛的心境,分散了學者們有限的精力。

我們要繁榮哲學社會科學研究,除了大力改善外部環境之外,我以爲,學者自身加强定力,善自把握,保持沉潛的心境,才能取得更多的成就。

(原載《中國教育報》二〇〇六年四月十一日第三版)

《學苑文存》序

　　蜀中號稱"天府之國"，除了得天獨厚的優裕的生活環境，也是獨具特色的文化之邦。二千餘年，名家輩出；漢宋兩代，領袖風騷。近代以降，蜀中學術再放異彩。在風行天下的"京派"與"海派"之外，"蜀學"雖然偏安一隅，却也獨樹一幟，鼎足相望。在相對隔絕的盆地環境裏，有一批甘於淡泊的學者皓首窮經，以深厚的國學根柢和嚴謹的樸學精神，承續着中華文化的血脉。

　　回想一九六二年秋天，我考取四川大學研究生，負笈入蜀，投奔龐師石帚先生門下，研治六朝唐宋文學，親身感受到蜀中的學術氛圍。日就月將，如入芝蘭之室，久而不聞其香，即與之化矣。石帚師乃蜀中名宿，門墻桃李，皆稱翹楚，各有所歸。一撥去了望江樓（四川大學），一撥上了獅子山（四川師院）。因而蜀中的古代文學研究，亦呈雙峰並峙、二水分流之勢。石帚師閑談所及，對獅子山的弟子多所稱許。我侍聽在側，耳熟能詳，内心亦不免有幾分欽羡。如今歲月流逝四十餘年，不但石帚師早歸道山，昔日欽羡的各位同門先進，多數亦陸續作古。往事歷歷在目，却已成爲我心中永遠的憶念。

　　友生李誠教授主持編選的這套《學苑文存》，匯集了四川師範大學（原四川師院）中國古代文學學科半個世紀以來的代表性論文。翻看目錄，既有前輩學者的佳篇，更有後生俊彦的新制。而尤其令我欣喜的，是從中似乎可以看到近代蜀學的某些因子。我以爲一種學術傳統既是頑强的，又是脆弱的。近代蜀學的傳統經歷了社會巨變的洗禮，經歷了歷次政治運動的衝擊，似乎已經成爲了歷史。其實它並没有完全消泯，它的精神仍然不絕如縷地延續在蜀中學者的學術活動中，也延續在這套《學苑文存》裏。然而如果再不刻意地珍惜、保持和發揚的話，近代蜀學傳統的消失也是指日可待的事。而繼承蜀學傳統的方法，是既要堅持蜀學獨特的治學理念，又要與時俱進，追踪當代學術的前沿，才能使蜀學的精神保持綿長的生命力。這也是我對本書中年輕作者們的期望。

二〇〇四年九月

敦煌文學研究漫談

　　一九六二年我從南開大學中文系畢業，考取四川大學研究生，專攻六朝唐宋文學。當時我潛心研究的對象，是在我國封建社會文化高漲時期涌現的世界級的偉大詩人。從童年時代起，我就深深迷戀着這些偉大詩人的不朽作品，並進而對中國古代文化產生了濃厚的興趣。

　　“文化大革命”中斷了我的研究計劃。我被分配到軍墾農場勞動兩年，接着又當了十年中學教師。一個偶然的機會使我轉向了新的研究領域。一九七六年，我從中學被借調到《漢語大字典》編寫組工作，不久就接到一項任務：從《敦煌變文集》中摘取編寫字典所需要的例句。就這樣，我初次接觸到二十世紀初在敦煌藏經洞發現的大量唐五代通俗文學作品，在驚異之中，從內心贊嘆唐代文學的博大淵深與豐富多彩。就在唐代偉大作家把詩歌和古文推向前所未有的高峰的同時，在民間也有無數不知名的作者，正在創造着全新的通俗文學樣式，如像各種體裁的講唱文學、歌辭、白話詩等等，它們所代表的文學新趨勢，最終發展成爲中國文學史後半期的主流。然而，這些在當時由人民群眾所創作和喜愛的通俗文學作品，卻遠遠沒有爲今天的人民群眾所欣賞和接受，就是在專門的古典文學研究者中，也時時表現出對它們的隔膜和誤解。

　　這是有原因的。今天閱讀敦煌變文、王梵志詩和其他敦煌俗文學作品，存在着三個主要障礙。一是由於抄寫卷子的人文化水平低，原卷文字錯訛脫漏嚴重，其間還有許多當時民間流行的俗字，也增加了辨識的困難。二是其中使用了大量唐五代的口語詞彙，這在當時雖是一聽就懂，今天的讀者却感到難以索解。三是由於時代的變遷，它們反映的歷史背景和思想觀念，和我們有較大差距，例如其中有大量描寫佛教題材或表現佛教思想的作品，今天的一般讀者就很難讀懂了。近幾十年來，由於中國和外國幾代敦煌學者的努力，敦煌文學的整理和研究已取得很大成績。例如王重民先生等編的《敦煌變文集》，就爲我們提供了一個經過初步校勘、比較完備可讀的變文總集；蔣禮鴻先生著的《敦煌變文字義通釋》，就是解釋變文中俗語詞的開山之作。我在接觸敦煌文學之初，所能看到的就只有這兩部著作，是它們把我領進了敦煌學的殿堂。不過敦煌文學（這裏主要指敦煌俗文學）研究中有待解答的難題多如牛毛，因此我把繼續攻克這三個障礙作爲第一階段研究工作的主要任務。

這就需要重新學習。我在中學和大學時代曾經如饑似渴地讀了許多書，有了一定古代文化的根柢。這一次則是埋頭通讀了若干部篇幅浩繁的大書，例如《大藏經》，五代以前的正史，經部和子部的許多著作，《全唐詩》等總集讀了不止一遍，《太平御覽》本是供查閱的，我也逐條讀完，這就等於分門別類地讀了許多古佚書的殘文。在這個基礎上，再旁及別的雜著乃至某些較偏僻的著作。

曾經有研究生問我：你啃大部頭的書，例如花上兩三年時間通讀《大藏經》，難道不覺得很枯燥嗎？讀完以後，究竟又有多大的收穫呢？

這一切都取決於怎樣去讀它。我在通讀《大藏經》以前，也曾猶豫過好一陣子。可是要真正弄通敦煌文學中有關佛教的許多問題，這是最徹底的辦法。不入虎穴，焉得虎子？因此一咬牙，就讀下去了。每當遇到與此有關的材料，便欣喜異常，興趣大增；否則也會感到枯燥。不過很快我便發現，佛藏實在是一座有待開發的大寶藏，從中可以得到多方面的收穫，原來的閱讀目的太狹窄了。舉例説吧，歷代翻譯佛經的人，多數都不是漢族人，他們是從實際生活中學習漢語的，不可能像漢族士大夫那樣具有深厚的中國傳統文化的素養，自然不可能像漢族士大夫那樣"掉書袋"。這就造成了漢譯佛經的一個突出特點：其中保存了自東漢以來大量的珍貴的口語資料。因此，從佛經中搜集實例來和敦煌俗文學中的唐五代口語詞彙相印證，也成爲我的一件樂事。又比如，在這以前我已精讀了《太平廣記》和大量筆記小説，記得魯迅先生曾舉出吳均《續齊諧記》中"陽羨書生"的情節來源於佛經的著名例子，實際上中國早期小説和佛經的關係是十分密切的，從我積累的材料看，竟有若干小説的情節是改造佛經故事，或受了佛經的故事的影響而形成的。《紅樓夢》中王熙鳳毒設相思局的情節和《三笑》中秋香戲弄華氏兄弟的情節有相通之處，應該都是受了唐皇甫枚《三水小牘》中"却要"故事的影響，而"却要"故事却是從《根本説一切有部苾芻尼毘奈耶》卷二所載長者妻戲弄五少年的故事移植而來，只是皇甫枚把這個故事完全中國化了，所以使人不容易發覺它另有來源罷了。從深一層看，佛教的某些觀念已經深深地滲入了歷代人們的日常生活之中，一直延續到近代。我在童年時代，常常聽到街坊大人責罵孩子，總是稱爲"冤家"、"短命鬼"、"討債鬼"等，後來又讀了元雜劇《崔府君斷冤家債主》，並不覺得有什麼特別之處。及至研究王梵志詩中"怨家殺人賊，即是短命子。……債主暫過來，徵我夫妻淚"（《王梵志詩校輯》七六首），這才認真探究這種觀念的來源，原來答案就在佛經之中。《五苦章句經》把"父子夫婦"等等各種關係歸結爲"怨家"、"債主"等五種因緣，《衆經撰雜譬喻》中就記載了短命子向生母討還前世冤債的故事，影響所及，在我國小説中這類故事舉不勝舉。《太平廣記》卷一二五《盧叔倫女》所寫的短命子，不但討還前世錢財，兼及父母的眼淚，這就是王梵志詩中的"徵我夫妻淚"。由此回想到《紅樓夢》第一回中絳珠仙草"還淚"之説，就覺得不是無源之水了。在我讀完《大藏經》，進行自我小結時，我認爲兩年多的時間沒有虛擲，因爲我不但積累了敦煌文學研究的許多寶貴資料，更重要的是從一個側面，對於中國文化史有了更爲真切和深入的認識，仿佛潛水員開始看到大海深處另一個奇異的世界一般。在我讀完其他大部頭著作時，也常有類似的感受。一個治學者在學術的海洋中，一旦領悟到融會貫通、豁然開朗的境界，天下樂事莫過於此了。

因此我對這位研究生說，你如果要研究中國古代學術，趁着年紀還輕，下決心坐幾年冷板凳，啃幾部大部頭的基本書，這會使你終生受益的。不要急功近利，但不是不要功利。讀書是爲了研究和解決問題，因此一定要帶着滿腦袋的問題去讀書，在讀書中搜集解決問題的資料，並且不斷地發現新的問題，搜集解決新的問題的資料，使知識像雪球般越滾越大，使已有的知識彼此搭橋，如此往復不已，就會逐漸形成自己的治學領域和治學門徑。

各種學術之間從來就不是隔絕的，現代學術研究已經顯示出綜合的趨勢。研究敦煌文學，如果不滿足於淺嘗輒止，那麼同時在語言、歷史、宗教、民俗……等等相關學科上也下一番功夫，就是必要的。一個人當然不可能門門精通，可是學識的深廣程度決定着學術成就的大小，却是事實。我們只有通過永不疲倦的求知欲望去努力接近這個目標。

讀懂敦煌文學作品是研究敦煌文學的前提，由於敦煌寫本的特點，文字校勘和語詞詮釋就是深入研究的第一步。陳垣先生指出校書四法：對校法、本校法、他校法、理校法，而於理校法則曰：“故最高妙者此法，最危險者亦此法。”這些都是校勘敦煌寫本的基本方法，而在許多場合，往往只有正確運用理校法才能解決問題，而這不啻是對研究者學識的嚴格考驗。手眼的高低取決於基本功的深淺和知識面的寬窄。文字、音韻、訓詁之學是必不可少的，可是一般的文字、音韻、訓詁之學未必夠用。例如字形相近是寫錯字的重要原因，可是寫本誤字往往與今體文字略不相似，因爲它是和當時民間的俗字形體相近。又如字音相近是寫別字的重要原因，可是寫本誤字讀起來和正字差別甚遠，因爲它是和唐五代西北方音相近而寫錯了的。又比如有的詞語非常眼生，辭書從無記載，然而並沒有寫錯，因爲它是傳統訓詁學所忽略的口語詞彙。何況校勘並不單純是文字問題，首先是對文意的理解問題。這其中的問題五花八門，不打一處來，研究者只有相應地拓寬自己的知識領域，才有可能應付裕如。《大目乾連冥間救母變文》有這麼幾句："獄中罪人，生存在日，侵損常住，游泥伽藍，好用常住水果，盜常住柴薪。"其中"游泥"一詞，我曾冥思苦索了好幾年，有一天突然醒悟，原來應該是"淤泥"，"淤（污）"字由於形近錯成了"游"，"污泥伽藍"是説把寺院弄髒。説穿了極其簡單，得來却十分不易。因爲我曾在佛經中幾次讀到弄髒寺院將受惡報的話，這才有可能茅塞頓開，否則以我之鈍根不慧，也許至今還在絞腦汁呢。王梵志詩中有這麼幾句："積聚萬金花，望得千年有。不知冥道中，車子來相受。"有的文章認爲"車子"錯了，應該改作"妻子"等等，却不知道"車子"原是人名。干寶《搜神記》卷一○記載了這樣一個故事：有個叫周寧噴的人，命定貧窮。有一天夢見天公可憐他，把命中注定屬於尚未出生的張車子的錢千萬，暫時借給他，從此果然逐漸成了富人。周家有個貧窮女雇工張嫗，在車房生了個私生子，取名車子。後來周家就逐漸窮了，而車子長大後却成了富人，命中屬於張車子的財富終於還給了他。《文選》卷一五張衡《思玄賦》云："或輩賄而違車兮，孕行産而爲對。"舊注也詳引張車子故事來解釋這兩句，李善注説見《鬼神志》及《搜神記》。《抱朴子内篇·辨問》也説："爲人生本有定命，張車子之説是也。"可見張車子故事自東漢以來，流傳十分廣泛，梵志詩正是用了這個典故，説明貧富循環，皆由天定。研究者瀏覽偶有未備，就造成了錯改原文的結果。

　　文學作品是社會生活的反映，社會生活是紛繁複雜的，敦煌文學所反映的生活尤其如此，因此我們雖然以研究敦煌文學爲方向，可是眼界始終要放得更開闊些，力求更多地了解那個社會的各個方面，乃至某些細節，實際上就是要透徹地了解産生敦煌文學作品的那個歷史環境。王梵志詩中還有這麼幾句："佐史非臺補，任官州縣上。未是好出身，丁兒避征防。不慮棄家門，苟偷且求養。"這詩是寫佐史的，"苟偷且求養"究竟説的是怎麼一回事呢？原來中國封建社會提倡孝道和尊老，唐代也有"侍丁"制度。《唐六典》記載，凡民年滿八十、九十乃至百歲，分別給侍丁一人、二人乃至五人，以盡終養。侍丁免除各種徭役,多取近親,但也可外取白丁充當。唐代品官的直系親屬有免役的特權,可是佐史是胥吏,"未是好出身",没有這種特權,他們的成丁子弟是要服兵役的。然而佐史自有"避征防"的高招,那就是讓他們的子弟充當侍養老親的"侍丁",這就是"苟偷且求養",其中自然免不了移花接木等等手段,所以作者用了"苟偷"二字。當了侍丁就不愁離鄉背井,所以説"不慮棄家門"。這樣看來,這幾句詩寫了佐史爲子弟逃避兵役而走後門的普遍現象,可以補史書的漏載,加深對那個社會的認識。不過王梵志詩的原文並没有出現"侍丁"這類字樣,如果我們不是很熟悉唐代的制度,便很難讀懂這幾句詩了。梵志詩中還有這麽幾句:"本巡連索人,樽主告平人。當不怪來晚,覆盏可連精。"這幾句詩中需要解釋的地方很多,這裏只解釋"索人"和"平人"。這兩處的"人"字其實都是重複記號,應該讀作"索索"和"平平"。但這仍然很難懂。在《唐國史補》、《劉賓客嘉話録》、宋竇苹《酒譜》和《宋朝事實類苑》卷六一引《贊寧要言》中,都曾提到唐高宗時壁州刺史鄧宏慶創制"平索看精"四字酒令的事,而"索索"和"平平"就在這四字之中。四字酒令的具體内容在宋代已經失傳,所以今天難言其詳,但是沿着它的提示繼續考索,就可以明白這首費解的詩,其實是寫飲酒行令之趣。你看,能否讀懂一首詩,關鍵就在於是否知道久已失傳的四字酒令這麽一件小事。而要深入地研究敦煌文學,就要從弄清許許多多這類"小事"開始,進而在不同的層次上不斷地分析和綜合,上下聯繫,左右貫通,實現認識的飛躍,才能得出各種準確和全面的結論。

敦煌文學作品是古代人民的創作,經過一千年的歷史塵埋,今天我們有責任恢復它原有的奪目的光彩。目前我正在寫作《敦煌變文選注》,集中了變文中的精華作品詳加詮釋,目的就是爲更多的學者來研究這份珍貴文化遺產提供方便,也是爲了使這份珍貴遺產能够逐步走入今天的人民群衆之中。

(原載《文史知識》一九八七年第十二期)

編校後記

　　二○一四年初，浙江大學教授、四川大學中國俗文化研究所學術委員會主任張涌泉先生建議我所整理出版《項楚學術文集》。經所務會議討論決定後，文集編纂工作便正式展開。

　　在文集的定名上，我們最初設想是《項楚文集》，計劃將項先生截至目前的所有學術著作、雜著、演講稿等納入其中，但項先生提出，還是定名《項楚學術文集》爲好，非學術著作一概不收，所以，項先生早年創作的文藝作品只好割愛了。項先生還提出，文集只收他本人的學術著作，故他與別人合作的成果也不編入。

　　文集收入《敦煌文學叢考》、《王梵志詩校注》、《敦煌變文選注》、《寒山詩注（附拾得詩注）》、《敦煌詩歌導論》、《敦煌歌辭總編匡補》、《柱馬屋存稿》、《柱馬屋存稿二編》，共八種。其中，《柱馬屋存稿二編》爲項先生新編定的論文集，其他七種此前均已出版过。在編排體例上，項先生提出盡量保持原書面貌而不作大的變動，一方面避免因重新編排而產生錯漏，另一方面也方便讀者或整體或有選擇地購買閱讀。

　　因此，本次編校文集，重點做了以下幾個方面的工作：

　　其一，校核諸書中所涉及的所有敦煌原卷。比如《王梵志詩校注》中用到的王梵志詩的敦煌寫卷共三十五個，我們都一一加以核對。項先生當年寫作《王梵志詩校注》時，僅能通過膠片識讀敦煌原卷，隨着世界各地所藏敦煌資料的出版，特別是國際敦煌項目（IDP）的實施，爲研究者提供了更爲清晰的圖像資料，使我們能在本次編校中糾正先生當年誤識的個別字詞，從而增删了相應校記。

　　文集中包括《王梵志詩校注》在内的純學術性著作，敦煌原卷中的字形我們都嚴格地遵照各書凡例來處理，故而會出現同一句詩中同字異形的情況，如《王梵志詩校注》〇六九首《虚霑一百年（之一）》中的"無老亦无小"句。帶有普及性質的著作，如《敦煌詩歌導論》，爲了讀者閱讀的方便，酌情將某些非常用的字形改换爲通用字形。

　　其二，校核諸書所涉及的底本和參校本。比如《寒山詩注（附拾得詩注）》以四部叢刊景印建德周氏景宋刻本《寒山子詩集》爲底本，參校本爲日本宫内省圖書寮藏本《寒山詩集豐干拾得詩附》、日本正中年間刊本《寒山詩》、四部叢刊景高麗刊本《寒山詩一卷豐干拾得詩一卷附慈受擬寒山詩一卷》、臺灣商務印書館景印文淵閣四庫全書本《寒山詩集》、中華書局排印本《全唐詩》等等，我們都一一加以校核，改正了一些錯誤。又如《敦煌變文選注》，上編除《雙恩記》外均以王重民先生等編校的《敦煌變文集》爲底本，《雙恩記》和下編諸篇則以潘重規先生編著的《敦煌變文集新書》爲底本，本次編校時我們亦全部予以校核。需要説明的是，項先生原來所依據的《敦煌變文集新書》爲臺北"中國文化大學"中文研究所敦煌學研究會一九八三年版，本次編校，我們接受潘重規先生高足鄭阿財教授的建議並徵得項先生同意，改用了臺北文津出版社一九九四年版，故而底本文字有部分更動。

　　其三，核查所有引用文獻。這是本次編校過程中耗時最多的工作。項先生的著作，引用非常廣泛，三教九流均有涉及，經史子集無不賅括。項先生曾自道其閱讀經歷説："我在中學和大學時代曾經如饑似渴地讀了許多書，有了一定古代文化的根柢。這一次則是埋頭通讀了若干部篇幅浩繁的大書，例如《大藏經》，五代以前的正史，經部和子部的許多著作，《全唐詩》等總集讀了不止一遍，《太平御覽》本是供查閱的，我也逐條讀完，這就等於分門別類地讀了許多古佚書的殘文。在這個基礎上，再旁及別的雜著乃至某些較偏僻的著作。"（《敦煌文學研究漫談》，見《柱馬屋存稿二編》）這些閱讀收穫都體現在先生的著述中。以《敦煌變文選注》爲例,據我們不完全統計,項先生引用文獻達到了八百餘種,其中經部四十七種,史部六十五種,子部二百零八種(釋、道除外),集部七十二種,釋部二百五十二種,道部九種,敦煌部一百四十餘種,今人雜著二十餘種。要把這些資料找全,即使在今天電子化的時代也是頗不容易的,而項先生當年主要是靠借閲和手抄,其中的艱辛可想而知!

在這裏,需要特别感謝劉學濤、陳憲良、楊剛、趙婕四位博士研究生,他們在參與編校《寒山詩注(附拾得詩注)》和《敦煌變文選注》時,建立起了本次編校工作的基本資料庫,爲後續諸書的編校提供了相當多的方便。應中華書局的要求,文集中大多數論著的引文我們都校核過兩遍以上,加上中途開本改變(原爲十六開,後改爲三十二開)需要全部通讀一次,所以工作量相當大,先後有十位老師和四十多名同學參加了此項工作。

我們的工作流程是:先由學生(在讀的博士生或碩士生)逐條校核,然後由相關老師覆核,疑不能決者請項先生定奪。本次參與編校的老師主要有:蔣宗福、張弘、何劍平、孫尚勇、羅鷺、尹賦。劉郝霞、李華雲、卞超、王飛朋四位老師參與了改版後的部分編校工作。先後參與的學生有(以時間爲序):王建勇、張孟川、李思志、劉學濤、陳憲良、楊剛、趙婕、何和平、李賀、石英、陳悦、徐鍵、王培釗、隆鶯芷、任學敏、肖田田、董蕊、陳芳、唐静、李超、賀雨瀟、張麗麗、魏笑雪、陳麗琳、楊卓瑜、劉雯、趙國慶、陳晨、席維、任立、劉力舸、曾思、鄧若瑜、謝夢瑶、温曉萌、陳婉欣、謝天鵬、董贇、陳娜、陶禹、黄楚蓉、鄧亞。

在校核引用文獻的過程中,如無特别需要,我們盡量采用項先生當年所用版本。例如《法苑珠林》,現在通行的是中華書局整理標點的一百卷本,或者《大正新脩大藏經》一百卷本,但項先生當年撰寫《王梵志詩校注》時用的是四部叢刊初編上海涵芬樓景印明徑山寺一百二十卷本,分卷情況與今通行本有異,我們仍遵用之。又如《景德傳燈録》,項先生用的是日本花園大學禪文化研究所景印福州東禪寺崇寧藏本,而非《大正新脩大藏經》本,兩種版本稍有差異,本次校核我們仍依據崇寧藏本。對個別引書我們亦徵詢項先生意見後做了調整。例如唐人范攄《雲溪友議》,既有一九五七年古典文學出版社據四部叢刊續編排印的三卷本,亦有《稗海》十二卷本,項先生兩種版本都有引用,本次編校中如無特別説明,我們統一改用三卷本。

在本次編校過程中,我們還對《寒山詩注(附拾得詩注)》所附引用書目進行了整理,增添了漏收的十八種,改正了個別引文與所標版本不合的情況。另外,因爲古籍出版字形規範等方面的原因,《王梵志詩校注》書末的《王梵志詩語辭索引》以及《寒山詩注(附拾得詩注)》書末的《寒山詩注(附拾得詩注)詩句索引》更動較大,任學敏和董蕊二位同學花了相當多的時間分別進行了整理校核,在此表示感謝!

文集在編校出版的過程中,得到了多方面的幫助。四川大學將本文集列入"九八五工程"建設項目之中並給予資金支持;中華書局欣然接受出版並作爲精品打造,學術著作出版中心主任俞國林先生,責任編輯馬婧女士、白愛虎先生,對文集的出版都付出了相當多的心力。鄭阿財、張鴻鳴兩位先生也給予了我們很多幫助。在此謹致謝忱!

文集從二○一四年開始編校,歷時五年,遲遲未能出版,我們深感慚愧!好在經過多方努力,終於在項先生八十壽辰前夕得以付梓,倘使海内外學人,獲此一編而得窺先生學術之涯涘,則幸甚矣!

謹以此文集爲先生壽!

四川大學中國俗文化研究所尹賦

二○一九年三月二十九日